T0048980

CORAZONES RETORCIDOS

CORAZONES RETORCIDOS

MELISSA ALBERT

Traducción de Natalia Navarro Díaz

◖ UMBRIEL

Argentina • Chile • Colombia • España
Estados Unidos • México • Perú • Uruguay

Título original: *Our Crooked Hearts*
Editor original: Flatiron Books
Traductora: Natalia Navarro Díaz

1.ª edición: septiembre 2022

Copyright © 2022 *by* Melissa Albert
All Rights Reserved
© de la traducción 2022 *by* Natalia Navarro Díaz
© 2022 *by* Ediciones Urano, S.A.U.
  Plaza de los Reyes Magos, 8, piso 1.º C y D – 28007 Madrid
  www.umbrieleditores.com

ISBN: 978-84-16517-87-9
E-ISBN: 978-84-19251-13-8
Depósito legal: B-13.149-2022

Fotocomposición: Ediciones Urano, S.A.U.
Impreso por: Romanyà Valls, S.A. – Verdaguer, 1 – 08786 Capellades (Barcelona)

Impreso en España – *Printed in Spain*

Para mi maravillosa y encantadora madre,
que no es la madre que aparece en estas páginas.
Si te plasmara algún día en un libro,
serías una heroína.

Una pesadilla es trabajo de brujería.
—«The Witch», Elizabeth Willis.

PRIMERA PARTE

CAPÍTULO UNO

Suburbios
Ahora

Íbamos demasiado rápido. Demasiado cerca de los árboles, los arbustos pasaban a toda velocidad, lamiendo los faros.

—Nate. —Me agarré al asiento—. Nate.

Quince minutos antes estábamos en la fiesta de fin de curso, saltando sin parar con las manos en los hombros del otro, y lo único que podía pensar en ese momento era: *Debería de romper con él. Ya. Tengo que romper con él ahora.* Entonces me tomó la cara con las manos y me dijo que me quería, y me quedé tan sorprendida que no pude ni siquiera responder con una mentirijilla.

Lo seguí fuera de la casa, por el patio hasta su coche, todavía farfullando el tipo de cosas innecesarias que se dicen cuando has lastimado el ego de una persona y ella piensa que es su corazón lo que has roto. Puso la marcha atrás con demasiada fuerza y rozó el bordillo al salir. Aun así tardé un rato en darme cuenta de que estaba borracho.

Cuando se detuvo en el semáforo, se entretuvo con el teléfono. Por unos segundos consideré salir de ahí. Pero entonces volvió a ponerse en marcha; sonaba una canción vieja de los Bright Eyes a todo volumen y el viento la hacía añicos. La música chapurreaba mientras avanzábamos por la carretera de un solo carril que atravesaba la reserva forestal. Los árboles nos rodeaban y se me agitaba el pelo. Cerré los ojos.

Y entonces Nate gritó, no una palabra sino una sílaba, sorprendido, con fuerza, al tiempo que giraba el volante a la derecha de forma abrupta.

En el momento que pasó entre el viraje y la parada me sentí ingrávida, como si estuviera cayendo de una montaña rusa. Me vencí hacia delante y me golpeé con fuerza la boca en el salpicadero.

Cuando me lamí los dientes noté sabor a sangre.

—¡Joder!

Nate apagó el motor, respirando con dificultad, y me miró.

—¿Has visto eso?

—¿El qué?

Abrió la puerta.

—Voy a salir.

El coche estaba en el espacio estrecho entre la carretera y los árboles.

—¿Aquí? ¿En serio?

—Tú quédate dentro, si quieres —dijo y cerró con un portazo.

Había un vaso de Taco Bell en el compartimento del centro con un centímetro de hielo derretido. Me enjuagué los dientes y saqué las piernas del vehículo para escupir la sangre en la hierba. Tenía el labio sensible.

—¡Eh! —lo llamé—. ¿A dónde vas?

Nate se estaba internando entre los árboles.

—Me parece que se ha ido por ahí.

—¿Quién?

—¿Cómo es posible que no la hayas visto? Estaba en medio de la carretera. —Se quedó un instante en silencio—. Completamente desnuda.

Me quedé sin aliento al pensar en los pasos previos a acabar en el bosque a las tres de la mañana, desnuda y sola, siendo mujer. La hierba afilada me rasgaba las espinillas mientras lo seguía.

—¿La has reconocido? ¿Estaba herida?

—*Shh*. Mira.

Estábamos en una pendiente, por encima del río que discurría entre los árboles, que dependiendo de las lluvias podía tener tan poca profundidad como una sartén o la suficiente para montar en kayak en sus aguas. Ahora estaba en un punto intermedio, con agua que llegaba hasta la cintura y agitado bajo la luna. Sabía que tenía esa profundidad porque la chica a la que estábamos siguiendo estaba arrodillada dentro, sumergida hasta los hombros.

Estaba, en efecto, desnuda. Llevaba la raya del pelo en medio y lo tenía lo bastante largo para que el agua tirara de la cabeza hacia atrás. No le veía la cara, pero el resto de ella era de un color pálido casi eléctrico. No había nada cerca que dejara entrever que había caído de una estrella a la Tierra o que había emergido de una grieta en la colina. Ni zapatos en la orilla, ni teléfono sobre una camiseta doblada. Parecía una imagen sacada de un sueño.

Movía las manos por su piel de un modo profundamente asexual, golpeándola, pellizcándola, como si estuviera intentando recuperar la sensibilidad. Emitía unos sonidos guturales para los que no tenía palabras. Supuse que estaría llorando.

Casi me había olvidado de Nate cuando me clavó el codo en las costillas y sonrió con maldad. Encendió la linterna del móvil y lo levantó para iluminarla.

La chica volvió la cabeza y comprobé que tendría más o menos nuestra edad, tal vez un poco mayor. Tenía los ojos dilatados y la boca torcida formando una leve sonrisa. No estaba llorando, sino riendo.

La intención de Nate era que se sintiera expuesta, pero sabía que lo hacía por mí, porque esa era una actitud horrible y quería comportarse de forma horrible con alguien. Había roto con él, sí, pero si yo fuera ella, tendría más miedo si el chico estuviera solo. Y era probable que necesitara ayuda. Iba a ofrecérsela cuando de pronto habló ella.

—Mostraos. —Habló en voz baja con un acento que no supe ubicar. Luego elevó el tono—. Mostraos, seáis quienes seáis.

Se levantó como si fuera la diosa Venus. Le chorreaba agua sucia del pelo por el cuerpo, perlando la selva de su pubis. Lanzó un silbido.

—Os he dicho que os mostraseis, capullos.

Estaba desnuda, estaba sola, ni siquiera nos veía, pero, así y todo, éramos nosotros los que teníamos miedo. Noté el temor de Nate cuando comprendió lo que iba a pasar.

—A la mierda —murmuró.

La chica salió a la orilla del río. Era alta y estaba desnutrida; el pelo era una cortina pálida, pero lo que más me sorprendía era su pose, como si no fuera consciente de su cuerpo. Como si fuera un bebé o un pájaro.

Con un movimiento repentino alzó los brazos como si fuera una directora de orquesta, con las palmas abiertas. Los dos nos encogimos porque daba la sensación de que iba a suceder algo. Al ver que no pasaba nada, Nate hizo amago de reírse, pero le salió una carcajada seca.

La chica se agachó con la mirada fija en nuestra dirección, palpando el suelo hasta que sus dedos encontraron una rama gruesa de varios centímetros de largo. La agarró y se puso en pie. Nate maldijo y se metió el teléfono en el bolsillo; la chica se detuvo. Con la luz apagada, de pronto ella también podía vernos.

—Vámonos, Ivy —gruñó Nate.

—Ivy.

La chica repitió mi nombre. La palabra sonaba fría en su boca, pesada. La miré con los ojos entrecerrados y confirmé que era extranjera.

—¿Qué narices te pasa? ¡Vamos! —Nate me tiró con fuerza del brazo y me hizo daño en el hombro. Se alejó tropezando, maldiciendo con cada rama que le golpeaba, con cada agujero del suelo con el que se topaba.

Llevaba una camisa de botones fina encima de la camiseta. Me la quité y la lancé en dirección a la chica antes de seguir a Nate.

—Gracias, Ivy —me dijo cuando ya estaba tan lejos que apenas podía oírla.

Cuando llegué a la carretera, Nate estaba de nuevo en el asiento del conductor. Daba golpecitos en el volante.

—¡Entra!

Estaba nerviosa, preocupada y asustada, así que le hice caso. Volvió a sonar la música cuando giró la llave y los dos nos acercamos para quitarla y retiramos las manos como si el contacto pudiera quemarnos.

No hablé hasta que no estuvimos lejos de los árboles.

—¿Has oído cómo ha pronunciado mi nombre?

Se encogió de hombros.

—¿Me conocía? —insistí. No me creía capaz de olvidar a una chica con ese aspecto, con el color de un limón exprimido.

—¿Cómo voy a saberlo yo? —replicó él de mal humor.

Abrí el espejo para mirarme el labio y maldije en silencio. Se me había hinchado mucho.

Hicimos el resto del trayecto en completo silencio. Cuando Nate paró en la entrada de mi casa, fui a abrir la puerta, pero él echó el seguro.

Me volví para mirarlo.

—¿Qué?

Encendió la luz del interior del coche y suspiró.

—Vaya, tiene mal aspecto. Lo siento mucho. ¿Estás bien?

—Estoy estupendamente. Déjame salir.

—Vale, pero... —Tragó saliva—. ¿Qué vas a contarle a tu madre?

Me quedé mirándolo. Con un cigarro en la oreja, me miraba con esas pestañas que hacían que las mujeres mayores sonrieran y dijeran: «Vaya desperdicio en un chico». No pude evitar reírme.

Tenía la postura muy rígida.

—¿Qué te hace tanta gracia?

—Tú. Te da miedo mi madre, ¿eh?

—¿Y qué? —replicó—. A ti también te da miedo.

Me volví con la cara ardiendo. Cuando quité el seguro, él lo echó otra vez.

—¡Nate! Joder, déjame salir.

Alguien golpeó la ventanilla del asiento del conductor con el puño.

Nate se sobresaltó y puso cara de sorpresa. Seguro que esperaba ver a mi madre, pero era mi vecino, Billy Paxton.

Lo miré. Billy vivía en la calle de enfrente, pero apenas hablábamos. En especial después de un incidente doloroso que tuvimos en el instituto cuyo recuerdo tenía aún el poder de hacer que nos estremeciéramos. Estaba en la fiesta de la que veníamos Nate y yo, pero fingí que no lo había visto.

Nate bajó la ventanilla y se tocó la oreja para asegurarse de que no se le hubiera caído el cigarrillo.

—¿Qué quieres, tío?

Billy no le hizo caso.

—¿Estás bien, Ivy?

Me eché hacia delante para verlo mejor.

—Eh... sí. Estoy bien.

Se llevó una mano a la boca. Tenía una raya de pintura blanca en el antebrazo.

—¿Él te ha hecho eso?

—¿Lo dices en serio? —chilló Nate.

De pronto me entraron ganas de llorar. Me dije que era por el dolor. La adrenalina estaba disolviéndose.

—No, no. Ha sido... con el coche. Estoy bien.

Billy se quedó mirándome unos segundos más. Era demasiado alto y estaba prácticamente doblado por la mitad para poder mirar dentro del automóvil.

—De acuerdo. Estaré allí. —Señaló el porche de su casa—. Solo para que lo sepas.

—Gracias por tu servicio —respondió Nate con tono sarcástico, pero no lo dijo hasta que Billy no hubiera llegado a la entrada de su vivienda.

Abrí la puerta y la cerré con fuerza al salir. Me di la vuelta.

—Hemos terminado.

—No jodas —respondió Nate y salió disparado calle abajo.

Yo me quedé allí un instante. Me palpitaba el labio y todo el cuerpo por el agotamiento, pero me envolvía cierta euforia ante la idea de ser libre.

Billy carraspeó. Estaba en su porche, mirándome con aspecto tenso. Avergonzada, levanté una mano.

—Lo siento —me disculpé.

—¿Por qué?

Lo dijo tan bajo que no estaba segura de si lo había oído bien. Casi se me escapó. A lo mejor fue el dolor que sentía en la boca, insistente y punzante, lo que hizo que me volviera.

—Siento que hayas tenido que intervenir —señalé con más dureza de lo que pretendía.

Billy se quedó mirándome. Se enderezó y sacudió la cabeza.

—No volverá a suceder —contestó y desapareció en el interior de su casa.

Desvié la mirada a las ventanas oscuras de la segunda planta. Una de ellas se iluminó un minuto después y aparté la vista. El arrepentimiento y los restos del vodka se me revolvían en el estómago. Era hora de irse a la cama, antes de que la noche empeorara aún más.

Despacio y con cuidado abrí la puerta de casa y contuve la respiración cuando entré. Solté entonces todo el aire emitiendo un grito estrangulado, pues mi madre estaba sentada en las escaleras, esperándome.

—¡Mamá! —Bajé la cabeza y me llevé una mano al labio—. ¿Qué haces despierta?

Se inclinó hacia la luz que entraba por la ventana que había encima de la puerta. Tenía el pelo recogido y los ojos atentos.

—Una pesadilla. —Al verme la boca se puso en pie—. ¿Qué te ha pasado? ¿Has tenido un accidente?

El labio me palpitaba como si fuera un segundo corazón.

—¡No! Estoy bien. No ha sido un accidente...

La intensidad de su mirada me resultaba casi física.

—Dime qué ha sido exactamente.

—Nate... viró bruscamente —contesté—. El coche se salió de la carretera.

—¿Y luego qué?

Me acordé de la extraña en el bosque, golpeándose la piel pálida.

—Luego nada. Luego volvimos a casa.

—¿Eso es todo? ¿Eso es lo que ha sucedido?

Asentí.

—Bien. —Su inquietante insistencia era agotadora. Curvó la comisura de los labios en una sonrisa conspiratoria—. Pero Nate ha bebido esta noche, ¿no?

Me tambaleé un poco, pensativa. Un instante antes parecía menos peligrosa, cuando estaba enfadada.

—Eh...

Asintió como diciendo «lo sabía».

—A tu habitación. Ya.

Pasé por su lado y subí las escaleras hasta mi habitación. Sin encender la luz me tiré en la cama y cerré los ojos. Cuando los abrí, estaba encima de mí, presionando hielo en mi boca con su mano izquierda con cicatrices.

—¿Te has golpeado la cabeza? —Había regresado su calma habitual. Parecía que estaba preguntándome por el tiempo—. ¿Tenemos que preocuparnos por una posible conmoción? Dime la verdad.

Me incliné hacia el hielo. ¿Cuándo fue la última vez que me atendió de este modo? Al intentar recordarlo, el vacío se cernió sobre mí como un enorme océano.

—Mi cabeza está bien —murmuré. Había entrado en ese horrible purgatorio en el que seguías borracha, pero ya tenías resaca—. Te lo he dicho, no ha sido gran cosa. Nate ni siquiera se ha hecho daño.

—No se ha hecho daño. —Su voz era grave y estaba teñida de rabia—. Y mi hija parece una boxeadora profesional.

—Dana —Mi padre apareció de pronto y le tocó el brazo. Su cuerpo bloqueaba la luz que entraba del pasillo. Me esforcé por mantener los ojos abiertos cuando él se adelantó y ella reculó, fuera de mi vista—. Nosotros te hemos educado mejor —dijo—. ¿Por qué te has metido en un coche con un conductor bebido?

—No lo sé.

Mi padre suspiró.

—Me estoy cansando de escuchar eso. ¿Tienes idea de lo mal que podría haber acabado esto?

No podía dejar de desviar la mirada al ventilador que daba vueltas encima de su hombro, tratando de contar las aspas.

—No lo sé —repetí—. ¿Muy mal?

No estaba haciéndome la listilla, aunque él no me creyera. Mi padre siguió hablando sin parar, paciente y enfadado. Cuando terminó de poner de relieve mi estupidez, yo ya estaba medio dormida. Me adentré en la tierra oscura y me quedé allí hasta la mañana siguiente. Desperté el primer día de las vacaciones de verano con resaca y el labio roto.

Y un misterio que aguardaba en un rincón de mi cerebro. Pero pasaron varios días hasta que volví a ver a la chica del agua.

CAPÍTULO DOS

Suburbios
Ahora

Empezó a sonarme el teléfono y el pitido se internó en mis sueños disfrazado del chirrido de los frenos del coche de Nate, del grito que no me dio tiempo a soltar, del lamento de un pájaro nocturno que volaba por encima de mí mientras yo seguía a una chica pálida como una estrella caída en el bosque oscuro. Me guio al fin hasta la conciencia y el sueño reculó como el agua del mar.

Me quedé quieta un segundo, parpadeando para librarme de las imágenes. Nunca conseguía recordar mis sueños. Jamás. Nadie me creía cuando lo decía, pero era cierto. Eché un vistazo a la pantalla del móvil antes de responder.

—Vaya, no estás muerta. —La voz de Amina era alegre—. ¿Es que mis quince mensajes no han sido suficientes? ¿Necesitabas veinte?

—No me grites —protesté. Me dolía la boca y todavía tenía el sueño pegado a la piel, como si fuera vaselina—. Ha sido una noche larga.

Me bebí el vaso de agua que tenía junto a la cama y luego le conté la historia a mi mejor amiga. La fiesta, la ruptura, la chica de la carretera. Mi intento fallido de colarme en casa sin ser vista. Notaba cómo se iba poniendo nerviosa conforme yo hablaba.

—¡Yo lo mato! —exclamó—. ¿Viste qué estaba bebiendo? Absenta. —Su voz destilaba el horror de una niña buena. Amina tenía una enorme energía—. Bueno, seguramente fuera vodka con colorante alimentario verde, pero da igual. ¿Seguro que estás bien?

—Sí, seguro.

—Ya, claro.

Había un tono en su voz que no era capaz de descifrar.

—¿Qué? ¿Qué pasa?

—Es que... puedes enfadarte, ¿sabes? Deberías enfadarte. Podría haberte matado.

—Estoy enfadada —respondí. ¿Lo estaba? Aparté la sensación como si fuera un dolor de muelas.

Amina suspiró.

—Nate es un idiota. No puedo creerme que tu madre te pillara. ¿Fue muy horrible?

Me froté los ojos.

—No. ¿Por qué todo el mundo le tiene tanto miedo de pronto?

Amina se quedó un instante en silencio en lo que me pareció un efecto cómico, pero cuando habló, lo hizo con una voz más intensa. Más directa.

—Sabes que puedes venir a mi casa cuando quieras, ¿verdad? Si alguna vez lo necesitas.

Me pasaba el día en su casa. Solíamos quedarnos en la casa de la otra las noches de los sábados, pero un par de años antes empezó a poner excusas para no dormir en la mía. Era una persona adicta a las rutinas: el cuidado facial con un montón de pasos, un té específico que preparaba específicamente su padre, las dos almohadas que tenía que llevar encima para poder dormir... así que no insistí. Pero esta vez fruncí el ceño.

—Ya, lo sé, pero ¿por qué iba a necesitarlo?

Otra pausa.

—¿La chica que viste estaba desnuda? ¿Por completo?

Entrecerré los ojos por el cambio de tema, pero no insistí.

—Sí.

—En mitad de la carretera.

—Supongo. Yo no vi esa parte, la idea de que iba a morir me tenía demasiado ocupada.

Bajó cuarenta tonos su voz.

—Voy a matarlo.

—No si mi padre se te adelanta.

—O tu madre. Seguro que te ayudaría a esconder el cadáver.

—Ella sería la asesina del cuerpo que intentáramos esconder.

—Pero la parte más interesante —comentó— es la del chico sexy de la calle de enfrente que acude en tu rescate.

—Amina —dije con tono de advertencia.

—¿Sí?

—No te emociones.

—Yo nunca me emociono.

Me eché a reír.

—Me vuelvo a la cama. Te quiero.

—Yo también te quiero.

Antes de que dejara el teléfono, la pantalla se encendió con un mensaje de Nate.

In my life
Why do I give valuable time
To people who don't care if I
Live or die?

¿Por qué dejo tiempo en mi vida para personas a quienes no les importa si vivo o muero? ¿Poesía de Instagram o la letra de alguna canción triste? No pensaba darle la satisfacción de buscarlo en Google, pero me molestó lo suficiente para que no pudiera dormir más. Le cambié el nombre por «NO» en mis contactos y me fui al baño para echar un vistazo al labio. Mi hermano Hank entró estirándose y se detuvo de golpe.

—¿Qué te ha pasado? —Se acercó a mí y me miró el labio por el espejo—. Un momento, ¿por esto te estuvo gritando papá en mitad de la noche?

Lo miré por el espejo con los ojos entrecerrados.

—Bonita manera de preguntarme si estoy bien.

—Iba a felicitarte por haberte metido en problemas por una vez. Pero pensaba que habría sido por algún motivo divertido. —Se quedó mirando mi reflejo—. ¿Sabes a qué te pareces? A ese perro ridículo de la calle de enfrente aquella vez que se comió una abeja y se le hinchó el morro. ¿Estás bien? ¿Qué has hecho?

Lo aparté de un codazo.

—Comerme una abeja. Deja de echarme encima tu asqueroso aliento, se me va a quedar impregnado en el pelo.

Hank exhaló una buena bocanada de aire en lo alto de mi cabeza y se marchó riéndose. Era su primer año en la universidad y llevaba menos de una semana en casa, pero yo ya estaba harta. No había comida que se salvara de él y si alguien le pedía que hiciera algo como recoger sus zapatos o limpiar un plato, se empezaba a quejar de que estaba de vacaciones. Yo no podía librarme con esa excusa ni siquiera una hora.

—Ivy, ¿estás despierta? —oí la voz de mi padre—. Ven un momento.

Lo encontré apoyado en la encimera de la cocina con su horrible traje de ciclista, metiéndose muesli en la boca. Cuando entré me sonrió y después puso una mueca.

—Vaya, cielo, cómo está el labio. Condenado mojón.

Me encogí de hombros. Nate era un mojón. Se precipitaba sobre los errores de pronunciación como un gato sobre una cucaracha. Levantaba el dedo en medio de una conversación, sacaba una libreta y se ponía a escribir mientras tú esperabas con cara de tonta. «Perdona, es que se me acababa de ocurrir una idea», decía con una sonrisa falsa de disculpa. Una vez eché un vistazo a una de esas ideas. Ponía: «Isla mágica en la que todos los hombres mueren excepto uno. ¿Objeto de obsesión sexual/ascensión con Dios?».

Pero era el estudiante por el que todas suspiraban. Era obvio que le dijera que sí cuando me pidió salir. Tenía muchas ideas sobre quién era yo; ese era el riesgo de ser callada, que la gente inventaba personalidades para ti, y ni siquiera pude admitirle a Amina que me gustaba. Me gustaba la persona que él creía que era. Interesante, en lugar de fingir serlo; distante, en lugar de siempre preocupada por poder decir algo estúpido.

Mi padre debió de confundir mi mueca con resaca, porque me dejó en la mano su taza de café.

—Quiero que hablemos de anoche.

—La cagué —dije rápidamente. Mi padre era fácil, solo quería que asumiera la responsabilidad. Hank habría puesto excusas hasta ahogarse bajo el peso de su propia mierda, pero yo podía seguirle el juego—. No tenía ni idea de que Nate estaba borracho. Habíamos quedado en que él conduciría.

Mi padre asintió.

—Ese es un buen comienzo, pero tienes que permanecer alerta. Estar pendiente, nadie va a hacerlo por ti. Lo que sucedió anoche... —Sacudió la cabeza—. No es propio de ti, cariño.

Podría haber asentido y haberme ido, pero las palabras me parecieron graciosas. Tal vez porque un momento antes estaba pensando en quién creía Nate que era yo. En que estaba totalmente equivocado.

—No es propio de mí —repetí—. ¿Qué te parece que es propio de mí entonces?

—Solo digo que somos afortunados. Tenemos una hija inteligente. No tenemos que preocuparnos por ti. Tu hermano, sin embargo... —Ladeó la cabeza y puso una expresión cómica, supuse que para insinuar que era gracioso que los hijos se metieran en problemas. Pero no tanto que lo hicieran las hijas.

—No seas tan blando, Rob. Seguro que es capaz de idear una docena de formas de hacer que te dé un ataque al corazón.

Mi madre apareció en la puerta que daba al desván y nos sorprendió a los dos; no la habíamos oído llegar. Tenía el pelo suelto y el ojo izquierdo marcado con unas vetas rojas.

—Dana. —Mi padre dio un paso hacia ella—. ¿Qué hacías en el desván?

—¿Qué tal el labio, Ivy? —lo ignoró por completo.

El ibuprofeno no me había hecho efecto aún. Me dolía mucho.

—Bien.

Mi madre se acercó para inspeccionar la herida. Demasiado. Olía raro. Algo intenso, parecía herbal. Pero era temprano para que hubiera salido al jardín.

Desvió la mirada a la mía.

—Hoy te quedas en casa.

—¿Qué? ¿Por qué?

—Porque estás castigada —afirmó con tono vacilante.

Miró a mi padre al decirlo. Siempre le dejaba a él los temas de paternidad de este modo tan irónico. Como si fuéramos niños jugando a las casitas y él tuviera que insistir en que nos lo tomáramos en serio.

—¿Sí? —Me volví hacia mi padre—. ¿Estoy castigada?

No parecía muy seguro.

—Si tu madre lo dice, sí.

—Pero… son las vacaciones de verano. No he hecho nada.

—Te metiste en un coche con un conductor borracho.

—¡No sabía que estaba borracho!

—Presta más atención la próxima vez —terció mi madre y frunció los labios—. Por favor, dime que lo has dejado.

Me ruboricé, irritada. Y un tanto triunfante.

—Sí, he roto con él.

—Buena chica —murmuró y se dispuso a salir de la habitación.

—Oye. —Mi padre le agarró el hombro con suavidad y la volvió hacia él—. ¿Tienes migraña?

En su voz había un extraño tono acusador. Y comprendí que tenía razón. Hacía mucho tiempo que no sufría una y me había olvidado de cómo se le distendía la boca y se le tensaban los músculos de alrededor de los ojos cuando le dolía la cabeza.

—Estoy bien —respondió—. Ya he llamado a Fee.

Fee era su mejor amiga, prácticamente su hermana. Cada vez que a mi madre le daba una de sus migrañas, la tía Fee le traía el desagradable brebaje de vinagre que tomaban en lugar de medicina.

—Eso no es lo que… —Se detuvo y se apartó de ella—. No importa. Haz lo que quieras.

Le dio un beso en la cabeza.

—Ya hablaremos después, voy a ir a dar una vuelta en bici.

Cuando oí que se cerraba la puerta de casa miré a mi madre.

—¿Está papá enfadado contigo?

—No te preocupes por eso —dijo sin más—. Voy arriba.

—Mamá, espera.

Supongo que la codicia me hacía querer más. Que me esperara levantada, que me castigara, que le importara mi novio… Quería saber más, aunque no estaba segura de qué.

—Anoche, cuando llegué, me dijiste que habías tenido una pesadilla.

Ladeó la cabeza, no estaba asintiendo exactamente.

Inspiré.

—¿Sobre mí?

—Ivy. —Su voz era suave. Inusitadamente suave—. No debería… Solo era un sueño.

Pero me acordaba de lo despierta que parecía la noche anterior, de lo nerviosa y alerta que estaba, incluso antes de verme la herida.

—¿Qué soñaste?

Se pellizcó el puente de la nariz y cerró los ojos.

—Agua oscura, agua en movimiento. Y una…

—¿Una qué? —Mi voz sonaba distante.

Abrió los ojos.

—Nada. —Forzó una sonrisa—. Fee me dirá si es señal de cambios. Aunque para ella todos los sueños lo son.

No le devolví la sonrisa. Estaba viendo de nuevo a la chica del bosque, agachada en el agua oscura del río.

—Oye, mamá —comencé, vacilante—. Yo…

Se llevó un dedo al ojo.

—Ahora, no. De verdad. Necesito tumbarme.

Dejé que se fuera y, como siempre, pensé en qué otra cosa podría haberle dicho para que se quedara.

CAPÍTULO TRES

Suburbios
Ahora

Apenas eran las once y ya hacía un día resplandeciente con todos los coches y buzones brillando por el sol. Me senté en los escalones del porche y alterné sorbos de café con el aire turbio de junio. El automóvil de Billy Paxton seguía en la entrada de su casa, lo había visto desde la ventana. Si salía podría volver a darle las gracias. Hacerlo mejor esta vez.

El teléfono vibró en el bolsillo trasero de los pantalones. Un mensaje de Amina.

AHHH, mira el Instagram de Nate AHORA MISMO.

—Oh, no —susurré. Me llegó otro mensaje.

No es sobre ti, por cierto. Avísame cuando lo veas.

Nate había publicado diez minutos antes. Ahí estaba su cara bonita que daban ganas de abofetear en primer plano, con los labios entreabiertos y los párpados medio cerrados. Por encima del hombro se veía una parte del cartel del Dairy Dream. Con el filtro en blanco y negro, la imagen parecía el fotograma de una película.

Tenía la boca hinchada, manchada de sangre. Le estaba saliendo un morado encima del ojo. Ponía: «Tendríais que ver al otro». El primer comentario era de su hermano pequeño, Luke: «Me he enterado de que el otro era una furgoneta de mensajería aparcada».

Me quedé mirándolo hasta que empezó a dolerme la mandíbula. Cerré la boca.

¿La has visto?

Sí, le contesté.

BIEN MERECIDO. ¿¿QUIÉN CHOCA CONTRA UNA FURGONE-TA APARCADA??, respondió Amina. Nunca le gustó Nate.

No contesté, pero el teléfono volvió a vibrar.

¿Soy un monstruo? ¡Perdona! Te juro que no me alegraría si muriera. Puedo prometerte al 90% que no aparqué yo la furgoneta.

Jajaja, respondí, y dejé el teléfono bocabajo en el suelo.

Me llevé el dedo al labio, notaba el gusano del miedo hurgándome el vientre. Era perturbador lo rápido que actuaba el karma.

Oí el sonido de lo que parecían unos dados en un vaso y sonreí. Siempre oía la camioneta de mi tía antes de verla. Era más vieja que yo, una chatarra que solo ella sabía conducir porque había como unos cinco trucos para hacer que arranchara y uno de ellos era rezar.

—Hola, Ivy —me saludó cuando detuvo el vehículo. Bajó con una bolsa de tela sobre el hombro en la que ponía «Mujeres y niños primero»—. Deja que te vea el labio.

Hacía más de treinta grados a la sombra y ella avanzaba a su más puro estilo: con labial oscuro y joyas de metal y esa cortina de pelo negro. Se inclinó para sostenerme la barbilla con los ojos entrecerrados y noté el olor a vinagre, a té negro y al ámbar que se frotaba en las muñecas.

—Vaya, alguien tiene tendencias suicidas.

Me aparté de ella.

—No tengo tendencias suicidas.

—Tú, no; ese novio tuyo. —Hizo una pausa—. ¿Ex?

Asentí.

—Bien. Tu madre y yo estamos haciendo apuestas para ver quién va ayudarlo a que encuentre a Dios.

—¿Te sentirás mejor si te cuento que ya ha estampado su coche contra una furgoneta de mensajería?

Apartó la mirada de mí y la fijó en la casa.

—Vaya. Nadie ha muerto, espero. Ni ha acabado tullido.

—Está bien. Se ha destrozado la cara. Igual que yo.

Sonrió levemente, aunque seguía con la mirada fría.

—La venganza es una perra.

Señalé la bolsa con la cabeza.

—¿Le has traído el repugnante té a mi madre?

Sacó del bolsillo una lata pequeña sin etiqueta.

—Y ungüento para tu labio. Para que lo uses con moderación.

—Gracias, tía. —Le di un abrazo. Fuera de lo que fuere el ungüento, seguro que funcionaba. Ella era el cerebro y las manos responsables de los remedios naturales que vendían en Small Shop, la tiendecita para gente elegante que tenía junto a mi madre en el centro de Woodbine. Sus productos eran muy populares y eso mantenía las puertas del negocio abiertas.

Entró en la casa y yo la seguí para probar el ungüento. Olía igual que un tronco de madera y sabía a las pelotas de Satanás, así que me lo quité y dejé el botecito en el botiquín de las medicinas. Con suerte, Hank creería que era un bálsamo para los labios.

Cuando bajé, las oí hablar por la puerta del dormitorio de mis padres. Mi madre soltó una carcajada gutural que me revolvió el estómago. Era un sonido que tan solo su mejor amiga podía provocarle.

A veces pensaba que si no quisiera tanto a la tía Fee, sentiría celos de ella. A veces me preguntaba si mi padre podría decir lo mismo.

Estaba esperándola cuando iba a marcharse, fingiendo que leía una revista.

—Eh, ¿te ha dicho mi madre cuánto tiempo voy a estar castigada? —Apoyé la revista en mi pecho.

La tía Fee ladeó la cabeza.

—¿Ahora te interesa *El Economista*?

—Sí —respondí a la defensiva.

—Más allá de lo que dure el castigo, será justo.

—¡Son las vacaciones de verano!

—No oigo nada cuando lloriqueas —indicó de forma automática, una de sus frases preferidas cuando yo era pequeña. Pero entonces cedió—. A ver qué te parece esto. Si dura más de una semana, hablaré con ellos para que te dejen pasar un día en la ciudad conmigo.

—¿Una semana?

—Ya verás cuando tengas hijos y uno de ellos vuelva a casa sangrando por la boca a las cuatro de la mañana.

Pasé una página de la revista.

—¿De qué más habéis hablado?

—Sobre todo de ti. De tu hermano.

—¿Y por qué parecía tan feliz? —murmuré.

La tía Fee apretó los labios. Se preocupaba por nosotros, lo sabía, pero era demasiado leal a mi madre para reconocerlo.

—¿Por qué no subes tú? —sugirió—. Ve a verla. ¿Cuál era ese juego que os gustaba, el que inventasteis? Ese juego de rimas. Ahora se encuentra mejor, puedes ir a jugar con ella.

—¿Jugar? —Fruncí el ceño—. ¿Qué juego?

Chocó el dedo medio con el pulgar, vacilante.

—¿En quién estaba pensando? En otra persona.

—¿Quién?

—Usa el ungüento en el labio, Ivy. Con moderación. Come algo rico en hierro, lo tienes bajo. Y aléjate de los chicos que no te tratan bien.

Me dio un beso en el pelo y salió al calor del día.

Recordé entonces la última migraña que había sufrido mi madre. El olor a vinagre de la ropa de mi tía debió de remover algo en mi cabeza. Fue dos años atrás. Recordaba el día por lo que sucedió la noche previa: el concurso de talentos del instituto. La tía Fee trajo su té asqueroso y hablamos sobre lo que le había pasado a Hattie Carter.

Hattie Carter. El nombre aterrizó en mi cerebro como un pájaro negro posándose en un alambre. Llevaba mucho tiempo sin pensar en Hattie.

Me dolían las sienes. Había algo que quería considerar, un tren de pensamiento que pasó demasiado rápido y desapareció en la niebla gris.

Me froté las sienes y me marché a mi habitación, donde no olía a vinagre.

CAPÍTULO CUATRO

Suburbios
Ahora

No volví a ver a mi madre ese día. Aunque seguro que se sentía mejor porque cuando me desperté a la mañana siguiente no estaba. Era el primer lunes del verano. Yo estaba castigada, sola y sin vigilancia.

Sobre las diez de la mañana estaba en el baño con un bikini antiguo echándome decolorante en el pelo. Tenía el producto desde hacía tiempo, pero no había tenido agallas para usarlo.

Parecía algo adecuado para después de mi primera ruptura. Además, Nate había sido bastante grosero con mi pelirrojo. «Es una chica con pelo, no pelo con una chica», le soltó en una ocasión Amina.

A decir verdad, hacía mucho tiempo que se me había ocurrido la idea de decolorarlo. Probablemente la milésima vez que alguien comentó lo mucho que me parecía a mi madre.

Estaba sentada en el borde de la bañera con un gorro de ducha, me ardía el cuero cabelludo y me picaban los ojos por los vapores. Después de lavarme el pelo me quedé mirándome durante un buen rato.

Incluso mojado, el pelo era de un tono platino anticuado. En contraste, las cejas eran dos rayas oscuras y los labios hinchados parecían la boca de la asesina de un videojuego. Tenía la nariz recta de mi madre, su mandíbula beligerante, pero con este pelo nuevo ahora también parecía yo misma. El espejo del baño estaba compuesto por tres paneles. Me vi desde tres ángulos cuando me giré hacia el reflejo alterado. El cristal verdoso, los rasgos borrosos, mi nariz acariciando la superficie fría del espejo.

Algo ondeó en el panel de la izquierda.

Giré la cabeza hacia él y por un momento me quedé mirando a una extraña. El corazón me dio un vuelco y me reí de mí misma. Estaba un poco nerviosa.

Creía que ya había dejado de pensar en la chica que habíamos visto Nate y yo en el agua, en su desnudez y su extraña mirada. Pero debía de estar oculta en mi cerebro, porque por un momento me pareció ver su rostro en el espejo, su pelo pálido.

Me sentí un poco incómoda después, o tal vez solo inquieta. Le conté a Amina que estaba castigada y a mediodía me envió una foto suya con una cuchara de plástico de helado y una carita dibujada en ella.

¡Te presento a tu suplente, Cuchara Ivy!

El resto del día ella y nuestros amigos Richard y Emily estuvieron enviando fotos posando con Cuchara Ivy en el Dairy Dream, el parque de patinaje, el coche de Richard. En el restaurante Denny's le hicieron una foto junto a una jarra de café, probablemente porque les parecía gracioso que me hubieran despedido de allí después de solo un mes sirviendo mesas por haber robado comida extra. En la última foto aparecía el San Bernardo de Emily, *Claudius*, con la boca llena de plástico destrozado.

DEP Cuchara Ivy.

A esa zorra le está bien merecido lo que le ha pasado, contesté, y comprobé la bandeja de correo electrónico. A lo mejor tenía la suerte de haber recibido una revista.

Noté cómo se encrespaba el pelo sediento bajo el sol, absorbiendo la humedad y desprendiendo el olor acre del amoníaco. Estaba leyendo un artículo en el teléfono mientras caminaba por el suelo de hormigón y a punto estuve de pisar un conejo.

Estaba tirado en medio del acceso a la casa, sobre una mancha de sangre. Estaban el cuerpo y las patas, y a unos centímetros de distancia se encontraba la cabeza.

Retrocedí y cerré los ojos, pero se me quedó la imagen grabada. Las puntas caricaturescas de las orejas, la violencia del corte.

Era demasiado limpio para que lo hubiera hecho un perro. ¿Lo habría hecho alguno de los horribles niños de nuestro vecindario? Pensé en Vera, una niña de ocho años obsesionada con la muerte a la que cuidé en una ocasión y nunca más. O en Peter, que tenía cara de querubín y en una ocasión intentó vender el anillo de compromiso de su madre yendo de puerta en puerta. Era la clase de niño que prendía fuego a las hormigas.

O Nate, pensé a regañadientes. Presioné la palma de la mano en el vientre, sobre la sensación incómoda que notaba ahí. Me acordé del dolor en el hombro cuando tiró de mí por el bosque, cómo le cambió la expresión cuando me reí de él. En esos instantes parecía capaz de vengarse, pero ¿podía haber hecho él esto?

Ni hablar, decidí. En primer lugar, era vegano. Básicamente. A veces comía hamburguesas, pero él mismo decía que era vegano.

No obstante, había rumores sobre él y el rastro abrasador de angustia y exnovias que dejaba a su paso. El tipo de cosas que me hacían sentir presumida porque era a mí a quien quería, por mucho que ahora me estremecieran. Una de sus exnovias se rapó la cabeza cuando rompieron. Otra llevaba cada día la misma sudadera negra con las mangas hasta la punta de los dedos. La gente decía que se había marcado su nombre por toda la muñeca con un imperdible, pero la gente era idiota.

Le hice una foto al conejo. En la pantalla parecía menos siniestro, toda la sangre y el temor quedaban encerrados en un cuadrado, aplanados. ¿Qué haría Amina?, me pregunté, y se lo envié a Nate.

¿Sabes algo de esto?

Volví a entrar en casa y estaba considerando llamar a mi padre para contarle lo del conejo cuando Nate me envió una ristra de respuestas.

¿Qué cojones es eso?
¿Por qué me envías esa mierda de foto?
¿HABLAS EN SERIO?
Vete a la mierda, Ivy.

Se me había acelerado el pulso, como si estuviera justo aquí, gritándome. Todavía estaba pensando en mi respuesta cuando vi el coche de mi madre por la ventana. Los neumáticos esquivaron por poco al animal.

Salió con un vestido ancho negro, el pelo recogido y aún más rojo por la luz del sol. Tenía los ojos ocultos tras unas gafas de sol de pasta blanca, así que no vi su expresión. Pero sabía que había visto el conejo.

Se agachó. Echó los hombros hacia delante, como si le hubiera dado un pinchazo en el estómago, con las manos en las rodillas. Se enderezó igual de rápido. Su forma de girar la cabeza hacia la casa me recordó a un depredador olisqueando el aire.

Y entonces echó a correr. Por el porche, hacia la puerta. Cuando me vio en la ventana alzó las manos. No era un gesto de sorpresa. No era para protegerse. Alzó las palmas y retorció los dedos en un gesto que me desgarró el estómago, como la púa en una guitarra. Era una reacción incomprensible y al mismo tiempo tan malévola que me dio un escalofrío en la espalda.

Y entonces sus rasgos se suavizaron y bajó las manos.

—¡Ivy! —exclamó—. ¡Tu pelo!

Me toqué las puntas blancas que se rizaban en la barbilla y olían a químico.

—Creía... —Estaba resollando—. No te he reconocido.

—Perdona.

No paraba de mover los ojos ni de presionar dos dedos en el hueco de la garganta.

—¿Estás sola?

—Sí.

—¿Llevas aquí todo el día?

—Eh... sí. Sigo castigada, ¿no?

Se acercó más. Sus ojos eran de un azul brillante, como los de Hank. Se tocó el pelo.

—Te has decolorado el pelo.

Me encogí de hombros. ¿Acaso tenía que disculparme?

—No me gusta. —Su voz sonaba fría y clara—. El rubio te queda ordinario. Entre el pelo y el labio podrías interpretar a una de esas chicas muertas de *Ley y orden*.

Me mordí el interior de la mejilla y comprobé que veía el dolor que no podía ocultar. Por un segundo, pensé si diría algo.

—Voy arriba —señaló—. Sigue doliéndome la cabeza.

Eso era lo más cercano a una disculpa que iba a recibir.

Se quedó en su habitación hasta la hora de cenar.

La luz de la tarde que entraba en la cocina la hacía parecer más oscura. Mi madre removió la comida en su plato, la mano derecha ilesa y la izquierda con cicatrices desde los nudillos hasta la muñeca. Siempre había tenido esas cicatrices, pero esta noche resaltaban, parecían latir como si fueran venas hinchadas. De pronto me extrañó que no me hubieran contado cómo se las había hecho.

Mi padre estaba ocupado con sus ñoquis, intentando pensar en algo agradable sobre mi pelo. Hank mantuvo la mirada fija en el teléfono durante toda la comida. Por su sonrisita supe que estaba escribiéndole a un chico, y probablemente no al chico con el que estaba saliendo. No era justo que tuviera la suerte de tener esos enormes ojos azules y los pómulos como los de Kaz Brekker. Era como darle a un niño una pistola de rayos.

Mi madre soltó un grito.

Todos nos sobresaltamos, Hank incluido. Se llevó una mano a la boca y escupió algo en la palma. Echó un vistazo rápido y cerró los dedos para esconderlo.

—¿Dana?

Se tomó su tiempo para mirar a mi padre. Tenía el puño en el regazo y con la otra mano sujetaba con fuerza el vaso de agua.

—¿Sí?

Mi padre soltó el tenedor.

—¿Qué ha pasado? ¿Qué te has sacado de la boca?

Ella lo miró fijamente.

—La cáscara de una gamba.

—¿Seguro? Parecía... como si te hubieras roto un diente.

Ella esbozó una sonrisa fría. Mi hermano y yo nos miramos por un segundo.

—¿Qué aspecto tengo, Rob? ¿He perdido un diente y no me he dado cuenta? Era la cáscara de una gamba.

—Bien. —Fue la última palabra que se pronunció durante el resto de la comida.

Estaba mintiendo, por supuesto. Yo también me había dado cuenta. Lo que había escupido era una astilla dura y amarillenta. No era su diente, pero sí el de otra criatura.

Diría que el de un conejo.

Eran apenas las ocho cuando me escabullí a mi habitación. Me tumbé en la cama y me puse a chupar cubitos de hielo mientras pasaba las páginas de una novela gráfica que me había prestado Richard, pero no podía dejar de ver a mi madre. Cómo me miró antes de saber que era yo. El gesto que hizo con las manos, que vibraba como una nota discordante que ya había oído antes. Y el conejo muerto, sus ojos helados.

—¿Ivy? —Mi madre llamó a la puerta y la abrió.

Me tragué un cubito de hielo y me estremecí cuando bajó como si fuera la cuchilla de un patín de hielo.

—¿Qué pasa?

—¿Cómo estás? Fee me dijo que te había dado algo para el labio.

Llevaba un rato sin acordarme del labio porque ya no me dolía. Me lo toqué con el dedo meñique y comprobé que ya casi no estaba hinchado.

—Sí, ha ayudado.

—Bien. Y en cuanto al pelo. —Volvió a golpear los dedos en el marco de la puerta y entró—. En realidad sí te pega. Es muy del viejo Hollywood.

No tenía nada que decir a este cambio de opinión. La observé mientras recogía una camiseta sucia del suelo y la doblaba para dejarla en los pies de la cama. No era propio de ella, mi madre no se encargaba de nuestro desorden. Y ella no solía tener unas manos nerviosas que tuviera que ocupar con algo.

—La otra noche —prosiguió mientras seguía alisando la camiseta— me contaste que Nate giró bruscamente con el coche.

—Sí.

Levantó la mirada.

—¿Qué fue lo que esquivó?

Sonreí con los labios cerrados.

—Un conejo.

Me miró fijamente, pero no respondió.

Tenía el libro que estaba leyendo apoyado en el pecho. Lo aparté y me incliné hacia ella, extendiendo un brazo. Frunció el ceño y reculó, como si fuera una trampa.

Le tomé la mano. Rocé con la punta del dedo el borde de una cicatriz y la miré.

—Mamá —murmuré con tono suave. Una hora antes había escupido el diente de otra criatura. La habíamos visto hacerlo, la habíamos visto mentir sin importarle que no le creyéramos. Parecía que nunca dejaríamos de jugar a fingir.

Tomé aliento.

—¿Quién creías que era cuando llegaste hoy?

Se encogió. Su rostro seguía calmado, pero tensó los hombros.

—Ivy, tenías el pelo blanco y el labio hinchado. No sabía qué tenía delante.

Me sentí temeraria. Levanté las manos y las moví igual que había hecho ella en la entrada de casa. Sentí un pinchazo en los dedos por el gesto tan poco natural.

—¿Qué significa esto?

Arremetió contra mí. Apoyó la rodilla en la cama y se abalanzó sobre mí, agarrándome los dedos e inmovilizándome las manos junto a los costados.

—No —indicó con voz firme—. No.

Me aferraba la mano izquierda con la suya derecha, suave y con las uñas pintadas. Su mano izquierda sobre la mía derecha estaba marcada con las cicatrices de las que nunca me había hablado. Y ese era únicamente el secreto que se veía. Proferí un sonido con la garganta, que notaba amarga, como si me hubiera tomado una aspirina. Se levantó de la cama.

—Ivy —susurró. Tenía los ojos húmedos. Esperé mientras movía la boca con las cosas que callaba; su expresión cambiaba como una tragaperras. Y observé cómo se apartaba de mí y volvía a encerrarse en sí misma, a desaparecer—. Buenas noches —se despidió y cerró la puerta.

Cuando se fue intenté llorar, pero no pude. Me quedé mirando las ventanas. Cuando se convirtieron en cuadrados negros, me incorporé. La casa estaba en silencio, Hank había salido y mis padres estaban al otro lado del pasillo durmiendo o viendo dos programas distintos en dos iPads separados. Llegó la medianoche y aún me sentía inquieta y no podía dormir.

Bajé y me agaché delante del frigorífico abierto mientras me metía sobras de fideos en la boca. Cuando me levanté y cerré la puerta, algo al otro lado de la ventana captó mi atención.

Había alguien fuera, entre las hierbas que crecían junto a la verja. Una figura encorvada que permaneció allí un momento, en la tierra, y se convirtió en mi madre cuando se levantó. Se pasó las manos por las rodillas para quitarse el polvo de los vaqueros y volvió a la casa.

Por instinto, crucé la cocina y me dirigí a las escaleras que daban al desván. Vigilé por la rendija que quedaba entre la puerta y el marco y la vi acercarse al fregadero. Estaba de espaldas a mí mientras se lavaba las manos y llenaba y bebía un vaso de agua dos veces. Seguía de espaldas cuando se derrumbó, bajó la cabeza a los brazos y soltó un grito. Solo uno, que ahogó entre los brazos.

Permanecí en la escalera, el aliento frío del desván me rozaba el cuello y el miedo me lamía la parte posterior de las rodillas. Cuando se puso derecha, fue como el chasquido de un cuchillo plegable. Salió de la cocina con el rostro compuesto, los ojos de un azul plomizo. Esperé detrás de la puerta del desván hasta estar segura de que se había marchado.

El patio trasero olía a manzanas silvestres y fermentadas, a romero mojado y a la tierra acre que mi madre compraba por sacos. Tomé una pala y la pasé por la parcela de la menta, por donde revoloteaban moscas negras tan grandes como pulgares cuando daba el sol. Cuando llegué al lugar donde la había visto escarbando, me puse de rodillas y empecé a cavar.

La pala chocó contra metal unos centímetros más abajo. Tardé un momento en desenterrarlo: un tarro de mermelada tapado hundido de forma vertical en la tierra, vacío excepto por un centímetro de barro que había en el fondo. Lo sostuve bajo la luz de la luna. Tierra, hierbas secas, suficiente sangre como para identificarla por las gotas que había adheridas al cristal. Entre todo eso, un pedazo de espejo roto y un papel blanco arrugado.

Observé el contenido del tarro desde cierta distancia; el corazón me latía acelerado. Volví a dejarlo en el suelo y lo cubrí con tierra hasta que quedó como lo había dejado ella.

Me fui directa del jardín a la ducha. No tenía ni idea de qué iba a decir si salía de la habitación y me veía las rodillas manchadas de tierra y los dedos arañados.

Respiraba demasiado rápido, la vista me chisporroteaba y sentía la cabeza liviana. No era porque estuviera asustada por lo que había desenterrado del jardín, sino porque no lo estaba. El descubrimiento debería de haberme parecido extraño, espantoso. Pero no. Noté una sensación sombría, como la que sentí cuando movió las manos, igual que la seguridad de que había visto el diente del conejo en su mano.

Había un lugar tranquilo dentro de mí. Una piscina de agua negra congelada, brillante. Estaba compuesto de preguntas que era mejor no formular, misterios que no me molestaba en investigar. Lo había dejado crecer. Algo se movía ahora debajo del hielo. Hacía que la superficie se resquebrajara, se pudriera.

«Eres muy fría. No te preocupa nada», me dijo en una ocasión Nate con aprobación.

Las palabras indulgentes de mi padre: «Lo que sucedió anoche no es propio de ti».

Y mi madre. No le gustó la pregunta que le hice y me empujó en la cama, inmovilizándome las manos como si fuera una muñeca, como si mi cuerpo no me perteneciera. No me resistí. Se lo puse fácil. No dije nada.

Ya me había hartado de todo eso. Incluso bajo el agua de la ducha mantuve los ojos muy abiertos, tan asqueada de pronto por los secretos que no podía soportar la oscuridad.

CAPÍTULO CINCO

La ciudad
Entonces

Apenas conocí a mi madre. Murió cuando yo tenía dos años y mi padre no era de los que mantenían la llama encendida. Cuando le hacía preguntas me enviaba a la cocina, donde había un cajón con fotos viejas y un mechón de su pelo rojo.

Una madre puede ser una fotografía.

Mi mejor amiga perdió a su madre antes incluso. Fee llegó al mundo y la mujer que la había llevado dentro se marchó. La muerte la transfiguró en una mártir de ojos oscuros, su apartamento era el relicario en el que el padre de Fee guardaba sus huellas.

Una madre puede ser una santa. Un fantasma. Un perfil bendito que aparece allí donde falta.

A veces es una extraña en el banco de un parque que alimenta a su hijo con los dedos; el ambiente que los rodea es tan tierno que podrías amasarlo como si fuera pan. O una mujer en el metro con un vaso de Coca-Cola que tira del brazo de su hijo hasta que este grita. Siempre me ha gustado observar a las madres malas.

Una madre puede ser un cuchillo de cocina, un cincel. Puede dar forma y destruir. Nunca pensé que yo me convertiría en una.

Hay ciertas cosas que una hija debería saber de la mujer que la está criando. Si esa mujer tuvo coraje. Si pudo pronunciar las palabras.

Digamos que mientes en la cama por la noche y ensayas las cosas que le dirías si pudieras. Esta hija tuya, tan inalcanzable, al otro lado del pasillo. Tan sumergida en el desastre, ¿qué podrías decir?

¿Por dónde empezarías?

Cuando tenía cinco años, mi padre perdió las llaves una noche en algún lugar entre el bar y nuestro apartamento. Me tenía en brazos y su aliento pintaba nubes con olor a cerveza en el aire helado. Caminamos unos setecientos metros con el frío que soplaba del lago, él con el abrigo desabrochado porque tenía calor, yo temblando con una cazadora que me quedaba pequeña porque nunca se acordaba de que los niños crecíamos. Hasta finales de noviembre no me compraba un abrigo que me quedara bien.

El buen humor de mi padre dio un giro cuando llegamos a la casa y no pudo abrir la puerta. Mientras él apuñalaba el timbre del policía, yo me bajé de sus brazos y eché a andar hacia la taberna; a medio camino me giré hacia un hueco en la hierba seca y recogí las llaves que se le habían caído allí.

Cuando tenía nueve años metí los dedos en un sumidero del baño del colegio y me quedé un broche que no había visto, estaba unido a una pulsera con abalorios que no sabía que estaba ahí. Caballete, bastón de caramelo, zapato con punta. Puse nombre a todos los abalorios antes de tirar la pulsera a la basura.

Cuando tenía doce años volví sola a casa una noche cálida de verano. Mi padre no estaba y yo tenía las llaves colgadas con una cadena debajo de la camiseta. Tercera planta, fondo del pasillo, y entonces me detuve con la mirada fija en la puerta cerrada del apartamento. No oí nada, no había nada que oír. Pero, todo lo silenciosa que pude, volví a la calle y corrí hacia la casa de Fee y el tío Nestor. Fue mi padre y no yo quien abrió la puerta una hora más tarde y vio al hombre en la sombra con un cuchillo de cocina y los vaqueros desabrochados. Fue mi padre quien le estampó una botella envuelta en papel marrón en la cabeza y lo ahuyentó, y este se fue corriendo, dejando un rastro de sangre en la alfombra que nunca conseguimos limpiar.

Había historias similares sobre mi madre, lo que mi padre decía que ella llamaba «sus certezas». Pero yo se las describía a Fee, la única que me preguntaba al respecto, diciendo que sentía cosas. Objetos, lugares, contornos y cómo se movía el aire alrededor. Estar en tu propia habitación. Cerrar los ojos. Y sentir el movimiento de tu diario debajo del colchón. La foto del chico que te gusta pegada en el tablón de corcho entre las postales y las fotos de revistas. El lugar en el que derramaste laca de uñas y esta manchó el suelo, por lo que moviste la cama hacia la derecha para taparlo.

Así sentía yo el mundo entero. O al menos nuestro pequeño pedazo de él. A Fee y a mí no nos resultaba raro. Ni siquiera lo considerábamos especial. Probablemente porque ella también tenía lo suyo: siempre sabía lo que necesitaba la gente, pero no sus cabezas, sino sus cuerpos. Siempre se acercaba a ti con un vaso de agua, una manzana, una caja de paracetamol. Siempre estaba incordiando a mi padre para que tomara verduras de vez en cuando.

Éramos mejores amigas que se convirtieron prácticamente en hermanas, nuestro mundo estaba en el espacio que se extendía como una mancha de aceite alrededor de la calle en la que vivíamos con nuestros padres, con dos pisos de tres plantas entre la suya y la mía. Nuestras madres fueron mejores amigas también antes de morir con un par de años de diferencia. Teníamos la superstición de que a nosotras nos pasaría lo mismo algún día.

Nuestros padres nos querían, lo intentaban, pero no estaban siempre ahí. El tío Nestor era un buen hombre que no podía mirar a su hija sin ver a su esposa fallecida. Y mi padre funcionaba como el grifo del baño de nuestra casa: el agua salía ardiendo, o bien congelada. Yo era su mejor regalo o su carga más pesada, nunca podía predecirlo.

Crecimos rápido en muchos sentidos: subíamos solas al metro cuando teníamos ocho años, trabajábamos a media jornada para nuestros padres cuando teníamos diez. Pasé tanto tiempo en el local de mi padre que ni siquiera recordaba cuándo me tomé mi primera copa.

Pero en lo que importaba de verdad éramos unas niñas. No sabíamos vestirnos bien, ni comportarnos, ni hablar con personas que no fuéramos nosotras. Mi padre me contó muy pronto por qué tenía que pegar, gritar y correr si alguna vez intentaba abordarme un hombre, y yo se lo conté a Fee, por lo que teníamos una información empañada sobre el sexo. A veces me preguntaba qué habrían querido nuestras madres que supiéramos si hubieran estado ahí para enseñárnoslo.

Llegamos así a los quince años y a saber cuánto tiempo habríamos seguido así si no hubiéramos conocido a Marion.

CAPÍTULO SEIS

Suburbios
Ahora

Me desperté antes del amanecer al oír que la furgoneta de la tía Fee estaba carraspeando en la entrada de casa. Permanecí atenta al sonido de los pasos de mi madre en el recibidor, el crujido y el suspiro de la puerta de la casa, el acomodamiento de la vivienda a su ausencia. Le siguió una hora de silencio y luego la rutina de día de mi padre. Ducha, radio, café. Una raya de luz del día ascendió por mis piernas. Cuando oí la puerta del garaje me incorporé.

La cama de Hank estaba vacía. Seguramente no había vuelto anoche. No obstante, crucé el pasillo de puntillas y me detuve delante de la puerta del dormitorio de mis padres. Traté de recordar la última vez que entré. Me daba vértigo pensar en un recuerdo de esa habitación.

Ahí estaba. La sensación de estar tumbada entre mis padres cuando era pequeña. Siguiendo con la mirada la mancha de humedad del techo con los pies debajo de las piernas cálidas de mi padre. La cabeza apoyada en el hombro de mi madre. Casi dolía el recuerdo.

¿Era real acaso? Abrí la puerta con cuidado, entré y me tumbé en la cama. En el techo estaba la mancha de humedad.

Bajé al suelo. Su dormitorio parecía una habitación universitaria compartida por compañeros que no tenían nada en común. El lado de mi padre era agradable, estaba lleno de trastos difíciles de ordenar: libros de poesía con las esquinas dobladas, novelas de fantasía gruesas, una foto enmarcada en la que salíamos Hank y yo con las bocas azules de comer helado. La parte de ella era más sobria. Había una estantería con puertas de cristal llena de memorias y biografías, una mesita de noche vacía. Una planta frondosa debajo de la ventana, un esqueje del jardín de la tía Fee.

Me acerqué a las fotos colocadas encima del tocador en el baño. Mis padres muy jóvenes en su boda, fotos de mi hermano y yo en el colegio con trece y once años. Al final había una foto de mi madre y la tía Fee cuando iban al instituto. Me quedé con esa.

El papel viejo estaba deformado, inclinado hacia el cristal por un lado. El *flash* de la cámara incidía en la temible curva de las cejas de mi tía, las uñas rojas de mi madre, los colgantes con corazones rotos relucientes en sus gargantas. Llevaban brillo de labios y tenían los ojos delineados, y una mirada en sus rostros como si fueran las únicas chicas del mundo.

Tendrían la misma edad que yo en esa fotografía, pero me hacían sentir una niña, siempre al margen de su círculo de dos personas. Fui a dejar la fotografía en su sitio, pero algo hizo que me detuviera. Mi camiseta rozó el cristal polvoriento cuando miré más de cerca.

Eran sus colgantes. Unos corazones de mejores amigas desgastados en unas cadenas, hechos del mismo metal flexible que se usaba para las llaves de los diarios. No eran mitades de un corazón roto, como yo creía. Estaba cortado en tercios. Mi madre llevaba un borde dentado y Fee la pieza del centro, serrada por ambos lados. Alguien tenía que tener la otra parte.

Todavía inmersa en este pensamiento me moví hacia el armario. Recorrí con la mirada la ropa doblada de mi madre, los tiques arrugados y las galletas de la fortuna descoloridas fuera de la bandeja. En la puerta del armario había una tira de fotomatón de mi madre de pequeña apretujada junto a la cara disoluta de mi abuelo, que había muerto hacía muchos años. Él llevaba unas gafas que parecían de presentador de telediario y mucho vello en el pecho; ella tenía rizos y le faltaban los incisivos centrales. En el lateral de la tira estaban las palabras: LLENA HASTA ARRIBA Y DE ABAJO ARRIBA EN EL PUB SHEANIGANS.

Seguí, aunque no tenía ni idea de qué estaba buscando. ¿Un diario que explicara todo eso? ¿Más cristal roto, más sangre? Había una caja con papeles en el estante de arriba, pero eran cosas sin importancia: certificados de nacimiento, formularios de impuestos, capitulaciones matrimoniales. Me quedé mirando sus firmas en el último documento, tratando de imaginar a mis padres de veinte y veinticuatro años, un Hank no nacido ya soñando detrás del ombligo de mi madre, lado a lado en la oficina de registro.

Había ciertos misterios. Tentadores, pero imposibles de discernir. En el fondo de un bolso horrible de piel sintética estropeada encontré un recipiente lleno de plumas, la mayoría de ellas marrones, grises o moteadas, pero algunas de colores cálidos y brillantes. Saqué un tubo de labial del bolsillo de un abrigo viejo y vi que habían reemplazado el labial por agujas y alfileres.

Debajo de una caja de zapatos que contenía un par de botas de tacón había una copia de *El trabajo del sueño*, de Mary Oliver, con un recibo ajado dentro como marcapáginas. Lo saqué. Un cuarto de siglo antes, mi madre compró sombra de ojos de la marca CoverGirl y un paquete de chicles en un Walgreens de la avenida Halsted, y después escribió una dirección en el tique con bolígrafo azul. Probablemente de la casa de un amigo o de una cafetería. Algo importante en el pasado, pero no ahora.

Y, sin embargo, tenía el tique muy bien preservado, guardado como una flor seca dentro de las páginas de un libro. Hice una foto a la dirección antes de poner el recibo en su sitio.

Estaba dejando el armario como lo había encontrado cuando me detuve. Tenía delante una cortina de ropa colgada, negro, más negro y algún azul. Siguiendo una especie de instinto, metí los brazos por el centro y aparté las perchas hasta que vi la pared.

Incrustada ahí había una caja fuerte del tamaño de una tabla de cortar.

Me quedé paralizada, más sorprendida porque mi corazonada había tenido resultado que por la existencia de la caja fuerte. Salí entonces de la habitación y recorrí el pasillo hasta el despacho de mi padre. Le di la vuelta al teclado del ordenador, liberando un puñado de migas, e hice una foto a las notas que tenía pegadas por debajo en las que había escrito sus contraseñas.

De nuevo delante de la caja fuerte de la pared examiné la lista: combinaciones formadas por cumpleaños familiares, números de jugadores, letras que parecían aleatorias y que probablemente fueran nemotécnicas. Descarté las contraseñas que no cabían y me quedé con un buen puñado.

Desbloqueé la cerradura al tercer intento. Con la boca seca y los oídos zumbando en el silencio abrí la caja fuerte.

Dentro había un objeto con el tamaño y la forma de un libro de bolsillo hecho totalmente de oro.

Había oído hablar de personas que guardaban su dinero en lingotes de oro, pero esto parecía demasiado grande. Y era demasiado bonito para que se tratara solo de dinero. Parecía algo propio de un museo o de una tienda de antigüedades, expuesto debajo de un cristal.

Cuando levanté el objeto me pareció que estaba hueco, pero no tenía ninguna ranura visible. La superficie estaba un poco más caliente que mi piel. Lo ladeé con cuidado y luego lo sacudí, fijándome en su superficie pulida, su peso, cómo incidía la luz en los lados formando un destello prismático. ¿Para qué servía?

Pegué la oreja a la parte superior. Nada. Cómo no. Volví a darle la vuelta y, en un impulso, lo toqué con la lengua.

Me hormiguearon las manos con una vibración repentina, como la producida por un bate al golpear una pelota de béisbol. El metal sabía sorprendente, eléctrico, vivo.

Oí a mi madre hablándome al oído. No la imaginé, la oí; pronunciando en voz baja un puñado de sílabas que no pude descifrar. Cerré los ojos y me zambullí en un recuerdo con una claridad tan sorprendente que parecía estar teletransportándome.

Olí la fragancia fría del lago por la noche. Vi las estrellas que se reflejaban en el agua, como si estuvieran mirándose en un espejo compacto. La imagen era tan palpable como un cuadro recién pintado.

Podría emborronar los colores si quisiera. Aunque no me giré para mirarla, sentía a mi madre a mi lado, cálida en el ambiente frío.

Cuando abrí los ojos estaba sentada en el suelo de la habitación. Tenía los ojos abiertos, pero no veía el cesto de ratán para la ropa de mis padres, la telaraña en la base. El objeto dorado estaba inerte de nuevo y la carga estática originada a partir de la saliva en el metal se había disuelto.

Un sueño, pensé, mareada. Un pensamiento mezclado con cierta paranoia me había hecho... lo que acababa de pasarme.

Pero no lo creía de verdad. Había desentrañado algo, algo real. Un recuerdo tan enterrado que no sentía que me perteneciera.

Volví a lamerlo. No pasó nada. Pensé en quedármelo, pero no quería correr el riesgo de perder algo preciado, así que lo devolví a la caja fuerte por el momento. Y al hacerlo vi algo que había pasado por alto, algo que había en el fondo.

Se trataba de una cajita de madera. Había un escudo de armas pintado en la parte superior y ponía Flor fina. Me resultaba familiar, era mía. Una pitillera que usaba para guardar mis tesoros cuando era pequeña. Se me había perdido hacía años.

No se perdió. Me la quitaron. La guardaron en una caja fuerte, en un armario empotrado, en una habitación donde nunca entraba. Una parte de mí, robada.

CAPÍTULO SIETE

La ciudad
Entonces

No recuerdo lo que estaba haciendo la primera vez que vi a Marion. Probablemente sacando palitos de pescado de la freidora. Arrastrando monedas, devolviendo de menos a alguna vieja con una capota para la lluvia porque me había cabreado al pagar su plato con calderilla. Esto fue cuando nuestros padres tenían un negocio de pescado frito a varias manzanas del lago.

Estaba esperando a que llegara el siguiente empleado. La espalda destrozada de mi padre estaba entrando en su declive final y ya no podía soportar turnos de catorce horas. Yo era una mocosa, seguía siendo la princesa de papá cuando él lo quería y estaba deseando poner a su nueva empleada en su lugar. Por una vez podía encargarse otra persona de limpiar la grasa, pero, cuando entró, las réplicas sarcásticas murieron en mi garganta.

Marion era mayor que yo, tenía diecisiete años. Las orejas adornadas con metal y vestida con una chaqueta verde que era demasiado delgada para el tiempo que hacía. Pero no me quedé mirándola por eso. Como un juego de llaves perdido, como una pulsera escondida, había algo en esta chica a la que nunca había visto que me llamó la atención. Podía sentirla allí de pie, sobre el azulejo descolorido, más opaca y más real que ninguna otra cosa en la habitación.

Ella me devolvió la mirada. Yo tenía el pelo rojo de mi madre fallecida, aunque el de ella era rizado y el mío era muy fino, y las puntas se metían hacia dentro cuando me lo recogía. Estábamos en invierno, pero hacía un calor sofocante junto a la freidora. Llevaba una camiseta y los brazos cubiertos de pecas de grasa.

—¿Nos hemos...? —comenzó ella.

—¿Crees que...? —dije yo al mismo tiempo.

Nos quedamos calladas y se produjo un silencio intenso que podríamos haber interrumpido con una carcajada, pero no lo hicimos.

—Soy Marion —se presentó.

—Dana.

—Dana. —Repitió la palabra como si fuera el nombre de un país que no aparecía en el mapa, sin apartar de mí sus ojos claros—. Vamos a ser amigas.

Las pelirrojas se sonrojan con facilidad. No tienes que estar enfadada o avergonzada para que suceda, solo se necesita que te descoloquen un poco. Levanté la cabeza y pensé en icebergs, en saltar a un océano helado.

—¿Tú crees? —pregunté.

—Lo sé. —Su voz era tranquila, aunque extrañamente autoritaria, tan seria que podría haber muerto. Supe entonces que ella era tan inadaptada como yo.

Le mostré dónde colgar la chaqueta y el bolso, y mientras tanto intentaba comprender qué tenía de especial. Era corpulenta, tenía las mejillas rojizas, la cola del pelo oculta debajo de una gorra. No era guapa, pero había algo en su rostro que te hacía querer seguir mirándola. Sacó un CD de la chaqueta y lo levantó. En la cubierta en blanco y negro aparecía una mujer que sacudía la cabeza mojada y el pelo quedaba inmortalizado en una media corona.

—Tu padre me dijo que podía elegir la música mientras trabajaba —comentó—. ¿Dónde está el reproductor?

A Fee y a mí nos gustaba la música que les gustaba a nuestros padres. Cream, los Moody Blues, Led Zeppelin. Incluso la polka con la que había crecido mi padre, que ponían en los salones de baile polacos donde se conocieron sus padres. Fee y yo solíamos ponernos a dar vueltas descalzas mientras el reproductor de música repicaba y nuestros padres se emborrachaban con vodka ucraniano y nos animaban.

La música que ponía Marion no era de ese estilo. Eran ritmos agitados de *punk* con ráfagas de noventa segundos. Rock duro con guitarras en el que eran mujeres quienes aullaban como Robert Plant, y música *glam* fulgurante y cortante como los haces de luz de una linterna de colores.

Ese primer día trabajamos codo con codo sin hablar mucho; Marion se habituaba a los ritmos repetitivos del servicio de la comida rápida mientras yo me empapaba de la música. A la hora de cerrar Fee estaba esperándome en el bordillo, jugando al tetris con los pies en la alcantarilla. Cuando vio a Marion se mostró reservada antes de calmarse, como cada vez que canalizaba su don de la empatía.

—Tienes hambre —señaló.

Marion se puso a juguetear con la cremallera de la chaqueta. A veces las miradas de Fee volvían tímidas a las personas.

—Ya he comido. Aquí.

—Eso no cuenta —respondió Fee—. Necesitas comida.

Volvimos a su casa, donde siempre había una bandeja con algo rico en el frigorífico. Esa noche era picadillo que olía a la menta que cultivaba su padre en el porche trasero de la casa.

—En realidad no me gusta la carne —comentó Marion antes de lanzarse como un rottweiler al plato. Suspiró después y su sonrisa cambió el equilibrio de toda su cara—. No me puedo creer que tu padre haya preparado esto. Lo único que hace el mío son cócteles. Y lo único que hace mi madre es poner pastelitos de merengue proteicos en un plato.

Me hice una imagen mental de sus padres a partir de su afirmación. La madre en chándal practicando tae bo, o repartiendo raciones de comida para toda la semana. El padre golpeando el vaso de chupito en la mesa dos veces para buscar la suerte, como hacía el mío, antes de echar el contenido en una pinta de Guinness. Más adelante me sentiría estúpida, cuando descubriera lo equivocada que estaba.

Pero en ese momento estábamos llenas y cálidas, y no podíamos dejar de sonreír. Marion le pasó un CD a Fee y nos tumbamos en el suelo irregular de su dormitorio a escuchar con las cabezas pegadas y la música tan alta que sentíamos la vibración sobre las tablas de madera.

Así empezó. Comida y música. El resto llegó más tarde: la magia, las cosas que la alimentaban. Ya estábamos enfadadas antes de que llegara Marion, aunque no lo supiéramos. Con nuestros padres, con nuestras madres muertas, con nosotras mismas por tener quince años y vidas del tamaño de un alfiler, y no tener ni idea de cómo cambiarlas. Pero fue Marion quien dio forma a nuestra ira.

Comenzó con la música. Pero no terminó ahí.

CAPÍTULO OCHO

Suburbios
Ahora

Me senté en la cama con la pitillera.

Había cosas que conocía, por supuesto. Una gema de pasta verde de mi vieja corona de papel, la entrada de una vez que mi tía me llevó solo a mí a ver *Hamilton*. Una púa jaspeada de guitarra que me regaló mi padre y una pluma estilográfica con el cartucho de color cobalto.

Pero no recordaba de dónde había sacado la piedra plana negra, con forma circular y un agujero del ancho de una goma de borrar justo en el centro. Ni el trébol de cuatro hojas seco y pegado con un pedazo de cinta adhesiva. Lo miré más de cerca: era un trébol de cinco hojas. Seguramente le hubiera pegado una hoja extra. Había un anillo de madera del tamaño y el grosor de una moneda de dólar, un resto de vela blanca, un mechón de pelo rojo atado con una goma. ¿Mío? ¿De mi madre? Me pasé la mano por el cabello decolorado.

Estaba a punto de guardarlo todo cuando vi el papel en el fondo, doblado hasta adoptar el tamaño del interior de la caja. Solo me resultó familiar la sensación del grano en los dedos. Antes incluso de abrirlo, supe que era una hoja de uno de mis cuadernos de dibujo antiguos.

Era un dibujo a lápiz, uno muy bonito. De un niño descalzo con vaqueros, con un puñado de gardenias blancas en las manos, que sonreía con los ojos cerrados. Las pecas que tenía parecían estrellas.

Toqué el dibujo con un dedo. Las flores abiertas como las faldas de Degas, la sonrisa soñadora del niño. Yo había capturado eso, pero ¿qué me había animado a hacer y a guardar un dibujo de Billy Paxton?

Comprobé la fecha. Lo dibujé el verano antes de empezar séptimo curso, unos meses antes del Incidente Embarazoso que marcó la primera y, hasta la otra noche, última vez que Billy y yo hablamos. Su rostro en mi cuaderno de dibujo, distante y sereno, chocó con mi recuerdo frágil de su forma de mirarme aquel día, su mirada ardiente y casi odiosa.

Seguramente lo habría visto al otro lado de la calle antes de dibujar esto. Se me quedaría grabada su cara en la cabeza y la exorcicé en una ola de pétalos blancos.

Examiné el dibujo y después cada objeto que había sacado antes que él, buscando cualquier pista de por qué la caja estaba escondida. Pero no había respuestas aquí. Únicamente otro misterio.

¿Por qué? Me hice la pregunta mientras me lavaba la cara, me vestía, me comía un dulce que había tomado de una caja en la que ponía Dulces de Hank. ¿Por qué guardar la caja de los tesoros de una niña? No podía parar de dar botes, de caminar, de volver a sentarme. Hasta que me harté de gritar a mi madre en mi cabeza.

Tenía que enfrentarme a ella ahora, hoy. Porque aún podía sentir sus dedos esbeltos apretando los míos, pegándolos a la cama. Podía notar el chisporroteo extraño del oro. Tenía una llama en la cabeza que no podía permitir que se extinguiera.

Salí al calor de la calle sintiéndome frágil como el azúcar glas. Avancé en bicicleta por los aparcamientos, entre las hierbas del camino. Me empapé del sonido de las radios de los vehículos que pasaban por mi lado, tambaleándome entre las orillas de los depósitos de retención de aguas pluviales y esperando que nadie me tirara un vaso de plástico por la ventanilla del coche.

Estaba empapada de sudor cuando llegué al centro de Woodbine. Eran seis manzanas de tiendas, restaurantes y cafeterías, además de un cine de dos salas y el gracioso Lounge Le Bleu, adonde iba la gente que quería fingir que estaba en la ciudad, a beber cócteles con palitos que brillaban en la oscuridad.

La tienda de mi madre y mi tía estaba embutida entre dos tiendas de golosinas elegantes, justo debajo de un estudio de danza, por lo que siempre se oían pisadas en el techo. Al entrar oí el sonido de una sinfonía grabada que se colaba por las ventanas abiertas.

Pero el escaparate de Small Shop estaba oscuro. Cuando empujé la puerta, esta no cedió.

Era un día tan soleado que no atisbaba nada en su interior, ni siquiera cuando me pegué al cristal. Miré el horario, aunque me lo sabía de memoria. La tienda tendría que haber abierto a las diez.

Había un pasadizo empedrado entre Small Shop y Vanilla Fudge adornado con farolas de hierro fundido. Me apresuré por ahí, encantada por primera vez de haber tenido que trabajar envolviendo regalos en la tienda en Navidad; tenía una copia de la llave de la puerta para los empleados.

Entré al desván por la puerta trasera. No había nadie allí, pero las luces estaban encendidas.

—¿Hola? ¿Mamá?

No hubo respuesta. Esta parte de la tienda estaba abarrotada, aunque bien organizada. Examiné las estanterías, las pilas ordenadas de existencias, las cajas donde guardaban muestras de productos sin abrir: tabletas de chocolate hechas bajo la luna de cosecha, minerales para frotarlos en la cara, revistas en las que salían mujeres escandinavas con abrigos reciclados contando por qué tendrías que dar miel pura a los bebés. Todo tipo de tonterías.

La Small Shop tenía ese nombre por la teoría de la tía Fee de las pequeñas cosas buenas: todo lo que vendían tenía la intención de ofrecer un pequeño bien, un ajuste ligero con el objetivo de hacer tu vida mejor. Normalmente olía a hierbas y té orgánico, y a la vela intensa que encendían en el mostrador, pero hoy el olor era acre, desagradable. Me empapaba la lengua. Miré a mi alrededor en busca de algo para enjuagarme la boca y encontré una taza de café helado encima de un archivador con la pajita manchada con el labial oscuro de la tía Fee. Toqué el lateral con el nudillo. Seguía frío.

—¿Mamá? —volví a llamar—. ¿Tía Fee?

Encendí el resto de luces y me dirigí a la tienda vacía. Aquí todo era de un delicado blanco o del gris de la madera arrastrada por la corriente y el viento. Los productos destacaban como obras de arte. Se me fue la mirada directamente a la mancha de color óxido de delante del mostrador.

Sangre. Demasiada para tratarse de un sangrado de nariz, muy poca para empezar a buscar un cadáver. Había un mechón de pelo también. Me acerqué más y vi otra cosa, un matiz distintivo marrón y gris. Pelo de conejo.

Empezaba a notar presión en la cabeza. No sentía dolor, aún no.

Me volví y salí rápido por la puerta trasera a la calle de hormigón. Me arrodillé a la sombra de una farola, con los pulmones obstruidos por el aire azucarado, y llamé a mi madre por teléfono.

Me saltó el contestador. Siempre dejaba el teléfono en el coche, donde se le quedaba sin batería y se le llenaba el contestador de mensajes.

Probé con la tía Fee. Al menos su teléfono sonaba. Cuando también me salió el contestador, maldije tan fuerte que la empleada de la tienda de dulces que fumaba un cigarrillo electrónico a varios metros exclamó:

—Vaya.

Le hice un gesto grosero y subí a la bicicleta. La oí reírse cuando me alejé.

La tía Fee vivía en una casa de campo de dos plantas al fondo de una calle llena de viviendas de este estilo, hogares suburbanos para familias con un hijo. La entrada de su casa estaba vacía. Eché un vistazo a las ventanas del garaje y también lo vi vacío. Toqué al timbre, pero no respondió nadie.

Estaba en el escalón de la entrada, considerando buscar una ventana que no estuviera cerrada cuando me sonó el teléfono.

Perdona, he visto tu llamada. Hablamos luego, ¿vale?

La tía Fee. La presión que sentía en el corazón se aflojó y me senté en el escalón.

He ido a la tienda. ¿Qué pasa? ¿Dónde estáis?, respondí.

La casa quedaba a mi espalda. Vacía, pero mientras esperaba su respuesta empezó a escocerme el cuello. La sensación hizo que me apartara de los escalones hacia la hierba y me volví para tener las ventanas de la vivienda a la vista.

Disculpa. Estamos encargándonos de un asunto, pero estamos bien. Te llamo después, Ivy.

Leí varias veces sus palabras, intentando encontrar el motivo de mi desasosiego. Espiré despacio y me pasé una mano por el cuello.

¿Tiene algo que ver con los conejos?

Esta vez no respondió. Me quedé un minuto más en la hierba esperando a que me contestara, pero no lo hizo.

CAPÍTULO NUEVE

La ciudad
Entonces

Cuando tenía quince años aprendí a ser muchas personas distintas. Con mi padre era exigente y nerviosa, una creída. Con los compañeros de la escuela era tranquila. Con Fee nunca tenía que pensar, así que vete a saber. En el metro, en el mundo, era una chica tan dura como una caja fuerte.

Pero Marion era una sola persona. Ella no cambiaba, no podía. Algunos días me quedaba impresionada y otros su rechazo a fingir me enfadaba. Fee y yo sabíamos cuándo volvernos pequeñas y cuándo aparentar que nos sentíamos grandes, pero Marion se negaba a ser otra persona que no fuera ella. Era demasiado intensa, demasiado agresiva, no aceptaba nunca una broma a menos que la hubiera hecho ella. Echaba la bronca a los clientes en voz alta en lugar de por lo bajo y replicaba a los abucheadores.

Su negativa al compromiso nos hacía más valientes. Nos animaba a salir de nuestro barrio, a recorrer la extensa arteria de la ciudad. Juntas nos colábamos entre la multitud en eventos para todas las edades, tomadas de la mano, fingiendo que alguien nos esperaba en la primera fila. Caminábamos bajo el viaducto a las dos de la mañana, junto a sacos de dormir y puestos ambulantes. Por el precio de un café con pastel alquilábamos toda la noche mesas en comedores ocupados por hombres con botas de trabajo y *punks* groseros.

Marion empezó a trabajar en la freiduría a mediados de invierno, cuando la ciudad estaba medio muerta bajo un abrigo de sal de roca. Era una noche de finales de marzo, al comienzo del deshielo; estábamos sentadas en un banco en Fawell con la ropa impregnada de grasa, pasándonos una botella de Malört.

Tan tarde la playa era un picadero. Nadie nos prestaba atención. Hacía calor para la época en la que estábamos, y en la radio de Marion sonaba música de Yo La Tengo. Por una vez estaba relajada con los codos en la arena. Fee tenía la cabeza apoyada en mi regazo y yo le hacía trenzas en el pelo negro y las deshacía con el ritmo de quien reza un rosario. Pasaron dos hombres junto al agua. Uno de ellos nos vio y agarró el brazo de su amigo para reconducirlo.

Empecé a mover la rodilla hasta que Fee se incorporó.

Los hombros, dos tipos blancos, ascendieron por la playa con las camisetas de rayas sacadas de los pantalones de color caqui. El que nos había visto era delgado como un hurón con el pelo decolorado y de punta. Su amigo era más bajo, un joven con la barriga de un viejo. Estaba quemado por el sol. Se detuvieron a varios metros, arruinando nuestras vistas del lago.

—Buenas noches, señoritas —balbuceó Hurón. Estaba tan borracho que parecía que tenía conjuntivitis.

—Caballeros —respondí—. ¿Hace buena noche en el Admiral? —Era una residencia para jubilados.

El quemado parpadeó.

—No hemos estado en el Admiral.

—Se está burlando de nosotros —señaló Hurón, sonriendo. Tenía un revestimiento de buen humor que generalmente ocultaba un agujero negro. Nos señaló con el dedo a cada una de nosotras, a Marion, a Fee y a mí—. Dejad que adivine. Tú eres la puta, tú la picante y tú la *emo* triste.

—Me gusta la música *emo* —comentó Quemado, sonriendo al tiempo que cambiaba de tema—. Antes estaba en una banda. En el instituto.

Hurón rodeó a su amigo con un brazo.

—¿Lo habéis oído? ¿Quién quiere chupársela a una estrella del rock?

—Eh... —Quemado intentó enfocarnos con la mirada—. Tío, son unas niñas.

—No me interesa —respondió Fee con voz monótona—. Marchaos.

Hurón posó el trasero en la arena.

—¡Marchaos! ¿Quién eres tú, el jodido... jodido Johnny Corleone? Marchaos.

—Vito Corleone —lo corrigió Quemado—. Venga, Matt, vámonos.

Sabía cómo endulzar mi desagrado lo suficiente para rechazar a tíos como estos. «Lo siento, tengo novio», ese tipo de cosas. Pero tenía la boca llena de ajenjo y estaba enfadada por el silencio de Marion.

—Haz caso a tu amigo, Matt —le advertí—. Eres asqueroso, no queremos nada contigo.

A Hurón se le cayó la máscara. Me dio la sensación de que quería golpearme, pero estaba atrapado en las garras del dilema del buen chico: si eres un buen tío y no pegas a una chica, ¿qué haces cuando una perra te falta el respeto?

Decidió inclinarse con pereza y me dio dos golpecitos con los nudillos en el cráneo, con fuerza.

—Háblame con amabilidad, cielo.

Antes de que pudiera reaccionar, Fee estaba entre los dos, apartándolo de mí.

—Ni hablar, capullo —exclamó—. No la toques.

Entonces Marion se puso en pie. Temblando, con los puños alzados. Movía los labios y su rostro parecía poseído, con un ojo desviado.

—Capu... capullo —resolló.

Hurón se rio, pero parecía nervioso. Creo que todos estábamos asustados.

—¿Qué creías que iba a pasar? —La voz de Marion seguía temblando—. ¿Qué cosas feas piensas cuando molestas a chicas que no quieren saber nada de ti?

Él curvó los labios.

—¿Quieres hablar de feas, nena? Te haría un favor.

Marion se quedó paralizada. No, se contuvo, moviéndose hacia arriba y hacia dentro como una llama encerrada bajo una cúpula de cristal. Cuando habló, las palabras sonaron graves. Un murmullo rítmico que sembró el caos en mi corazón.

—Que veamos sus pensamientos. —Su voz ganó volumen, seguridad—. Que su materia oscura toque el aire. Que lo molesten desde fuera.

Los dos hombres se miraron.

—Ya, me voy —dijo Hurón, llevándose las manos a las rodillas—. Bichos raros.

Cuando se levantó, algo revoloteó en su mejilla. Tenía el cuerpo chisporroteante e iridiscente de una cigarra, con alas de encaje rojo y un caparazón negro. Lo apartó de un manotazo.

Un segundo insecto aterrizó en su sien. Esta vez le dio una palmada y lo mató, dejando una mancha por encima de la ceja.

—¿Qué coño? —murmuró, mirándose la palma.

Llegó un tercero, atravesando la noche para posarse en su mandíbula.

Y otro.

Y otro.

Sus alas zumbaban produciendo un sonido enfermizo, las patas finas se flexionaban en su frente, mejillas, cuello y el hueco con forma de uve que quedaba por encima de la camiseta. Los espantó con la mano. La piel se le estaba enrojeciendo y llenando de sudor.

—¿Qué es... qué has...? —Un insecto aterrizó en su boca. Se pasó el brazo, lloriqueando, y luego gritó cuando llegaron nuevos—. No —dijo—. No, no, no, no...

Y entonces dejó de hablar. Parecía tener la boca apretada. Estaba agachado, gritando con los labios cerrados, arrastrando la cara por la arena. Yo no sabía si los insectos le picaban, le mordían, o solo se paseaban por su piel, pero no dejaban de llegar.

Retrocedí, horrorizada. Fee le lanzó arena al chico, supongo que en un intento de deshacerse de los insectos. Marion observaba. Tenía la boca abierta, su rostro parecía una habitación de la que alguien acabara de salir cerrando de un portazo.

—¡Ayuda! —gritó Quemado—. ¡Ayudadnos!

Junto al agua, un hombre con una mochila deceleró para mirar en nuestra dirección. Por el camino, dos ciclistas bajaron de las bicicletas para observar.

—Hora de irse. —Fee estaba recogiendo nuestras cosas y habló con voz tranquila, pero imperante—. Vámonos. Ya, ahora, Marion, ¡mueve el culo! —Esto último lo dijo en español.

Marion volvió a la vida. Tenía los ojos impactados, contemplaba la imagen como si no tuviera ninguna culpa de lo que estaba sucediendo. Entonces echó a correr.

—¡Esperad! —gritó Quemado, arrodillándose cerca, pero no demasiado, del hombre que se retorcía en el suelo—. ¡Volved!

Corrimos a toda velocidad por la arena. Llevaba en los brazos el reproductor de música de Marion. Me lloraban los ojos, notaba las piernas gomosas y cuando llegamos a la estación de metro Morse apenas podía mantenerme en pie.

—Parad —les pedí—. Parad.

Nos apoyamos las unas sobre las otras, nos sostuvimos, y el sonido que salía de nuestras bocas parecía de risas. Marion se apartó de pronto y vomitó las patatas fritas y el Malört en la hierba. Cuando terminó, la sostuvimos para ponerla en pie, acariciándole la espalda mientras lloraba.

¿Qué has hecho?

—No lo sé —no paraba de decir Marion—. No lo sé.

¿Cómo lo has hecho?

Había vómito en la punta de sus zapatos. Los arrastró por un bordillo.

—Por favor, dejad de preguntar.

Sabíamos que lo decía en serio. Nos quedamos en silencio todo el tiempo que pudimos soportarlo. Luego:

¿Podemos hacerlo también nosotras?

Estábamos sentadas en un rincón del aparcamiento de un supermercado con bolsas de comida vacías a nuestros pies. Fee había entrado para comprarle agua a Marion y había salido con bolsas de patatas fritas, dulces y Doritos. Todo sabía muy bien, eléctrico; una explosión de sabor en mi lengua. Seguimos riendo, sorprendidas, con las bocas llenas de migas, recordando cómo había caído Hurón de rodillas y luego a la arena.

—Sí —dijo Marion. Lo dijo con timidez, como una novia anticuada en el altar—. Si queréis. Podríamos hacerlo juntas.

Si, dijo. Si queríamos aprender a mostrarnos feroces, a tener poder, a arrojar de rodillas a los capullos. Jamás habíamos deseando nada tanto como eso.

CAPÍTULO DIEZ

Suburbios
Ahora

Llegué a la entrada de casa y vi a mi hermano sentado al sol, liándose un cigarro. Me miró con los ojos entrecerrados.

—Tu boca está mejor. Creía que estabas castigada.

Dejé la bicicleta en el garaje.

—Tú siempre te sales con la tuya.

Se encogió de hombros como diciendo: «Sí, es verdad».

—Papá me ha contado lo que pasó con tu novio el Rey Idiota. ¿Quieres que haga algo?

—Exnovio. Y por supuesto que no.

—La próxima vez llámame, tonta del culo. Si necesitas que te recoja.

—Vale, pero más te vale contestar cuando lo haga. —Me senté a su lado—. Hank.

—Ivy.

—Sé que no quieres hacerlo. Nunca quieres. Pero tenemos que hablar de mamá.

Tenía la mirada fija en la tarea que estaba realizando.

—Es lo último que necesitamos ahora.

—Hablo en serio —insistí—. Le pasa algo. No has hablado últimamente con ella, ¿no?

—¿Hablar? ¿Con mamá? Muy bueno.

Su relación escabrosa era una costra que intentaba no arrancar. Normalmente.

—Mira, anoche la vi enterrando algo en el jardín trasero. Y fui a desenterrarlo.

—¿Y?

—Era un tarro con sangre. Y un cristal roto. ¡Y sangre! ¿En serio?

—¿Había luna llena anoche?

Se me aceleró el corazón.

—No lo sé. No creo, ¿por qué?

—Eso es justo el tipo de cosas que hace una mujer blanca *New Age* bajo una luna llena. Probablemente sea algo para la prosperidad que haya leído en un libro.

Era tan irritantemente plausible que saqué el teléfono y busqué la foto del conejo muerto.

—Excepto porque alguien dejó esto en el acceso a la casa el otro día. Y acabo de estar en la tienda. Está cerrada sin motivo y estoy muy segura de que alguien ha dejado otro conejo en el suelo.

Miró la pantalla y se apartó.

—Puaj, ¿quién le hace una foto a eso? Sé lo del conejo, vi a papá limpiando con la manguera la entrada. Seguro que lo dejó ese chico del maíz, no sé su nombre, el que vive en la casa azul.

—Peter.

—Eso. Peter. Pero si estás preocupada, habla con la tía Fee.

—Le he escrito. Va a llamarme después.

—Bien. —Me miró un segundo con los ojos empañados y luego sacudió la cabeza—. Ella te dirá si algo va mal. Mamá, no; pero ella, sí.

—Supongo —contesté y dudé. ¿Le contaba lo de la caja fuerte del armario?

Aún no, decidí. Seguro que querría volver a abrirla para verla él mismo. O puede que no le diera ninguna importancia. En cualquier caso, yo acabaría enfadada.

Hank levantó el cigarro que había terminado de liarse.

—¿Quieres?

—No.

—Bien. —Lo metió en una lata de caramelos vacía y se quitó las motas de las rodillas, como si fuera a levantarse. Pero yo no había terminado de hablar, así que abrí la boca y dije lo primero que se me ocurrió. Uno de los pensamientos que me habían estado rondando la cabeza.

—¿Te acuerdas de Hattie Carter?

—Dios mío. —Soltó una risita—. Todo el mundo se acuerda de Hattie Carter.

—Pero ¿sabías que me hizo *bullying*?

—¿Te hicieron *bullying*?

—A todo el mundo se lo hacen en algún momento. A menos que sean ellos los que lo hagan. —Hablé con tono despreocupado, pero era algo malo. Coca-Cola de cereza vertida por las rendijas de mi taquilla, malo. Rumores de que era una puta, malo. Dolor de barriga, miedo los domingos por la noche, malo. Lo peor de todo era que fue algo totalmente aleatorio. Era una cretina de mi clase de educación física que me estuvo atemorizando durante semanas sin ningún motivo hasta que nuestro profesor la descubrió enviando a sus amigas una fotografía en la que aparecía yo en ropa interior en el vestuario. Eso se acercaba tanto al territorio de la denuncia que la escuela actuó e hizo algo al respecto.

Algo: nos sacaron un día de clase e hicieron que nos sentáramos con nuestros padres en el despacho de la directora, quien nos dio una amplia charla que parecía culparme también a mí sobre los grupitos y el uso responsable del teléfono móvil y sobre aceptar nuestras diferencias. Me dio la sensación de que mi madre la estaba destrozando con la mirada. Hattie me dio una carta de disculpa escrita con bolígrafo de gel verde y llena de pegatinas de perritos; a la directora le pareció un gesto bonito, pero yo sabía que se trataba del gesto pasivo-agresivo de un monstruo no arrepentido que se había pasado la mitad del primer curso chillándome en los pasillos.

Mi padre se exaltó y habló con una mano protectora sobre mi hombro mientras que el suyo ni siquiera fingió que no estaba pendiente del teléfono móvil. Su madre no estaba. La mía permanecía sentada en una pose civilizada, clavándose las uñas en las rodillas y con una sonrisita en la boca. Al final se levantó y se alisó la ropa, y con la misma sonrisa le dijo a la directora que su charla era una farsa y que dejaría su trabajo durante ese año, antes de trasladar las uñas a mi antebrazo y conducirme fuera del despacho.

Mi madre tenía razón. Un par de meses más tarde, la directora dimitió debido a una serie de rumores sobre unos mensajes inapropiados enviados a los últimos graduados. Su dimisión fue una de las estimaciones afortunadas de mi madre, o tal vez los mensajes le habían ahorrado tener que dejar heroína en el vehículo de la mujer. No me extrañaría que Dana Nowak hiciera algo así.

La ruina de Hattie llegó antes. El concurso de talentos del instituto se celebró una noche templada de abril, una semana antes de que me hubiera lanzado su sonrisa de cocodrilo en el despacho de la directora. Junto al resto del coro, yo tenía un pequeño papel apoyando la interpretación de *You Can't Always Get What You Want* por parte de un chico muy mono de décimo curso con voz agnóstica. Yo ya estaba junto al público, cubierta de sudor por el traje de poliéster del coro, cuando Hattie subió al escenario.

Estaba haciendo un *playback* de *bad guy*, los ojos pintados con un delineador con purpurina y el pelo peinado hacia atrás formando una cortina húmeda. Yo sabía lo podrida que estaba por dentro y que estuviera tan guapa me daba ganas de llorar.

Su actuación fue inexpresiva y sorprendentemente carente de gracia, aunque sus amigas la estuvieron animando sin cesar. Hasta que se detuvo de pronto en medio del escenario. La canción continuó, pero ella no movía los labios. Cuando se abrazó el torso me dio la impresión de que iba a vomitar.

No lo hizo. Salió corriendo del escenario con las piernas arqueadas y ojos aterrorizados. No importaba que nadie pudiera asegurar qué fue lo que pasó allí, pero al inicio del siguiente día escolar prácticamente todos los estudiantes de todos los cursos sabían que la estupenda Hattie Carter se había cagado en los pantalones sobre el escenario.

Cuando salió del escenario, cuando todos nos quedamos inmóviles, mirando a nuestro alrededor, el silencio se vio interrumpido por risitas nerviosas y yo miré a mi madre. Habíamos estado unidas por nuestro odio hacia Hattie y pensé que ella me devolvería la mirada y me sonreiría, o me guiñaría un ojo, o susurraría «Le está bien empleado». Pero estaba con la vista al frente, la barbilla ladeada, mirando todavía el lugar donde estaba Hattie un momento antes. Tenía los labios curvados en la misma sonrisa peligrosa que había esbozado en el despacho de la directora.

Pensé en todo eso ahora, y también en Nate y en sus labios y los míos partidos. Y la sensación hormigueante que había tenido durante años de que las veces en las que mi madre parecía una madre de verdad eran cuando estaba furiosa por nosotros. Como un novio tóxico. Como una niña pequeña que no quería que nadie jugara con sus muñecas.

—Lo que pasó con Hattie en el concurso de talentos. Sucedió justo después de que mamá descubriera que me estaba molestando. —Vacilé—. ¿Y te acuerdas del entrenador Keene?

Hank soltó un ruidito de disgusto.

—Ese intolerante. Claro que me acuerdo.

—No le habían diagnosticado nada, ¿no? Y se puso enfermo unos días después de que te dijera aquello. —Miré a Hank, sus enormes ojos azules como los de nuestra madre, sorprendidos—. ¿Crees... alguna vez has pensado que mamá...?

—¡Ivy! —Estampó un puño en su pierna y luego abrió la mano—. Para. Estás pensando demasiado.

—¿Pensando demasiado? —Le di con el dedo en la sien—. ¿Te preocupa que me destroce mi cerebro de señorita?

—Solo digo que mamá es mamá. Ya lo sabemos. Y ahora mismo no tienes nada que hacer, así que no te pongas a darle vueltas a esto. Estás castigada, supéralo y sigue adelante. Y... no te preocupes, ¿vale? No hay necesidad.

Al otro lado de la calle una ranchera estaba parando en la entrada de la casa de los Paxton. Vi salir de ella a Billy y a otras tres personas, dos chicas y un chico que reconocí del instituto. ¿Una de las chicas sería la novia de Billy?

Hank me golpeó el hombro y me apartó el codo en el que me estaba apoyando en la rodilla.

—¿Unas buenas vistas? Paxton se ha puesto mono, ¿eh?

Lo miré con el ceño fruncido.

—¡Estoy mirando el vacío! ¡Tenía los ojos fijos en su casa!

—Seguro que quieres dejar los ojos fijos en su casa.

Billy estaba acompañando a sus amigos a la vivienda. Se detuvo antes de entrar y me miró. Pensé en el dibujo que había encontrado en mi pitillera, en su rostro joven y pecoso, y bajé la mirada.

—Hank, cállate antes de que te oiga.

—No sabía que tuviera el oído supersónico de un murciélago. Qué sexy.

Cuando Billy desapareció, Hank me miró de soslayo.

—¿Qué os pasó a vosotros dos, por cierto?

Bajé la cabeza y gruñí.

—Yo tenía doce años. ¿Es que tenía que ser una experta rechazando con amabilidad a la gente a los doce años? ¡Estaba avergonzada!

Porque había sido eso, el incidente en séptimo curso que aún me hacía abrazarme el cuerpo por la vergüenza. El joven Billy Paxton, el chico de sexto curso que vivía al otro lado de la calle, se acercó a mí la segunda semana de clase. «Ivy, ¿quieres ser mi novia?», me preguntó con la cara descompuesta y decidida, como si yo formara parte de una patrulla de fusilamiento.

Yo me quedé mirándolo, desconcertada, y los dos nos ruborizamos; los chicos se arremolinaban a nuestro alrededor para presenciar el espectáculo. «No, gracias», respondí al fin de forma automática antes de volverme y huir al baño. No habíamos vuelto a hablar hasta la otra noche, con Nate delante. Ni una sola palabra.

Hank parpadeó.

—Eres fría como un témpano. Pobre Billy.

Empecé a balbucear algo, pero le sonó el teléfono por décima vez desde que me había sentado con él. Suspiró y lo sacó del bolsillo. En la pantalla aparecía una conversación unilateral, mensajes de su novio de la universidad. Hank tenía la costumbre de no contestar.

Levantó el teléfono.

—Venga, vete. Tengo que concentrarme en romper con Jared.

Ladeé la cabeza para leer el último mensaje sin responder del hilo.

¿Estás raro o me estoy volviendo paranoico?

—Ah, por supuesto. Necesitas mucha concentración para romper con alguien por mensaje, no vayas a ser muy cruel.

—Claro —respondió. O no lo había pillado o no le importaba. Pero cuando me levanté, me agarró el tobillo—. Oye, Ivy. Yo no me metería en los asuntos de mamá. Si fuera tú.

Me toqué el brazo; la piel se me había puesto de gallina.

—¿Qué quieres decir?

Se movió, pero no me miró.

—Deja que haga lo que quiera. Los dos nos habremos ido de aquí pronto.

Empezó a sonarle el teléfono.

—¿Y ahora me llama? —exclamó, incrédulo, moviendo una mano para indicarme que me marchara.

Fui a la cocina para echarme agua en la cara. Me había pasado toda la mañana corriendo como una niña que jugaba a los detectives y no había descubierto nada, solo tenía una sensación palpitante de miedo. La advertencia de Hank, la sangre en el suelo de la Small Shop. Lo que les había sucedido a Nate y a Hattie Carter y el contenido misterioso de una caja fuerte. La tía Fee no me había llamado aún.

Entonces recordé la dirección que había visto en el tique viejo. Cuando busqué información, el resultado más probable que hallé fue el de una tienda en una zona universitaria al norte de la ciudad. Al parecer, una floristería que vendía libros. Llamé por teléfono.

—Pétalos y Prosa —respondió una mujer con tono cálido y su voz se volvió interrogante al final de la frase.

—Hola, me llamo… eh, disculpe. ¿Podría decirme cuánto tiempo lleva abierta su tienda en esa ubicación?

Se produjo una pausa mientras pensaba en ello.

—Este otoño hará ocho años.

—¿Sabe por casualidad qué había antes?

—Una tienda de música. Deje que lo piense. Dr. Wax, se llamaba.

—¿Eso es lo que había en esa dirección hace veinticinco años?

—No… Lo siento, ¿puede esperar un segundo? —Cuando volvió a hablar, su voz sonó amortiguada, dirigida a otra persona. La escuché hablar y reírse. Unos minutos después volvió conmigo—: ¿Sigue ahí?

—Sí.

—La tienda de música estaba en realidad justo al lado. Este local permaneció vacío mucho tiempo. Hace veintitantos años había aquí algo llamado 'Twixt and 'Tween.

Presioné la oreja al teléfono.

—¿Twicksintween? ¿Puede deletrearlo?

—'Twixt and 'Tween —repitió—. Como «betwixt and between». Mire, yo no estaba aquí, voy a pasarle con la propietaria.

Se oyeron susurros y una voz nueva en la línea. Menos amable, mayor.

—¿Sí? ¿Está preguntando por la historia de la tienda?

—Sí.

—¿Puedo saber el motivo?

No había preparado una mentira, así que le conté la verdad.

—Creo que mi madre solía ir allí. A la tienda que había cuando ella tenía mi edad.

Un silencio breve. Cuando habló de nuevo, su voz brusca estaba teñida de algo complejo.

—¿Era una de las chicas de Sharon?

La casa estaba muy tranquila. Solo se oía el crujido de la brisa en la ventana.

—Así es —dije—. Estoy intentando ponerme en contacto con Sharon.

Sharon está muerta, la imaginé diciendo. O: *Loca, mentirosa, ¡me lo he inventado!* Pero lo que me dijo fue:

—Dame tu nombre y tu número de teléfono. No prometo nada, pero le pasaré la información.

Eso hice y le dije también el nombre de mi madre. Me tumbé después en la cama y me quedé mirando el techo, dejando que los pensamientos revolotearan como si fueran hojas.

CAPÍTULO ONCE

La ciudad
Entonces

Dos días después del incidente en la playa nos subimos al autobús con dirección al norte.

Era la primera vez que íbamos a la casa de Marion. No sé qué pensaba Fee, pero yo creía que Marion era igual que nosotras. Ni donaciones, ni desalojos, pero tampoco tenía dinero. Se vestía igual que nosotras, con ropa de tiendas de segunda mano. Se pintaba anillos en los dedos y se delineaba los ojos con el mismo bolígrafo azul, y ganaba el salario mínimo sirviendo palitos de pescado frito a los obreros y a los vecinos hoscos. Nadie habría creído que tuviera dinero.

Fue una de esas crudas e injustas tardes de primavera en las que el aire era tan puro y limpio que el mundo entero parecía resplandecer, pero seguía haciendo un frío que te hacía estremecer. Un viaje de media hora y al salir del autobús parecía que habíamos aterrizado en Oz. Los paisajes estaban llenos de hierba y todos los rostros se veían bien alimentados. El sol asomaba entre las nubes proyectando rayos dorados, parecía que incluso la luz se volvía cara cuando salías de la ciudad.

Los dobladillos deshilachados de los vaqueros de Marion se le enganchaban en las Converse mientras nos dirigía por las calles de la acomodada ciudad universitaria, junto a casas amontonadas como veleros sobre mares de hierba. Cuando giró hacia un camino de pizarra que conducía a una casa de estilo Craftsman, Fee y yo nos miramos a sus espaldas. Fue una mirada afilada como un cúter.

Nos movíamos como insectos extraños por la inmaculada casa de Marion. Inspeccionando objetos que no tenían ninguna funcionalidad pero eran bonitos, abriendo el frigorífico y encontrando zumo de naranja y botes de hummus en lugar de latas de cerveza barata y fiambre. Marion era la cleptómana, pero ese lugar hacía que me hormiguearan los dedos. Tomé una moneda de cinco centavos de Búfalo de una bandeja de madera y un libro fino titulado *El trabajo del sueño* del reposabrazos de una mecedora. Fee me vio hacerlo, inexpresiva como el horizonte.

Esa casa era un confesionario. Los pecados de Marion expuestos ante nosotras: que vivía en una vivienda con un piano y que se lavaba el pelo con champú de marca. Que dormía cada noche en una cama con un dosel de flores. Incluso la cama vestía una falda.

Tomé de la mesita de noche una fotografía en la que salía una Marion adolescente sonriendo con un vestido de raso amarillo y labial. Manché el cristal con los pulgares; yo tenía las uñas pintadas con una laca negra barata de Wet'n Wild.

Habíamos permanecido en silencio toda la visita, pero en ese momento me reí. En el fondo, la risa era por celos y traición que bullían con desprecio. Fee fue a agarrar un unicornio de vidrio soplado. Cuando se volvió, su voz sonó más dura que nunca.

—¿Para qué la necesitas?

Se refería a la magia. Solo hacía un par de días que sabíamos que era real, pero ya sentíamos que la magia no brotaba en lugares acomodados.

Marion estaba en medio de su habitación de niña rica, plantada allí como una mala hierba en la alfombra amarilla.

—Si os lo cuento, ¿me creeréis?

Nos encogimos de hombros. Éramos dos ratones de ciudad asustadizos que estropeaban la alfombra. Pero la escuchamos.

Marion fue la hija por sorpresa de sus padres ya mayores, nació cuando sus hermanos ya eran adultos y se habían marchado. Su madre y su padre eran permisivos, pero distantes; la confiaron a una larga sucesión de niñeras.

Marion intentó ser una hija responsable. Tenía la sensación de que se lo debía a sus padres, de que tenía que andar de puntillas por su casa como si fuera una invitada. Creía que la distancia que mantenían era por culpa de ella y que podía arreglarlo. Pero conforme crecía, más se alejaban ellos.

Tenía doce años cuando dejó por fin de intentar agradarlos. Todo ese tiempo tardó en mirar su vida y ver que no había nada que fuera suyo de verdad. Su infancia parecía una hermana difunta que seguía acechando la casa. Las paredes estaban cubiertas de sus fotografías, pero a Marion le costaba dormir en su cama con volantes. O puede que estuviera equivocada. Tal vez ella fuera el fantasma.

Cuando no estaba en la escuela, vagaba por el campus en el que daban clase sus padres, colándose en las aulas y leyendo libros en la hierba. Había dos bibliotecas universitarias y pasaba mucho tiempo en la principal, una colmena de ladrillo rojo de actividad estudiantil y mesas de estudio bien iluminadas. Marion no se molestaba en ir a la otra biblioteca, un refugio escolar anexado en la década de los cuarenta. Ni siquiera sabía dónde se encontraba exactamente.

Una fría tarde de lunes la encontró.

Llevaba dando vueltas desde que había salido del colegio, matando el tiempo bajo el cielo de invierno que era azul como un anillo de los que cambiaban de color según el estado de ánimo. Era casi la hora de cenar, pero no había nadie esperándola; su madre tenía horas de tutoría, su padre estaba en un seminario. Marion se encontraba a kilómetro y medio de casa y había olvidado la bufanda; tenía ganas de llorar y no sabía por qué. Estaba tan distraída que confundió un camino desconocido con un atajo.

Las farolas del camino eran viejas. Le teñían la piel de un tono naranja feo y emitían un zumbido chirriante. Se dio cuenta rápido de que se había equivocado de camino, pero siguió andando hasta que llegó a una zona con la hierba congelada.

Allí estaba el edificio más extraño que había visto nunca. Era un Frankenstein de varias plantas, aquejado con unas ventanas con formas extrañas y unos salientes rocosos inesperados. Según la señal de latón que había al frente, se trataba de la otra biblioteca.

Marion miró su reloj Swatch rosa: las 05:35 p. m. Entró por la puerta de madera y tardó en enamorarse menos de los veinticinco minutos que quedaban para que cerrara.

La biblioteca tenía un diseño extravagante, y guardaba tantos secretos como un calendario de adviento. Había estancias ocultas y puertas que no daban a nada, escaleras a medias y galerías, y un espacio de lectura en la tercera planta que Marion hizo propio. Había vidrieras aquí y allá: una niña con un cuchillo y una manzana en lo alto de unas escaleras, un zorro acurrucado debajo de un rosal en un salón de la tercera planta.

Solo los profesores y los investigadores visitantes podían investigar, pero Marion era la hija de dos profesores titulares, su madre era la imponente jefa del departamento de Antropología. Y Marion sabía ser silenciosa. No era tímida, no era guapa; solo era difícil de ver, se movía sin que los adultos se fijaran en ella. El guardia que había en la puerta no tardó en empezar a saludarla.

La biblioteca estaba siempre fría como una catedral. Y más frío estaba el sótano, el laberinto de estanterías adornado como un pastel de Navidad con las salas de lectura húmedas. Las alfombras engullían el sonido y siempre daba la impresión de que estabas sola hasta que te encontrabas de pronto con un vejestorio de profesor que te miraba como si fueras una de las gemelas de *El resplandor*.

Marion no creía en los fantasmas de verdad. Sus padres tenían tendencia a desmentir sus miedos con términos académicos y, aunque era molesto, funcionaba. Esa planta de la biblioteca, sin embargo, parecía poseer capas, por decirlo de algún modo. Podía sentir cómo se acumulaba allí la historia, posando la garra escamosa en tu cuello. Solía mantenerse alejada del sótano.

Durante mucho tiempo, Marion esperaba, deseaba, rezaba para que su vida cambiara. Pero su vida era un libro roto. Tenía doce años la noche en que descubrió la biblioteca. Y tenía catorce, era más alta, estaba más sola y más enfadada por estar sola, el día en que se escondió allí a esperar a que pasara una tormenta de septiembre. Aún no había estallado, pero podías olerla, el pavimento chisporroteando y el musgo verde.

El guardia no estaba en su puesto de siempre cuando entró Marion. El mostrador también estaba vacío. Llevaba tiempo sin entrar allí. Los libros siempre eran una cura para su soledad, pero últimamente se preguntaba si serían también la causa de esta. Acababa de empezar el noveno curso y sus compañeros ya tenían grupos cerrados. Compartían labiales con sabor a Dr. Pepper e historias sobre quién llegaba a la tercera base y sobre un libro titulado *Mi dulce Audrina*, que Marion ya había leído. Nadie era cruel con ella, pero tampoco le prestaban sus pintalabios.

Vestía bien, su madre seguía asegurándose de ello. No era fea. Su voz sonaba normal, olía bien y había muchos niños más raros que sí tenían amigos. ¿Por qué entonces estaba siempre sola? ¿Por qué?

Estaba subiendo la escalera principal, tropezando, cuando vio el pájaro. Lo sintió: una bala alada pasando por al lado de su hombro, tan cerca que le movió el pelo. Estaba después en el escalón superior, observándola. Un cardenal, ni más ni menos, brillante y sorprendente como un elfo.

Marion lo miró a los ojos.

—Hola —lo saludó.

El pájaro alzó el vuelo. Ella lo siguió escaleras abajo, esperando que saliera por la puerta principal, pero giró a la izquierda, avanzó por las cornisas con forma de vides y cruzó la puerta del sótano.

Marion se detuvo. No era más que un pájaro estúpido. Podía fingir que no lo había visto. Comprendió entonces que la única persona para la que fingía era ella misma, y era una idea tan patética que siguió a la criatura hacia la oscuridad.

No se trataba de oscuridad. La escalera era oscura y las luces demasiado verdes, pero sí se podía ver. Marion metió las manos en los bolsillos de la chaqueta, entre los pañuelos viejos y las migas de las barritas energéticas, y fue a buscar al pájaro.

Gorjeaba de forma llamativa más adelante. A regañadientes, lo siguió por historia de la guerra medieval, poesía épica, las subcategorías que ocupaban solo una parte de la estantería, muestras académicas reducidas a anotaciones ilegibles a lápiz. Allí estaba ese pequeño inútil, probablemente cagándose encima de algo valioso, y de nuevo desapareció. Vio un destello de plumas rojas por sobre un arco de mármol y corrió hacia allí, mirando arriba. No estaba el cardenal. Cuando bajó de nuevo la mirada, se quedó sin aliento.

Pero no gritó. Y su corazón no tardó mucho en calmarse, su sobresalto en convertirse en curiosidad. Más tarde se preguntaría si su rápida recuperación del impacto era admirable o tenebrosa. No lo sabría nunca.

Había en el centro de la sala una mesa de madera oscura decorada con un diseño repetitivo de fruta. En la única silla había una académica a la que Marion ya había visto antes, una mujer cuarentona con un corte de pelo a tazón modernista. Estaba muy encorvada, con la frente prácticamente tocando la superficie de la mesa. Desde la puerta Marion vio la opacidad de su ojo derecho abierto.

La biblioteca era un lugar en el que podías morir y que no te encontraran en días. Pero esta mujer no llevaba muerta mucho tiempo. En primer lugar, no apestaba. O sí, pero era por motivos humanos. Café rancio, champú de coco y tabaco de sabores. El aliento de Marion cuando se acercó a la mujer le movió el pelo, dando la sensación de que había levantado un poco la cabeza.

El labial oscuro parecía tan fresco que podías imaginarla aplicándoselo en los espejos antiguos y combados de la biblioteca. Ya tenía aspecto de fantasma. No tenía la piel cálida ni fría. Pero el té del termo seguía caliente. Marion lo probó y notó el olor a cosmética del pintalabios en la ranura para la boca.

Había un libro debajo del brazo derecho de la mujer. *Casa Howlett: Historia*. Ese era el nombre de la biblioteca en su primera vida, ahora se llamaba Biblioteca Casa Howlett. Marion frunció el ceño porque le parecía un libro anodino para morir encima. Pero eso fue antes de leer las páginas por las que estaba abierto, y antes de ver que la mano izquierda de la mujer, oculta debajo de la mesa, estaba sosteniendo un segundo tomo. El libro y la mano estaban dentro de un bolso negro amplio que tenía en el regazo. Parecía una niña en clase que trataba de ocultárselo al profesor.

Un libro digno de esconder era un libro digno de arrancar de los dedos fríos de una mujer muerta, en especial cuando habías visto que la cubierta arrugada y sin color estaba completamente vacía y parecía demasiado antiguo para tratarse de un cuaderno de anotaciones de la mujer.

Marion oyó voces en alguna parte del sótano. No sonaban asustadas, pero sí apresuradas y numerosas, por lo que supo que no había sido la primera en descubrir el cuerpo.

Se incorporó rápidamente. El volumen de historia y el libro sin nombre fueron a parar a su mochila. En el bolso de la mujer muerta había un tubo de brillo labial y Marion también se lo quedó.

A continuación, salió de la sala. Siguió un camino enrevesado hacia las escaleras, mirando entre las estanterías a dos bibliotecarios y un par de médicos uniformados que avanzaban corriendo. Cuando desaparecieron, subió las escaleras con sigilo.

La tormenta presionaba todas las ventanas, oscura y cargada de estática. Pero la tempestad la había abandonado. La muerte era lo único que había visto que fuera lo bastante grande, lo bastante hambrienta para engullir toda su ansiedad y dejarla tranquila.

Arriba, en su rincón de lectura, Marion leyó el capítulo que estaba leyendo la investigadora muerta. Era una historia breve sobre el primer habitante de la biblioteca: John Howlett, un excéntrico heredero de municiones que había construido una mareante quimera de casa y había muerto a los treinta años, y la sirvienta a la que le había dejado todo. Su tiempo como señora de la casa fue breve y acabó con su asesinato, probablemente a manos del sobrino del dueño, que lo heredó todo cuando ella murió.

El libro admitía que era probable que ella lo mereciera: se pensaba que había matado a su señor y había cambiado su testamento. Los sirvientes de él afirmaron que eran amantes o, asombrosamente, un ocultista y su aprendiz. La verdad que relataba el historiador era más extraña aún: Howlett era el aprendiz, ella era una ocultista fugitiva que había huido de una pena de muerte en Baltimore y poseía un infame libro de hechizos encuadernado en piel.

Si ese libro profano existía, algo improbable según el historiador, lo habrían quemado tiempo atrás. Pero algunos creían que la ocultista lo había escondido en la casa. Sirvientes, otros historiadores, invitados de la Casa Howlett, todos lo habían buscado sin éxito.

Marion leyó en un estado febril. El sonido de las voces abajo, las fuertes pisadas, el crepitar de las radios de los policías... nada la alcanzaba. Cuando terminó, se volvió hacia el libro más antiguo y presionó los dedos en la cubierta moteada. Con la visión nublada y los labios blancos de mordérselos, lo abrió.

Al otro lado de las ventanas empezó a llover.

Era una chica solitaria que huía de la tormenta cuando entró en la biblioteca. Salió de ella con las semillas de su nuevo y verdadero ser y el libro encuadernado en piel de una ocultista dentro de la mochila.

Marion se aferró celosamente a la promesa de construir una vida diferente. La ropa de segunda mano, los gustos musicales y los *piercings* de las orejas eran expresiones de la persona en la que se había convertido en el espacio de tiempo entre aquel día y este, pero eran más que eso: eran un cebo, porque ¿qué gracia tenía la magia si estabas sola?

Tres años más tarde empezó su primer turno en el puesto de pescado, un empleo que buscó en secreto para ahorrar para la vida no universitaria que nunca aprobarían sus padres. Y lo supo en cuanto vio a Dana. Solo con verla supo que ya nunca estaría sola.

—Encontraste un cadáver —comentó Fee.

—Una profesora de estudios de ocultismo —respondió Marion—. Aneurisma.

—Eres una bruja —señalé yo.

—Una ocultista. Practicante. Hay muchos nombres. Quiero serlo. Voy a serlo. —Su rostro mostraba su alegría. Casi se vislumbraba su corazón hambriento en él.

—Enséñanos —le pedí.

—¿El libro? ¿O la magia?

—Todo. Absolutamente todo.

—Sí, vamos —añadió Fee, sonriendo.

CAPÍTULO DOCE

Suburbios
Ahora

Era de noche ya y yo estaba ordenando las piezas.

Un tarro enterrado, una caja fuerte en el armario. Migrañas, conejos muertos y el destino de Hattie Carter. Y esto: *¿Era una de las chicas de Sharon?* Había buscado «'Twixt and 'Tween» en Google, por supuesto, y «sharon twixt and tween», pero había ciertas cosas que ni siquiera internet sabía.

Había una palabra en la que no podía dejar de pensar, no paraba de molestarme como si fuera una semilla que se me hubiera quedado en los dientes. Una palabra que podría tener que ver con algo para lo que necesitaras un tarro con sangre, con la idea de que hagas que suceda algo en algún lugar del mundo.

Me acordé de las palabras burlonas de Hank. «Eso es justo el tipo de cosas que hace una mujer blanca *New Age* bajo una luna llena».

Vale, sí. Pero ¿y si... y si en el caso de mi madre la luna escuchara?

Era ridículo. Si me creía eso, era tan idiota como la mayoría de los clientes de Small Shop, esas almas que se dejaban el dinero en hierbas, cristales y los remedios de mi tía como si fueran objetos brillantes capaces de evitar la oscuridad.

Pero... Apreté los labios y me concentré en el lugar en el que mi piel se cerraba. Había usado solo una vez el bálsamo de la tía Fee y me lo había retirado enseguida, y, aun así, había sanado como Lobezno. Ni siquiera el árnica hacía eso. Lo que significaba que, si esto era real, lo eran ambas cosas.

A lo mejor era una idiota al no creérmelo. Al no aceptar lo que tenía justo delante de mí, lo que bien podría ser la razón de todas las cicatrices y silencios y secretos con los que había aprendido a vivir: que mi madre era capaz de hacer cosas sobrenaturales.

Estaba sola con mis pensamientos incesantes. Hank había salido, mi padre estaba fuera fingiendo que era un orco o cualquier otra cosa en la noche de juegos de rol con sus amigos de la universidad. Me envió un mensaje sobre las ocho para que supiera que estaba en la ciudad. Releí el último mensaje que me había enviado la tía Fee.

Disculpa. Estamos encargándonos de un asunto, pero estamos bien. Te llamo después, Ivy.

Metí un plato de Chips Ahoy! en el microondas y me senté a la mesa de la cocina. El programa del aire acondicionado terminó y este se apagó con un suspiro; también la casa quedó en silencio. Tenía a mi espalda la puerta del desván, y delante, las ventanas. El sol poniente y las luces encendidas las habían convertido en un espejo de una sola dirección. Dentro, una extraña con el pelo de color platino comía galletas de un plato.

Podía haber alguien ahí fuera. Al otro lado del cristal, observándome. Podía estar a metros de distancia y yo ni siquiera saberlo.

Oí un golpe sordo. Débil, pero inconfundible; no procedía de las ventanas, sino del otro lado de la casa, donde la puerta corredera daba al jardín trasero.

La galleta se tornó arena en mi lengua. Era el sonido de algo golpeando el cristal.

Me puse en pie despacio y tomé el teléfono. Cuando me moví por la casa, apagué todas las luces para poder ver fuera y que nadie pudiera ver dentro. El patio trasero estaba a oscuras. La luz del exterior tenía un sensor y se encendía si alguien se acercaba. Eso me infundió el coraje para adelantarme por la alfombra, cruzar la boca negra de la habitación de la colada y abrir la puerta corredera.

Me quedé un momento allí, respirando el aire veraniego con olor a flores y al humo de una barbacoa. La luna estaba muy alta y, lejos, brillaba como una bombilla halógena con su capucha de nube. No se movía nada en el jardín, excepto el viento. Estaba a punto de volver adentro cuando oí un sonido levísimo: el susurro etéreo de la brisa en el cristal roto.

Allí, casi perdidas bajo la mesa de pícnic, había unas piezas brillantes. Al lado, con una parte a la sombra y la otra a la luz de la luna, un arco de sangre. Se me entrecortó la respiración, pero no entendí lo que estaba mirando hasta que vi un pedazo de espejo.

Alguien había desenterrado el tarro de mi madre y lo había lanzado al suelo.

Había un papel blanco doblado dentro del tarro. No podía verlo desde donde me encontraba, pero sabía que estaba ahí. Tuve que hacer acopio de todo mi coraje para bajar los escalones y buscarlo. La luz se encendió y vi la sangre de mi madre bajo su resplandor. Encontré el papel, manchado y pegado a la pata de la silla. Lo agarré con la punta de dos dedos. Lo alisé aguantando la respiración. La letra de mi madre se extendía en la hoja formando una línea.

si es hostil déjalo ir si es reticente haz que se vaya si es un veneno que se vaya si es una amenaza lo haré ir.

Noté en el cuerpo una brisa como seda estática. La noche no era tan silenciosa. Se oían sonidos de las criaturas, del tiempo y de las máquinas dormidas. Volví a entrar en la casa y cerré con llave la puerta.

El mundo que había estado evitando regresó como un grito. Ese que era demasiado práctica para mencionar en voz alta, demasiado estúpida tal vez, una semilla de amapola que crujía y liberaba veneno cuando al fin le daba un mordisco. Magia. Las palabras en el papel, la sangre en el tarro, incluso las agujas y las plumas en su armario. Todo señalaba a la misma probabilidad imposible.

No fue sorpresa lo que sentí. Ni siquiera alivio por haber puesto al fin una etiqueta a lo que hacía a mi madre tan inalcanzable. Me embargaba una furia aplastante. Porque... ¿en serio? ¿Qué creía mi madre que estaba haciendo? ¿De dónde sacaba la idea de que la realidad tenía que inclinarse precisamente ante ella?

Y si funcionaba, ¿en qué lugar quedaba la realidad?

Bajo la rabia había algo más abriendo sus brillantes ojos verdes. Celos. Aparté el pensamiento. Con las luces apagadas recorrí la primera planta comprobando puertas y ventanas. Todo estaba cerrado, todo estaba en silencio excepto por el clamor de mi cabeza. En la cocina miré afuera y no vi nada más siniestro que unos arbustos y la fachada amarilla de la casa de al lado. Cuando me volví, vi las galletas que seguían en el plato.

Me había comido dos y había dejado tres sin tocar. Ahora, con la luz que entraba por la ventana, vi que cada galleta tenía un bocado que dejaba tres curvas perfectas.

Salí rápido de la cocina y me dirigí a la puerta de entrada. Abrí el cerrojo, giré el pomo y salí al porche.

Los mosquitos se lanzaron a mi piel cuando emergí. La casa estaba a oscuras y en silencio, todas las ventanas oscuras o grises por el cristal. Cuando fui a buscar el teléfono, me di cuenta de que me lo había dejado dentro. Maldije y me agaché con las manos en la cara.

—¿Ivy?

Di media vuelta. La casa de los Paxton estaba bañada por la sombra del porche. En este, vi flotando el brillo naranja del cigarro de Billy, cuyo resplandor se atenuaba e intensificaba, como la luz de un faro en el mar.

—¿Pasa algo? —preguntó.

—Creo que hay alguien dentro de mi casa.

—¿En serio? —Apartó el cigarro y bajó por el porche—. ¿Estás bien? ¿Has llamado a la policía?

Incluso a la luz de la calle parecía brillante, cargado como una batería solar. Veía cada peca de su piel. Noté calor en las mejillas al recordar el dibujo que había encontrado, en el que pinté esas mismas pecas como si fueran estrellas cuando era más joven.

—No.

—Vaya. —Miró mi casa con desconfianza—. ¿La llamo?

—Aún no. ¿Puedes... quedarte un momento conmigo?

Bajó al asfalto, obediente.

—Sí. Claro. ¿Qué... ha pasado?

No sabía qué aspecto tenía. Probablemente como si acabara de emerger de una explosión, con los ojos muy abiertos por el miedo. No podía ponerme a hablar de galletas.

—Nada. En realidad nada, pero... estoy sola en casa. Me dio la sensación de que había alguien en el patio trasero. Entré después y me pareció que podía estar en la casa.

—Ostras, ¿y estaba?

—No lo sé. —A lo mejor había mordido yo las galletas. ¿Lo había hecho? ¿No? Notaba aún el sabor del chocolate en la boca. Cuando intenté imaginar a un intruso, lo único que podía ver era a mi madre moviéndose por la casa en diferentes secuencias, como en una película de miedo. Me estremecí—. No sé lo que pasa.

Él pegó las punteras a una franja del asfalto.

—Pero no quieres llamar a la poli.

—No.

Pensaba que insistiría, pero se limitó a asentir. Era intenso estar tan cerca de él. Billy Paxton, con su cuerpo desgarbado y esos vaqueros manchados de pintura, aceite y salsa porque tenía tres empleos de media jornada. Lo sabía solo porque lo había visto con el mono azul en el taller de coches Jiffy Lube, saliendo del porche de su casa con la luz en el capó del reparto a domicilio de la pizzería Pepino's y entrando y saliendo de la camioneta de su padre cargado de botes de pintura. Tenía la extraña necesidad de contarle toda la verdad. No lo hice, claro. Le conté una pequeña parte.

—Están pasando cosas muy raras —dije—. Y... y todo esto me está haciendo pensar que no conozco de verdad a mi madre.

Por un breve instante pareció quedarse inmóvil. Pero se relajó enseguida y habló con un tono tan firme que pensé que me lo había imaginado.

—Ah, ¿sí?

—Sí.

El miedo estaba mermando. En su lugar apareció una especie de temeridad. Había pasado años evitando mirar a este chico, pero aquí fuera, en la noche tranquila, al fin podía hacerlo. Los ojos del color del té, las cejas oscuras que le daban un aspecto malvado. Tenía los dientes de abajo torcidos. Me vino una imagen de él de pequeño con aparato dental, ceceando, y parpadeé.

—Te veo a veces en el porche —comenté—. De madrugada, cuando estoy despierta y miro por la ventana. Incluso en invierno te veo.

—¿Me espías?

—Simplemente me pregunto cuándo duermes.

—¿Quién necesita dormir? —repuso él y suspiró—. Tengo pesadillas. No siempre, pero sí a veces.

No lo sabía, pero asentí.

—Qué mierda. Yo nunca recuerdo lo que sueño.

Supe ahora que no me imaginaba la expresión extraña de su rostro, como si el viento soplara con fuerza en el agua. Bajó la mirada, sacó un paquete de tabaco del bolsillo y le dio un golpe con el talón de la mano. Sacudió entonces la cabeza.

—¿Puedes tirar esto? Lo dejo.

—¿Dejas de fumar en cinco minutos?

—Sí. Había salido a fumarme el último.

—¿Por... tu salud?

Se pasó una mano por el pelo. Lo tenía encrespado por una parte por un gorro que llevaba antes.

—No, por Amy. Me juró que no iba a volver a hablarme hasta que lo dejara, y lo está cumpliendo. Lleva dos semanas de silencio total.

Amy era su hermana pequeña. Tendría unos doce años.

—¿En serio? Es estupendo, debe de quererte mucho.

—Supongo. Pero no, solo está enfadada porque dejé un paquete por medio y se lo comió *Gremlin*. No te preocupes, está bien.

Gremlin era su cruce de pitbull, famoso en el vecindario por sobrevivir a todo lo que se comía: mandos a distancia, un azucarillo, parte de un ordenador portátil.

—Pobre *Gremlin*.

—¿Pobre *Gremlin*? Cuando estemos todos bajo tierra, él estará por ahí comiendo basura. A veces, después de comerse mis zapatos o lo que sea, deja partes en mi cama. Es como el Padrino.

Me reí y Billy sonrió tímidamente, enarcando las cejas.

—¿Quieres llamar ya a la poli?

—Aún no.

—¿Quieres ir a dormir?

—¿Quién necesita dormir?

—¿Quieres hacer algo?

Me quedé callada un momento, con la boca medio abierta, y pensé en mi imagen durante un segundo. Los labios cortados, camiseta corta, el pelo recién decolorado recogido. Era toda una liberación tener un aspecto tan horrible.

—¿Qué podemos hacer en Woodbine en mitad de la noche?

Levantó los hombros.

—¿Ir al Denny's? ¿Dar un paseo por el supermercado y comer bollos?

Lo miré, sus pecas parecidas a las estrellas. No quería estar sola. No quería volver a mi casa.

—Vale —respondí—. Vamos.

CAPÍTULO TRECE

La ciudad
Entonces

Lo que hizo Marion en la playa fue la primera cosa real que había hecho nunca. Una intención malvada moldeada con palabras que no sabía que poseía.

—Sois vosotras —dijo—. Somos nosotras. Las tres juntas, por eso ha funcionado.

Nos contó que sola había hecho muchas cosas a medias. Estando las tres juntas, todas esas mitades podían convertirse en modos de rehacer el mundo.

Pero antes teníamos que despertar.

No se podían buscar cosas en el libro de la ocultista, no se podía leer de principio a fin. Si lo intentabas, te mostraba páginas en blanco o en negro. Líneas con caracteres entremezclados, rimas que rechinaban en los oídos. Imágenes intensas que a veces dejaban el efecto de que veías borrones. Nos explicó que funcionaba como una baraja de tarot, que mostraba las páginas que necesitabas ver. Desde el incidente en la playa, no dejaba de mostrarle un hechizo con un título claro y concebido para tres practicantes. «Hacer que funcione».

Comenzó con un ritual de purificación. Nos quedamos tres días en casa, haciéndonos las enfermas para poder evitar los espejos, la luz directa del sol y el contacto humano. Bebíamos infusiones de hierbas en agua mineral aderezada con sal de roca y llevábamos a cabo abluciones entre el anochecer y el amanecer. Cuando terminé, me sentía tan frágil que dudé de si sería parte del hechizo. En ese momento podrían haberme dicho cualquier cosa, me lo habría creído. Incluso que podía hacer magia.

Al anochecer del cuarto día recopilamos los ingredientes del hechizo. Algunos los compramos en la tienda, el resto los recolectamos del parque Loyola. Fuimos a mi apartamento vacío con los dedos llenos de tierra de haber arrancado plantas.

Marion estaba nerviosa, retraída, tenía el pelo sucio recogido en una coleta. No nos dejó tocar el libro. No paraba de comprobar nuestro trabajo, una y otra vez, hasta que ya no quedaba nada más por preparar.

Aún puedo cerrar los ojos y evocar la sensación tímida y alucinante de sentarme con Fee y Marion y realizar nuestro primer hechizo. Respiración agitada, corazón acelerado, sin saber a dónde mirar. Marion estaba tensa como una clavija, Fee reía nerviosa. Avanzábamos a trompicones y estaba segura de que no iba a funcionar.

Hasta que Marion completó el encantamiento final y el aire se clarificó como la mantequilla en una sartén. Dentro de ese cañón de aire vívido, nos caímos hacia atrás con las manos aferradas y nos golpeamos con fuerza la cabeza en el suelo de madera.

No lo sentí. No noté nada porque mi conciencia iba y venía.

Vi mi propio cuerpo y los cuerpos de mis amigas extendidos como estrellas de mar. Vi el tejado de mi edificio y nuestra calle, y seguí subiendo más y más alto hasta que toda la ciudad se extendía debajo de mí como una telaraña, como una red de oro blanco, con agua negra lamiendo el borde este y los suburbios mordiendo sus costillas por el oeste y el centro de la ciudad, un nudo de metal duro tan deslumbrante que daban ganas de llorar.

Desde allí arriba podía comprobar que éramos pequeñas, éramos motas, éramos polvo cósmico desprendido del hombro izquierdo de un dios, y el descubrimiento me llenó de una felicidad eléctrica. El aire era ligero y las estrellas entonaban su melodía elíptica y no les importaba que yo las oyera. Era para ellas menos que una exhalación a la deriva.

En la cima de mi vuelo, con Venus fulgurando a mi izquierda y Mercurio a mi derecha, empecé a sentir miedo. Era pesado y tiraba de mí hacia abajo, silbando entre el negro y el plateado, entre las capas de un cielo intocable, después el laberinto de polución y luces humanas, las vertiginosas ondas de radio Escher, hasta que volví a aterrizar en mi cuerpo.

Sentí una gran ternura por la piel imperfecta y el pelo enredado, la geometría enojada. Pero no estaba preparada para volver a ser humana, para respirar y sudar y sentir dolor y sed. Así que la dejé ahí, en el suelo de madera.

Navegué por la ciudad a lomos de la brisa. Una ráfaga que salía silbando del elevador hidráulico de un autobús. El suspiro de una mujer que se arreglaba el flequillo mirándose en el escaparate sucio de una tienda. La tos de un anciano que se escapaba por la rendija de debajo de una ventana cubierta por papel de periódico.

La ciudad me abría sus puertas, revelándome sus secretos. Era un rebaño de hombres flacos y hambrientos con uniformes de trabajo y manos callosas. Niñas con los codos apoyados en mostradores que se comían el azúcar de los azucarillos grano a grano. Una gramola con botones pegajosos en el fondo de un bar llena de canciones sobre una América que no existía. Libros de bolsillo con polvo vendidos sobre mantas extendidas en las aceras y pasillos con olor a rancio resonando con el ruido de unas bolas de bingo en su recipiente giratorio. Habitaciones húmedas y cálidas llenas de bailarines con rostros indefensos y música amplificada hasta que se volvía confusa y afilada.

Quería encontrar el silencio y me dirigí a la orilla del agua. Corría a toda velocidad como un patinete sobre su superficie ondeante, siseando entre las cabezas de los navegantes y zambulléndome para vislumbrar los mejillones cebra, su invasión lenta.

Regresé a tierra firme, donde me deslicé entre las bocas de una pareja de jóvenes sentados en un banco, demacrados y perforados, pero abrazados con la elegancia perfecta de un camafeo victoriano. El banco se encontraba junto a una tumba con la hierba alta. Si mi alma tuviera manos, las habría pasado por las puntas de los algodoncillos y campanillas, asteráceas, menta y apio caballar dorado.

Oí el ritmo lento de un corazón entre los sonidos de la ciudad, los frenos de los coches, las risas fuertes, los maullidos furiosos de los gatos. Mi corazón. La cuerda que tiraba de mí hacia el cuerpo que yacía en el suelo de mi dormitorio me llamaba para que regresara a casa. Me aferré a ella como si fuera una tirolina y me deslicé sobre las vías y los faros y los rápidos ciclistas.

Las velas que habíamos encendido titilaban desprendiendo monedas de cera y mi habitación estaba gris como una paloma. Antes de que saliera el sol y el vínculo con mi cuerpo pudiera romperse, volví a meterme dentro de él y aguardé a notar el clic magnético de cuerpo y alma uniéndose.

No llegó. Tal vez formara parte de la transformación. Puede que estuviera dentro de la estela del espíritu que se movía según la forma que pudiera adoptar la magia.

Fee había retornado de su viaje. Podía sentirla a mi lado, su mano caliente en la mía. Pero a mi otro lado Marion estaba inmóvil. Su mano era ligera como una hoja y su pulso demasiado lento. Intenté sentarme para comprobar cómo se encontraba.

No pude. No podía moverme, tan solo los dedos.

Al darme cuenta de ello noté un nudo en la garganta. La tensión dio paso al pánico. No temía que el hechizo hubiera salido mal. Funcionaba tal y como habíamos esperado: habíamos entrado juntas en este estado. Saldríamos también juntas. Fee y yo permaneceríamos así hasta que regresara Marion.

Pensaba que había sentido miedo antes, pero no había sido nada comparado con lo que sentí entonces, inmóvil como la muerte, escuchando cómo se ralentizaba su pulso más y más. Atrapada en una suspensión infinita, sin respirar lo suficiente, pero sin morir. Esperando en la agonía. Esperando.

Y entonces, con una ráfaga resplandeciente y aroma a leña, regresó.

Mi alivio fue tan inmenso que engulló al miedo. Y casi olvidé lo que se sentía al permanecer cautiva de las reglas de la magia, esperando a que Marion nos liberara.

Abrimos los ojos. Y con ellos abrimos también nuestros ojos, los que no sabíamos que poseíamos. En el instante previo a que llegara la euforia me estremecí. Porque habíamos conseguido algo, pero también habíamos perdido algo. Yo tardaría mucho tiempo en descubrir qué era.

Nos sentamos, nos miramos, y Fee y yo nos echamos a reír. Marion, por el contrario, se puso a llorar. Todavía llorando extendió los brazos y nos acogió en un abrazo extraño. Tenía la boca en mi pelo, pero creo que lo que dijo fue «Gracias».

Cuando echaba la vista atrás y recordaba aquella noche, me preguntaba si esa sensación de abandono fue nuestro primer vistazo de lo que le haría la magia a Marion. Más tarde, cuando tenía la cabeza invadida por el olor de la brujería y la mano ensangrentada por el cristal roto, fue una de las cosas en las que pensé. La primera señal de que su hambre tenía un doble filo.

Los efectos de nuestro despertar tardaron en desvanecerse. Durante varios días desconcertantes, todo aquel a quien mirábamos poseía un halo coloreado de luz. Suave, místico, inconfundible: magia. Fee estaba rodeada de un verde intenso, parecía una princesa elfa. El aura de Marion era del color del ladrillo. Un tono duro y solitario. Fee me contó que el mío era azul, que parecía un regalo envuelto de cielo.

Dos veces traté de subir al metro y tuve que bajar de inmediato, pues el vagón era un caos de colores superpuestos tan intensos que apenas podía oír nada. La sensación parecía una borrachera que duraba demasiado. Incluso después de desaparecer, recibía de vez en cuando imágenes útiles: el hombre atractivo sonriéndome al otro lado del metro, su aura del color de la sangre seca. La joven danzando en el espectáculo, chispeante con el tono contagioso del daño.

Yo siempre poseí una cantidad extra de percepción, siempre me había movido por un mundo en el que sabía por qué calle no pasar y dónde se escondían pequeños tesoros. Pero el anzuelo del hechizo del libro de la ocultista se enganchó a esa parte de mí y tiró hasta que quedó contra mi piel.

—Se te ha quedado la alianza atascada en el forro del bolsillo —le dije a una mujer que pedía comida en la freiduría. No pareció sentirse agradecida.

Fee también tuvo que adaptarse. Decía que las multitudes le resultaban incómodas.

—Todo el mundo tiene sed al mismo tiempo. Bebo litros y litros de agua porque me cuesta convencerme de que no soy yo.

Pero esos eran precios menores que teníamos que pagar. Los hechizos que nos mostraba el libro fueron también menores al principio. Señalaban al interior: hechizos para tener buena suerte, para dormir bien, para lucir una piel saludable. Hervíamos hierbas en la hornilla de gas del tío Nestor, grabábamos encantamientos con imperdibles en las velas. Dibujábamos con tiza formas complejas en el suelo de la habitación de Fee y susurrábamos a un espejo al que le quitábamos una tela blanca de encima. Aprendimos los variados usos de la luz de la luna. Cada fragmento de magia que nos ofrecía el libro funcionaba como una droga hasta que ya no podíamos imaginar nuestras vidas sin esa emoción, la sensación de que el mundo cedía y se doblegaba ante nosotras.

No nos preguntábamos de dónde procedía la magia ni por qué funcionaba. Nunca nos cuestionamos si podíamos tomar esa magia. Éramos tres polluelos inmaduros que creíamos con todo nuestro corazón retorcido que éramos quienes estábamos escribiendo esta historia. Incluso cuando el libro de una mujer muerta asfaltaba el camino bajo nuestros pies.

CAPÍTULO CATORCE

Suburbios
Ahora

El coche de Billy era una máquina baja que olía a ambientador. Entré con un ligero mareo. Me parecía surrealista pasar del asfalto y el caos de pensamientos a este lugar, este vehículo, al lado de un chico al que conocía, pero no conocía.

Cuando íbamos en el mismo autobús escolar, Billy vestía camisetas con estampados de lobos o ballenas y llevaba gomillas de colores en el aparato dental. Ahora se había puesto una camiseta de Pepino's debajo de una camisa desteñida y se le marcaba la nuez en la garganta como si fuera un hueso de melocotón. Conducía igual que un padre, con un brazo por detrás de mi asiento al dar marcha atrás y tomando el volante con una mano y el codo apoyado en la ventanilla abierta.

Avanzamos en silencio por calles rodeadas de casas; la humedad del coche se mezclaba con la brisa. Cuando viró para salir a la carretera, la luz de la calle incidió en su brazo flexionado. Lo miré un momento y aparté la mirada.

—Me gusta tu pelo —comentó de pronto—. Bueno, ya me gustaba antes. Pero el rubio también me gusta.

Me llevé los dedos a la mejilla.

—Gracias.

Billy tenía la mirada fija en la carretera.

—Nate King y tú habéis roto, ¿no?

—Sí.

—¿Qué ha pasado?

—¿Aparte de enterarme de que fuma? —Eché la cabeza atrás—. Creo que el problema de verdad era que ninguno de los dos estaba saliendo realmente con el otro. Yo estaba saliendo con el Chico Poeta. Él con... no lo sé, la Pelirroja Distante. Debería de haberme buscado una pluma y ya está. Y él podría haberse puesto una peluca sexy. Todos habríamos sido mucho más felices.

Billy se rio.

—Me imagino a Nate King con una peluca.

—¿Y tú qué? —Me quedé mirando la luz de las farolas deslizarse por los alerones—. ¿Con quién estás saliendo?

Silencio.

—Si te soy sincero, estoy esperando a ver la peluca sexy de King.

Se me aceleró el corazón, pues esto me parecía un inicio. Si no decía algo ahora probablemente no lo hiciera nunca. Billy aparcó en una plaza al fondo del aparcamiento y antes de que se quitara el cinturón le agarré el brazo.

—Eh.

Me miró la mano y luego a mí, sonriendo.

—Séptimo curso —dije.

La sonrisa desapareció. Su expresión se volvió del todo neutral.

—Séptimo fue un curso brutal —continué—. Era vergonzoso el mero hecho de estar viva, de verdad. Aquel día... cuando... cuando tú...

Me quedé callada. Parecía tan herido que no pude terminar la frase.

—Eso es pasado —dijo de pronto y abrió la puerta.

Lo seguí afuera y el espacio entre los dos perdió de pronto intensidad, como un refresco que se hubiera quedado sin gas. Me había parecido buena idea hacer alusión a que me había pedido salir. Pensaba que podríamos habernos reído de ello.

Al parecer, no. Ninguno de los dos dijo nada mientras caminábamos por el asfalto húmedo hacia el frío del Super Walmart.

Las luces fluorescentes me hicieron parpadear. A medianoche la tienda estaba desierta y parecía una feria con tantos focos; de un altavoz estropeado salía una melodía veraniega distante. Billy me miró los brazos con la piel de gallina, se acercó a una mesa con sudaderas de abuela y me pasó una turquesa.

—Súbete la cremallera, Myrtle —me indicó.

Enarqué una ceja y me la puse. Metí las manos en los bolsillos poco profundos.

—Aquí no caben mis cigarrillos Kools.

Él agarró una riñonera con estampado de leopardo.

—Toma, ya puedes robar todos los azucarillos de la cafetería.

Me la puse en la cintura y le pasé a él una cazadora azul marino con unas hombreras de estampado marinero muy horteras.

—Por si hace viento en la cubierta de tu yate asesino.

—Ah, sí. Soy un asesino rico que compra en Walmart.

—Eres un caballero y todo un enigma.

—Y ahora me muevo por los pasillos del bingo en busca de mi próxima víctima. —Levantó la mano—. ¿Myrtle?

Noté sus dedos cálidos y secos en los míos y en cuanto nuestras palmas se tocaron, dejó de parecer una broma. Le solté la mano y me dirigí a una mesa con unos caftanes horribles, finos y arrugados como el papel *craft*.

—Muy adecuado para el baile de fin de curso, ¿eh?

—Solo si quieres ir vestida igual que los demás.

Cuando llegamos al final del pasillo de la ropa, nos encontramos con las peores prendas posibles. Las desestimamos y nos encaminamos a la zona de comida en busca de una caja de galletas. En el departamento de juguetes nos turnamos para montar en una bicicleta infantil y después nos llevamos un *hula hoop* a los pasillos más amplios de jardinería.

—Le toca al *amateur* —dijo cuando se me cayó el aro por tercera vez.

Lo levantó, se lo metió por la cabeza y empezó a darle vueltas en la cintura con movimientos lentos e hipnotizantes. Lo subió al pecho y después lo bajó hasta las rodillas. Sacó el teléfono y fingió que hacía una llamada importante. Era tan asombroso que empecé a lanzarle trozos de galleta a la boca para desconcentrarlo. Saltó para atrapar uno y el aro cayó al suelo.

—Pero los dos sabemos que podría haber seguido así toda la noche —indicó y apartó la mirada. Empezó a subirle un rubor por el cuello.

—Oye, ¿te he dicho que tengo un carné falso? —dije demasiado alto.

Se le iluminó el rostro.

—¿En serio? Enséñamelo.

Saqué el carné de identidad que me ayudó a conseguir el hermano mayor de Emily. Mientras Billy lo examinaba, aproveché para mirarlo yo a él. Tenía todavía más pecas en la nariz y los pómulos, como si el sol le hubiera salpicado pintura en la piel.

Rompió a reír.

—Dios mío —exclamó—. Es demasiado bueno. Lo primero es que parece que tienes como once años. ¿Cómo puede un carné falso hacerte parecer más joven? Segundo: ¿Mary Jenkins? ¡Es el nombre falso más falso de la historia! Espera, espera, ¿el 420 de High Street? Seguro que no es una dirección real. —Se quedó mirándolo un poco más y volvió a reírse—. ¡Tu cumpleaños! Han puesto el sesenta y nueve en tu cumpleaños.

Se lo quité.

—¡Es en junio, el nueve! ¡No tiene nada de malo el nueve de junio!

Posó las manos en mis hombros con mirada solemne. Las arrugas de los ojos eran más pálidas que el resto de la piel, como si se hubiera pasado mucho tiempo mirando el sol con los ojos entrecerrados.

—Es el peor carné falso de la historia.

—¿Y por qué funciona siempre?

—Bobadas. Jamás te servirían una cerveza con eso.

—Voy a probarlo.

Lo conduje al pasillo de los licores y valoré qué podía permitirme. Elegí una botella de vino tinto con sabor a fresa.

—Vaya. —Alzó las manos—. Fiesta en el 420 de High Street.

Del pasillo de los licores pasamos al de los dulces y de ahí al de higiene y cuidado personal. Cuando lo recorrimos entero, yo había reunido una caja de tampones, un rollo de papel higiénico y una caja con mezcla para hacer bizcocho.

—Aquí es donde entra mi ingenio —le informé—. El carné es estupendo, sí, pero no es perfecto. Puede que parezca un poco más joven y que el nombre no sea realista. Lo que hago entonces es distraerlos con algo corriente —levanté la mezcla para hacer bizcocho— y algo personal. —Mostré los tampones y el papel higiénico.

—¿Y te funciona?

Sí. Me funcionó una vez. Aunque Nate se puso a hablar en voz alta sobre su inexistente empleo en una oficina mientras yo pagaba, como si así pudiera convencer a la cajera de que estábamos en la veintena. Emily y yo habíamos conseguido los carnés un mes antes y habíamos pasado mucho más tiempo planeando la lista de compra de distracción perfecta que comprando alcohol.

—Siempre funciona —afirmé con rotundidad.

Había una sola cajera de servicio, una señora mayor con un flequillo largo y atusado que parecía un mal augurio. Pasó la caja de galletas vacía, la mezcla para bizcocho, los tampones. Había colocado el vino en cuarto lugar, como si fuera alguien que tratara de colarse en un club en medio de una multitud.

—Esta noche voy a preparar un pastel —le indiqué con tono alegre mientras pasaba la botella—. Un bizcocho. Y estoy con el periodo, así que le añadiré una cobertura de chocolate.

—¿Necesitas bolsa? —preguntó ella con voz monótona.

—No, gracias. —Lo dejé todo en los brazos de Billy—. Que tenga una buena noche.

Noté que se reía en silencio a mi lado mientras salíamos con paso lento y después más rápido hasta emerger a la noche cálida.

—¿Ves? ¡Ha funcionado!

—No, ni siquiera te lo ha pedido.

—Eso es porque mi plan con los tampones y el bizcocho era muy bueno.

—Sabes que va a ir después a tu casa para comprobar que has preparado el bizcocho, ¿no? Te van a arrestar por mentira repostera.

—Entonces prepararemos el bizcocho. —Levanté un hombro—. ¿Quieres?

Nos sonreímos.

—Sí —respondió.

Eran más de las dos cuando entramos en la casa de Billy. El recibidor olía a salsa de pasta, madera y pelo de perro, pero era un olor agradable. *Gremlin* se coló entre nuestras piernas cuando avanzamos por el suelo de madera chirriante, riéndonos por nada en particular.

—¿Bill? —La voz de su padre sonó en la oscuridad.

—Mierda —murmuró él y me condujo a la cocina. Nos detuvimos contra la pared y alzamos la mirada. Él todavía tenía las manos en mis hombros—. Hola, papá. —Su aliento era dulce por el azúcar.

—¿Has estado en el porche hasta ahora?

—No podía dormir. —No mentía del todo—. No haré ruido.

—De acuerdo. —Silencio y su padre se dispuso a bajar las escaleras. Nos miramos con los ojos muy abiertos, pero el señor Paxton se detuvo a medio camino, sus pies al nivel de nuestras cabezas—. No despiertes a tu hermana cuando subas. E intenta irte a la cama más temprano, esto es ridículo.

—Vale —contestó Billy—. Buenas noches.

Nos quedamos allí una eternidad, hasta que oímos a su padre cerrando la puerta. Billy me tomó la mano y se la llevó a su corazón para que notara lo rápido que le latía.

—Casi —susurró.

Estábamos frente a frente, el aire entre los dos era mareante. Noté que algo brotaba en mi pecho, parecido a una carcajada, pero más grande, más doloroso. Me pareció trascendental solo levantar la cabeza para mirarlo a los ojos. Un acto de valentía. Pero lo hice.

Él dudó, sus ojos fijos en los míos. Y entonces pronunció mi nombre.

Y al hacerlo me vino un recuerdo. Fue tan rápido y desorientador como la visión que tuve en la habitación de mis padres. En mi cabeza su voz se convirtió en dos voces: la suya y una aguda e irregular, la de un niño. Su rostro era dos rostros: el que había delante de mí y el que tenía cuando era más joven. La sensación era dulce, intensa y terrible, y retrocedí, chocando contra la pared.

—¿Qué pasa? —preguntó sin molestarse en susurrar.

—Nada.

—Acabas de dar un salto de un kilómetro.

De pronto necesitaba estar a solas, pensar.

—Eh, no. Estoy bien. Yo... tengo que irme.

Billy estaba en el borde de un precipicio, lo notaba.

—Ivy —repitió con tono suave—. Por favor, no hagas esto.

—¿El qué? —Sin ningún motivo, sus palabras fueron como un jarro de agua fría—. ¿De qué hablas? ¿Por qué estás tan raro?

Se apartó de mí, impactado.

—¿Que por qué estoy raro yo? Vaya. Menuda cagada. En realidad, todo es una cagada, ¿por qué me molesto en intentarlo siquiera?

El pánico me hizo hablar con demasiada dureza.

—¿Esto es por haberte rechazado en el instituto?

—Haberme rechazado —repitió, alzando la voz—. ¿Así lo describirías tú?

Miró el techo para calmarse.

—Mira —dijo en voz baja—, ya sé que éramos unos niños. Sé que tendría que haberlo superado. Lo he hecho. Pero ¿fingir que no sucedió? Eso es cruel.

Me quedé con la boca abierta.

—¿Estás hablando de...? ¿Sigues hablando de...?

Me fulminó con la mirada, la mandíbula tensa como si estuviera conteniendo el llanto.

—Me rompiste el corazón, Ivy. Me rompiste el maldito corazón. Y lo peor es que le pediste a tu madre que lo hiciera por ti.

El suelo se estaba abriendo bajo mis pies.

—No —repliqué, negando con la cabeza—. No.

Se llevó las manos a los ojos, como si no pudiera soportar mirarme.

—Vete, por favor. Vete.

CAPÍTULO QUINCE

La ciudad
Entonces

Llegó el verano, se acabaron las clases y la ciudad se convirtió en nuestra droga. Comprábamos mangos en Devon y nos los comíamos junto al lago. Nadábamos en las aguas profundas hasta el saliente de la calle Ohio con las bocas pegajosas de comer helados de coco. Íbamos a tantos conciertos que a nuestros oídos no les daba tiempo de dejar de zumbar, por lo que nos movíamos todo el día encerradas en un suave capullo.

Y durante toda esa extensa y calurosa estación éramos mágicas.

Cuando más tarde recordaba aquel verano, era brillante y oscuro; todos mis recuerdos estaban bañados por el sol o envueltos en una sombra oscura. Estaba enamorada, de Fee, de Marion, de nuestra ciudad, y de las posibilidades que vibraban bajo nuestras manos cada vez que nos reuníamos las tres.

Pero en la otra mitad de mi vida estaba mi padre. Con la columna llena de discos deteriorados y una variedad de frascos de pastillas en la mesita de noche. Cuando terminó el verano comprendí que no iba a mejorar. Creo que supe que pronto me quedaría huérfana. La idea era un perro de ojos negros que me perseguía, mordisqueando las ruedas de mi bici y acurrucándose en los rincones de mi habitación. La magia era felicidad y poder y control. Era el trueno que ahuyentaba, al menos por un tiempo, a ese perro furtivo.

Fee y yo seguíamos convenciéndonos de que lo hacíamos por diversión. Incluso cuando los hechizos se tornaron oscuros. Incluso cuando la magia más arriesgada que encontrábamos en el libro de ocultismo (hechizos de distracción, de confusión, de castigo) rebotaba en nosotras provocándonos dolores intensos de cabeza y hambres repentinas, y Fee empezó a preparar un té que calmaba el dolor. Nos repetíamos que teníamos bajo control esta droga que estábamos experimentando y cuyo coste no podíamos calcular.

Marion, no. Ella era una mentirosa, pero no se mentía a sí misma. Desde el principio llegó a la magia como una acólita. Del libro, del arte, y, más que nada, de la ocultista muerta propietaria del libro. Se llamaba Astrid Washington, y Marion hablaba de ella como si fuera una niña hablando de su enamorado.

—Astrid era increíble. No era solo una ocultista, era una sanadora. Vendía a gente adinerada amuletos de amor y té de poleo por un montón de dinero y cuidaba de los pobres gratis.

»En Baltimore la llamaban «la enfermera de las viudas», se libraba de esposos abusivos por un precio bajo con venenos que no se podían detectar.

»Seis días después de que mataran a Astrid, el sobrino de John Howlett, su asesino, murió mientras dormía. Tenía veinticinco años y estaba completamente sano. No se encontró una causa aparente.

Marion nos lo contó una noche en un banco pegajoso del bar Pick Me Up mientras comíamos helado de brownie con una cuchara gris.

Fee parecía fascinada.

—¿Lo mató su fantasma?

Marion esbozó una sonrisita.

—Es una teoría.

—Nos contaste que iban a ejecutar a Astrid —señalé—. ¿Qué hizo? ¿Matar al marido equivocado?

Se encogió de hombros y su mirada se volvió turbia.

—La gente culpa por todo a mujeres poderosas.

Miré su mochila, donde estaba el libro escondido. Siempre lo tenía ella. Ni Fee ni yo lo habíamos tocado nunca, y me parecía bien. Prefería pensar que nuestra magia procedía de un lugar sin rostro, una fuente de poder accesible para chicas valientes con corazones puros. No entendía la obsesión de Marion por recordarnos constantemente que Astrid había sido una mujer de verdad. No un personaje, sino una persona, y es probable que no haya sido una persona buena.

Me estremecí. En algún momento del futuro alguien caminaría sobre mi tumba. O tal vez recordé por un instante que la magia tenía dientes y una historia tan antigua como el propio mundo.

Trato de recordar cómo comenzó todo. El principio del fin.

Una tarde iba en bici por debajo del tren elevado con bolsas de la compra en los manillares y estuvo a punto de atropellarme un Ford Fairlane. Viré bruscamente para esquivarlo y la comida se desparramó por el asfalto.

—¡Capullo! —grité—. ¡Me has roto los huevos!

El conductor me hizo un gesto obsceno.

—¡Vete a follar con tu novio! —aulló por la ventanilla abierta.

A la bici se le había salido la cadena. La aparté a la acera y eché a correr sin pensar en nada, alentada por una furia intensa. Extendí un brazo y uno de los neumáticos traseros de su vehículo estalló como una calabaza, haciendo que el coche coleteara por la avenida Glenwood.

No dije nada. No pensé que hubiera hecho nada.

Pero el cuerpo me temblaba por la magia expulsada y ya me empezaba a doler la cabeza. El idiota recuperó el control del automóvil y siguió adelante, pero yo no podía dejar de imaginar el metal destrozado y la sangre en el asfalto.

En ese momento no me sentí como una chica con un don. Me sentí como una niña que portaba una caja llena de dinamita.

Y luego estaba la noche del hechizo de amor.

Fee tenía mucha facilidad para enamorarse. Le gustaban las chicas que hablaban mal, las chicas rapadas, las chicas en bicicleta que se escurrían entre el tráfico como peces en el agua. Pero hasta que no empezamos a hacer magia no tuvo agallas para hablar con ninguna de ellas.

Se dio su primer beso y luego el segundo con una camarera del club Rainbo de pelo corto y rosa y un collar de jacintos tatuado. Más adelante la camarera se enteró de cómo era Fee en realidad y dejó de hablarle.

Por primera vez el libro de la ocultista nos mostró un hechizo de amor. Los ingredientes parecían los de un ramo de novia: lazos, rosas, lavanda. Parecía magia buena.

—No sé —dudó Fee mientras se pasaba los dedos por las puntas de los pelos—. ¿Cómo funciona un hechizo de amor? ¿Va a engañarla para que piense que me ama? ¿Va a alterarle el cerebro para que lo haga? No quiero que me quiera así, con magia no cuenta.

—¿Cómo no va a contar la magia? —replicó Marion con voz glacial—. El amor surge debido a reacciones químicas. Tu propio cerebro te emborracha. La magia es cien veces más real que el amor. Además —añadió, entrecerrando los ojos con la mirada fija en el libro—, Astrid no va a mostrarnos nada más hasta que no lo hagamos.

Así, pues, reunimos las rosas, las cosas bonitas y aromáticas. Yo merodeé por el Rainbo hasta que vi que la camarera bebía un refresco con una pajita; birlé después la pajita y me marché.

Era la primera vez que no estábamos las tres de acuerdo y eso se notaba. Había cierta resistencia, un viento en contra con olor a sulfuro que desestabilizaba la balanza.

En mitad del hechizo Fee gritó. Se metió la mano debajo de la camiseta, buscando el colgante que tenía siempre en el hueco de la garganta: el crucifijo de su madre. Tiró de él hasta que la delgada cadena se rompió y la cruz cayó al suelo.

—Dadme un espejo —pidió con voz entrecortada.

Cuando se subió la camiseta para mirarse, tenía una marca con forma de cruz donde antes había estado el crucifijo. No era una herida abierta, sino una cicatriz pálida. Era bonita, como un abalorio junto al otro colgante que llevaba: una cadena dorada barata con un fragmento de un corazón roto, parte de un juego de mejores amigas que había comprado para las tres en la calle Maxwell.

Cuando la abracé y le acaricié el pelo, Marion corrió hacia la cruz que había en el suelo y la envolvió en un pedazo de papel negro que sacó de su bolso enorme.

—Vamos a empezar de nuevo —indicó después de dejar el paquete en un cajón.

—No, Marion —dije por encima del hombro de Fee.

Su rostro se tensó.

—¿No?

—Ha sido una mala idea —afirmé—. Vamos a hacer otra cosa.

—¿Qué otra cosa vamos a hacer? —Extendió los brazos para abarcar la habitación, la ciudad entera. Ahí fuera no había nada que mereciera más la pena que la magia que había dentro—. En serio, ¿qué?

Fee se apartó y miró fijamente a Marion.

—Era de mi madre. Murió con ese crucifijo puesto.

Marion estaba a punto de replicar, se le notaba. Pero entonces valoró algo y cambió de idea.

—Vale —contestó y dejó el tema.

Las cosas fueron bien después. Escuchamos música y leímos el tarot, todo marchaba bien. Pero cuando Marion se fue a la mañana siguiente, Fee me miró y yo asentí. Las dos sabíamos que algo había cambiado.

Estábamos hartas del libro de la ocultista. Hartas del reparto receloso de Marion de los dones oscuros del tomo, como huellas fantasmales que nos internaban más y más en la niebla.

Astrid Washington no era la única maestra. Su magia no era la única.

Sin decirle nada a Marion, empezamos a buscar en otras partes. Revisamos manuales de brujería, guías de herbolarios y necronomicones únicos que sacábamos de librerías del tamaño de un armario. Recopilamos artículos de brujería fotocopiados y emborronados de las librerías Quimby's y Myopic. De esa forma conocimos a personas que nos invitaron a reuniones en parques, sótanos y bares diurnos en los que nos reuníamos en rincones alejados. Encontramos muchos callejones sin salida, pero también magia real.

Y era estupendo trabajar sin la vigilancia de Marion. Fee descubrió que tenía un don con las hierbas. Bajo sus manos las plantas que usaba su padre para cocinar crecían de forma exuberante, cubriendo el porche de madera que daba a un aparcamiento en la parte trasera de la casa. Hablaba con curaderas de Pilsen y volvía con fardos de hierbas y recetas escritas en papel de carnicería.

La magia era una moneda más hostil y barata de lo que pensábamos, y la ciudad era una inmensa biblioteca viva de mística secreta, personas con conocimiento ancestral incrustado en los huesos. Pasábamos las páginas en busca de información: fragmentos tentadores de magia de los *shtetls* recogidos de una niñera de Rogers Park; una asombrosa rima noruega recitada por una camarera de Andersonville; una escalofriante anécdota sobre la magia de las efigies relatada por un taxista de África occidental. Estaba bien recordar que la magia tenía un espectro más denso y antiguo que lo que nos enseñaba el libro de la ocultista.

Nos distanciamos de Marion. Pero ella también se distanció de nosotras. Después del incidente con el hechizo de amor, cada vez supimos menos de ella hasta llegar a no saber nada durante días. Empezó a saltarse turnos en la freiduría. Ya habíamos decidido ir a su casa para comprobar que estuviera bien cuando se nos adelantó.

Apareció en la freiduría con un vestido negro desteñido y un brazalete de cobre con un fragmento de cuarzo. Había algo diferente en ella, un resplandor maligno. Algo había cambiado desde que la habíamos visto por última vez y de pronto tenía el aspecto de la bruja que tanto anhelaba ser: famélica y deslumbrante.

Pensábamos que nos preguntaría qué habíamos estado haciendo, pero no dejó de hablar sobre un ritual que le había mostrado el libro de la ocultista, destinado a incrementar el potencial mágico de un cuerpo: la fuerza de tu sangre, orina, saliva, uñas... todos ingredientes baratos que podías extraer de ti misma. Tenía en el bolso raíces con un aspecto horrible manchadas de tierra y los tés con los que se había alimentado en lugar de con comida. La piel le olía a pino y a metal.

Y había algo más, dijo. Algo que tenía que enseñarnos.

Ninguna de las dos queríamos ir. La noche anterior nos habíamos acostado tarde atendiendo a mi padre y estábamos agotadas. Pero cuando salimos del trabajo la seguimos hasta la parada del autobús.

Estábamos a finales de agosto y el ambiente entre nosotras era tan sofocante como el clima. Cuando bajamos del autobús no nos dirigimos a la casa de sus padres. Nos llevó al campus, pasamos los edificios universitarios y espacios tan verdes que parecían siniestros, hasta una zona de tiendas.

Nos detuvimos delante de uno de esos lugares parecidos a Clark and Belmont, en los que compraban los aspirantes a brujos tubos de cristal soplado y ropa extravagante barata, joyas con incrustaciones de lapislázuli o nácar falsos. Tenía un nombre de lo más estúpido: 'Twixt and 'Tween. Me dio vergüenza entrar porque los chicos de la tienda de música de al lado estaban en la puerta fumando.

La tienda olía a sándalo y estaba abarrotada de cosas: pipetas, camisetas de *heavy* y tapices desteñidos colgados en la pared. Salió una mujer del fondo y abrazó a Marion.

—Hola, bonita.

Era una mujer blanca, diría que de veintimuchos, pero tenía el aspecto de una *punk*. Tenía la piel quemada por el sol y los ojos del tono azul del cuarzo. Su cabello era negro y lucía como un diente de león, y llevaba triángulos y estrellas tatuadas en el dorso de las manos. No nos miró a Fee ni a mí.

—¿Has traído el libro? —preguntó todavía con Marion en los brazos.

Fee y yo nos miramos con el ceño fruncido cuando Marion sacó del bolso el libro de la ocultista. La mujer se rio suavemente y extendió los brazos, como si Marion fuera a dárselo. Como no lo hizo, la mujer nos miró al fin a Fee y a mí.

—Así que este es tu aquelarre.

Alcé la barbilla en su dirección.

—¿Quién es? ¿Por qué estamos en su tienda cutre?

La mujer volvió a reírse, pero Marion se tensó. Los cordones de su cuello eran perturbadores.

—Es Sharon. Es otra practicante.

—Puedes decir «bruja», cielo. —Sharon se tocó con la lengua el pendiente del labio—. No es una palabra mala.

—Pero es limitante —contestó Marion con tono serio. Siempre se tomaba la magia sin sentido del humor, con barreras—. Somos más que eso. Yo quiero ser más que eso, ¿tú, no?

—Claro —afirmó Sharon tras un silencio—. Claro que sí.

Marion asintió.

—La tienda de Sharon es una especie de lugar de encuentro para… para practicantes. Vine el otro día a comprar material y acabamos hablando… ¿cuánto tiempo, dos horas?

—Así es —contestó Sharon, mirándome.

Marion acunaba el libro y bajó la voz, adoptando un tono reverente.

—Pasó algo la noche antes de conocer a Sharon. El libro me mostró un hechizo para cuatro personas. Nunca había hecho eso. —Nos miró con solemnidad—. Creo que Astrid quiere que trabajemos con Sharon.

Fruncí el ceño.

—¿Qué? ¿Es que es nuestra chula? No pienso trabajar con alguien a quien no conozco.

—Me gusta. —La mirada de Sharon mostraban su agrado por la oposición—. Me gustas, cielo.

—Tu admiración no me interesa, cielo.

Sharon apretó los labios y espiró. Un *fiuu* tan largo que me llenó las fosas nasales de regaliz, hizo titilar las luces y rompió en pedazos la tensión de la sala. Fee abrió mucho los ojos y se llevó los dedos a la cicatriz que le había dejado el crucifijo.

—Tenemos tiempo. —Sharon parecía más feliz ahora que nos había impresionado—. Vamos a hablar. Y a beber té. Enviaré a alguien a que vaya a buscar algo para comer.

Tuve un momento de lucidez entonces. Una imagen del aura de Sharon. Costaba mirarla, era ultravioleta y naranja, rayada como el pelo de un tigre. Era la única aura de dos tonos que había visto nunca y no tenía ni idea de qué significaba.

Miré a Fee, que enarcó una ceja.

—Vale, podemos hablar.

CAPÍTULO DIECISÉIS

Suburbios
Ahora

Volví a mi casa poseída con la cabeza poseída. Cuando vi el coche de Hank en la entrada eché a correr. Subí las escaleras hasta su dormitorio y exhalé un suspiro al verlo allí dormido. Tenía el rostro sereno, bañado por la luz de la película que estaba reproduciéndose en su ordenador portátil abierto.

Cerré el ordenador y le di un golpe en el hombro.

—Hank. Hanky Hank Hank. Henry.

Se despertó igual que siempre, pasando de la total inconsciencia a una tremenda confusión, como un anciano que se queda dormido en una montaña rusa.

—¿Ivy? ¿Qué hora es? ¿Qué haces aquí? ¿Dónde está mi ordenador? ¿Se ha caído al suelo?

—Tranquilo. Respira.

Se dejó caer en la cama de forma dramática.

—Dios mío, ¡es noche cerrada!

—¿Acabas de llegar a casa?

—No lo sé. Estaba dormido.

—¿Viste algo raro al llegar?

—¿Raro como qué? Da igual, no me importa. No. Vete a la cama.

Mi respiración se calmó un poco.

—Sí, en un minuto, pero.... Hank, ¿a qué te referías al decir aquello de Billy? Cuando me preguntaste qué nos pasó.

—¿Por eso me has despertado? —Apoyó la cabeza en el cabecero y me miró con un ojo entrecerrado—. Lo pregunté porque antes erais amigos. Hasta que lo abandonaste.

—No —repliqué con firmeza—. No fue así.

—Sí.

—Escúchame. Apenas conozco a Billy Paxton. Aparte de que es nuestro vecino. Nunca había mantenido una conversación con él hasta esta noche.

Mi hermano parpadeó, mirándome. La luna contorneaba su rostro formando los ángulos de la máscara de Guy Fawkes. Y entonces apartó las sábanas.

—Enciende la luz.

Cuando Hank era pequeño la tía Fee le regaló su antigua cámara de fotos Polaroid. Se obsesionó con ella y empezó a hacerle fotos a todas las personas que entraban en su habitación. Ocho años después la pared que había entre el armario y la puerta estaba repleta de fotos cuadradas descoloridas. Se acercó a ellas con el pelo alborotado y los pantalones del pijama, buscando.

Por supuesto, yo aparecía con diferentes edades. Había una en la que tenía un corte de pelo triangular, dientes de castor recién salidos y unas gafas rojas torcidas, y destacaba de forma sospechosa. Había chicos con camisetas de béisbol y chicas con los ojos cerrados, sujetando teléfonos y chaquetas y cigarros, con partes blanqueadas por el *flash*. Las fotos estaban clavadas con chinchetas y se solapaban entre sí, algunas tenían varias perforaciones por los bordes.

—Aquí. —Hank quitó una que estaba al nivel de nuestras rodillas, casi escondida detrás de una fotografía de él con su mejor amigo Jada vestidos de Magenta y Riff Raff. Me la dejó en la mano.

La miré, pero por un momento no vi nada.

En la foto aparecíamos Billy y yo con unos nueve y diez años. Sería verano porque los dos llevábamos pantalones cortos y, vete a saber por qué, un chaquetón enorme. Billy estaba hablando, tenía la expresión en el rostro de estar contándome un chiste, y yo me reía con los ojos cerrados. Era una imagen tonta, alegre. Sonreí, pero entonces caí en el surrealismo de la fotografía.

La pegué al pecho de Hank con dedos temblorosos.

—No me acuerdo de esto.

—Ivy. —Su voz era casi suplicante—. ¿Cómo es posible?

—Te lo estoy diciendo, esto no sucedió. ¿Cómo...? ¿Qué es esto?

Mi hermano tragó saliva.

—Ese juego estúpido al que solíais jugar. Os solíais vestir con la ropa de trabajo de papá y espiabais a la gente. Lo llamabais Gemelos Detectives.

Me llevé una mano al cuello.

—¿Gemelos *Detectores*? —Era el nombre de una serie de misterio infantil que me encantaba.

Mi hermano parecía aliviado.

—¿Ves? Sí te acuerdas.

—No. —Tenía frío y estaba sudando—. ¿Por qué no me has dicho nunca nada? Sobre Billy.

Se encogió de hombros.

—Mamá.

—¿Qué pasa con ella?

—Me dijo que no lo hiciera.

No supe cómo reaccioné a eso, pero por cómo le cambió la cara, supuse que adopté un tono peligroso.

—¿Cuándo fue esto?

—El verano antes de que yo empezara el instituto —respondió rápidamente—. Vosotros ibais a empezar séptimo curso. Lo recuerdo porque fue justo después de que saliera del armario. Estuvisteis raros un tiempo, pero yo tenía la cabeza en mis problemas.

—¿Qué te dijo exactamente?

—Que... que Billy y tú habíais discutido y que era mejor que te dejara tranquila, que no te molestara con el tema. Me imaginé que Billy había hecho algo, pero estaba tan claramente enamorado que luego pensé que habrías sido tú.

—Pero no me preguntaste.

—Como te he dicho, estaba preocupado por otros asuntos. —Parecía afectado.

—Te mintió. Yo no recuerdo nada de eso. Nada.

—Que... —Se quedó callado y torció la boca.

—He visto a Billy esta noche. Me ha dicho que le rompí el corazón y que le pedí a mamá que lo hiciera ella. Lo que sea que haya sucedido, lo ha hecho ella.

—¿Te hizo olvidar por completo a una persona? ¿Por qué?

—Venga, Hank. Ambos sabemos que puede hacer cosas.

Pensaba que discreparía, pero no.

—Sí —respondió en voz baja.

Nos quedamos un instante mirándonos, sin hablar.

—¿Y papá? —dije—. ¿Cuánto sabe él?

—Para, Ivy. —Hank se tumbó de nuevo en la cama y se tapó la cara con las sábanas—. Son las tres de la mañana, no es hora de hablar de esto. Además, puede que me haya comido unas setas hoy con Jada y no puedo seguir hablando ahora de este tema. Está claro que tienes que hablar con mamá. Y con Billy.

—Sí, pero mamá se esconde de nosotros y Billy me odia.

—Billy lleva enamorado de ti desde los siete años —repuso y se tapó la cabeza con una almohada—. Y mamá acabará volviendo a casa.

—¿Que Billy qué?

Apartó la almohada.

—Si me dejas que duerma te prometo que te acompañaré a hablar con ella, ¿vale? No te prometo que vaya a hablar, pero sí estaré en la habitación. Seré tu lugarteniente. Pero déjame dormir.

Eso hice. Fui al baño y me quedé mirando mi reflejo como si pudiera verme el cerebro, las huellas que me dejó mi madre cuando se internó en mi cabeza.

Me acordé entonces de cuando estaba fuera de la casa de mi tía, de la sensación de que me estaban observando, de los mensajes que me envió la tía Fee justo antes de llamar al timbre. ¿Y si estaban allí dentro? Escondidas, ocupándose del evento misterioso que había comenzado con ese primer conejo muerto. Mi padre se quedaba en la ciudad y eso significaba que su coche estaba en la estación de tren, a menos de un kilómetro y medio de distancia. Había unas llaves de repuesto en el cajón del aparador y también una llave de la casa de mi tía. Esta vez, si no respondía, entraría yo.

El coche de Billy no estaba en la entrada de su casa cuando salí. Supuse que él tampoco podía dormir.

CAPÍTULO DIECISIETE

La ciudad
Entonces

Sharon le dio la vuelta al cartel de Cerrado y nos guio a la trastienda. Había cajas apiladas junto a una pared y estanterías alineadas en el resto de las paredes. Un hornillo, un hervidor de agua eléctrico y un póster de *Jóvenes ocultos*. Al lado de este había colgado un tablón con tarjetas, folletos y rarezas varias: flores secas, bobinas de hilo, una trenza de pelo tan brillante que seguro que era sintético.

En el centro de la habitación había una mesa de fórmica descascarillada de color menta. Una joven asiática con una camiseta de Mickey Mouse aguardaba sentada en una de las dos sillas, mirando a Sharon con los ojos más hambrientos que había visto nunca. Delante de ella, en la mesa, había una regla de madera y una cuerda con nudos. Cuando me vio mirar, se guardó todo en el regazo.

—¿Quiénes son? —preguntó la chica con un acento marcado del South Side de Chicago.

Sharon le sonrió con indiferencia.

—Querida Jane. Son Marion y sus amigas. —Al parecer, nosotras no teníamos nombre—. Cielo, ¿por qué no sales a comprar unos sándwiches? Cuatro, de pavo.

—Yo no tengo hambre —intervino Marion con tono aburrido.

—Cierto, estás ayunando. Tres entonces.

Jane la miró con tristeza.

—Yo sí tengo hambre.

Sharon le dio un apretón en el hombro y le besó la mejilla. Era un gesto maternal.

—Solo tres, ¿de acuerdo?

Jane evitó mirarnos cuando metió la regla y la cuerda en una mochila morada. Verla me recordó que pronto volveríamos a la escuela, rodeadas de chicas de su edad. De nuestra edad. Pero estábamos en verano, anochecía, y me encontraba en la trastienda de un negocio con dolor de cabeza por la magia que había practicado la noche anterior. El instituto me parecía muy lejano aún.

Sharon sacó unas hierbas del pequeño frigorífico y las metió en el hervidor de agua. La habitación empezó a oler a cilantro. Cuando me tendió una taza vi un anillo de pelo claro en su dedo medio, entre la plata, el topacio y la tinta negra.

—Un anillo de luto —indicó al ver que lo estaba mirando—. Se lo corté a mi medio hermano cuando estaba en el ataúd. Me pasé la mayor parte de la adolescencia en un complejo de Arizona. Él me salvó cuando nadie más se molestó en intentarlo.

—¿Un complejo? —preguntó Fee.

—Un culto. Entré cuando tenía quince años y salí a los veinte. Tengo muchos recuerdos de allí. —Agitó los brazaletes para mostrar una fila de cicatrices pálidas, las marcas de una prisionera que contaba los días que pasaba en la cárcel—. Estas son mías. Pero estas otras, no. —En la parte interna del codo había tres quemaduras con forma circular—. La cicatriz con forma de ce es mucho mejor. Tendría que haber muerto. Pero la comadrona me sacó del rancho y me llevó al hospital. El rancho, así llamábamos a su complejo.

Y fue así como Sharon hizo clic. Era una de esas personas que portaban su propia historia como si fuera un cuchillo. Cuando pasabas tiempo suficiente con alcohólicos detectabas a estas personas a la distancia: incluían en su conversación revelaciones íntimas terribles con la intención de hacerte creer que estaban contándote sus secretos.

De hacerte pensar que tenías que pagarles con la misma moneda. Sharon tenía un don mágico, pero estaba segura de que su verdadero talento era que tenía ojo para el dolor.

Bueno, el mío no era el dolor idóneo. La miré fijamente. Dieciséis años recién cumplidos, virgen, con una camiseta con una equis y botas de combate.

—¿Por qué nos cuentas esto?

—Porque no es un disfraz. —Su tono grave se endureció y adoptó una pose con las piernas muy abiertas, retándonos a que la miráramos. El pelo a lo Robert Smith, los tatuajes de presa—. Mi cuerpo es una batería. Nunca se consumirá todo lo que me han hecho. ¿De dónde procede vuestro poder? ¿De ver *Jóvenes y brujas*?

Me tembló el párpado. Mi padre no había podido dormir la noche anterior por el dolor de espalda. Encontró el hechizo de alivio del dolor que le metí debajo de la cama y me hizo tirarlo por el retrete. «¿En qué clase de vudú estás metida?». Sus palabras estaban mezcladas con vómito porque las pastillas no hacían una buena mezcla. Vino Fee y nos quedamos despiertas hasta el amanecer improvisando juntas algo que lo adormeciera, que lo calmara, y debí de incluir mi resentimiento porque llevaba toda la mañana débil, como a cámara lenta.

—Eso es —comentó Sharon con tono amable—. Enfádate, cielo, es bueno para ti. La ira es buena. El dolor te permite trabajar. ¿Podemos trabajar juntas? Yo quiero hacerlo.

—¿Y yo qué? —preguntó Fee—. También estoy aquí.

Fee era más guapa que yo. Más alta, más gruesa. Pero incluso en esos meses turbulentos había en ella una solidez que yo nunca tuve. Hacía que las personas se sintieran lo bastante seguras para mirar a otra parte.

Con un dedo Sharon trazó una te minúscula por encima de la camiseta de Fee, sobre el lugar en el que la tela ocultaba la cicatriz con forma de cruz.

—La pérdida de la fe es un motor poderoso. La fe frustrada es mejor incluso. También quiero trabajar contigo.

Marion estaba allí sentada, bebiendo té, satisfecha.

Le di un sorbo a mi taza. Llevaba un rato allí, pero seguía muy caliente.

—¿Qué hechizo es?

Las sonrisas reales de Marion se habían vuelto escasas. Ya no había nada espontáneo en ella; siempre la veías pensando, notabas el tic tras sus ojos. Pero ahora sonrió radiante.

—De carga.

—¿De qué?

—Escucha. —Marion señaló la página con el dedo y leyó en voz alta—: Una bendición de poder para aquellos suficientemente atrevidos como para aceptarlo. Que mis dones no se estanquen. Que yo no muera, sino que viva en ti. Un hechizo para ocho manos. —Tenía las mejillas sonrosadas y la voz irregular—. Una fuerza mágica aumentada. Ese es el hechizo.

—Para aquellos suficientemente atrevidos —repetí—. Suena a reto. Como si nos estuviera llamando «gallinas».

—Un poco de respeto —siseó Marion—. Este hechizo es una promesa. Una recompensa. Una parte del poder de Astrid.

—¿Una recompensa por qué?

Ignoró la pregunta.

—Sabíamos que estaba enseñándonos con este libro. Pero todo este tiempo también nos ha estado probando. Asegurándose de que fuéramos merecedoras. Y hemos demostrado serlo. —Le brillaban los ojos—. Nos ha elegido.

—¿Cuánto tiempo dura? —quise saber.

—Para siempre.

—Ni hablar —repliqué. Fee frunció el ceño.

—¿Para siempre? ¿Y qué, nos va a matar el agotamiento tras practicar la magia?

Marion puso una mueca.

—Esto no va de dar y recibir, del equilibrio y lo que sea en lo que estáis metidas. Esto es un don. ¿En serio podéis decir que no a esto?

—Eh, vamos. —Fee le tomó la mano—. Es que... Mar, ¿no te parece demasiado bueno para ser real?

Marion le dio un apretón a la mano y se calmó.

—¿Es que no merecemos algo bueno?

Sharon nos miraba a Fee y a mí con amabilidad.

—Pensaba que erais practicantes —señaló—. Pero parece que no queréis practicar magia.

—Nadie está hablando contigo —espeté.

—Parad —exclamó Marion—. Escuchad.

La palabra tenía peso. Textura. Casi parecía un hechizo. Cuando conocimos a Marion era amable y tenía aspecto saludable, sin elegancia, pero con seriedad. Ahora se había quedado sin color, sin curvas, se le marcaban los huesos. Los cambios le conferían la autoridad desconcertante de una ascética.

—Yo he hecho mis deberes. Desde que encontré el libro de Astrid he leído todo lo que he encontrado sobre practicantes, ocultistas, brujería. Nadie podía hacer lo que hacía Astrid Washington. Si tuviéramos tan solo una parte de su poder, solo una miga... —Cerró los ojos, como si la idea fuera una luz demasiado brillante para mirarla.

Cuando los abrió tenía el rostro iluminado por el fervor de un cartógrafo inquisitivo que se había divertido haciendo que su obsesión se convirtiera en la nuestra.

—Pensadlo —dijo—. Pensad en lo que podríamos hacer.

Se me puso la piel de gallina. Pensé en encantamientos de sanación, en el rostro libre de dolor de mi padre. No me permití visualizar lo inimaginable: una cura. Cuando miré a Fee su expresión se había tornado reflexiva. Me pregunté qué estaría pensando.

—¿Qué hace falta?

Hablé con frialdad, pero Marion sabía que me había convencido. Dejó el bolso en la mesa, una bolsa de tela enorme de la que sacó un espejo muy grande envuelto en piel, una vela roja gruesa y un tubo de pintalabios vacío que usaba para guardar agujas y alfileres.

—¿Eso es todo? —preguntó Fee.

—Y esto. —Marion puso una palma sobre la cubierta del libro—. Y la luna adecuada, la de esta noche. Y el lugar adecuado.

—Entonces tiene que hacerse esta noche. ¿Y si estamos ocupadas?

—Conozco vuestros horarios de trabajo. Estáis libres.

—Sí, pero tenemos vidas.

Marion hizo un movimiento circular con el dedo para incluirnos a Fee y a mí.

—Vosotras sois la vida de la otra.

Al inicio del verano podría parecer celosa, pero no nos miraba a nosotras. Tenía la mirada fija en otro horizonte. Fee y yo confirmamos su afirmación mirándonos la una a la otra, deliberando en silencio.

No me gusta, me dijo su expresión.

A mí tampoco.

Pero...

En nuestra duda había muchas cosas. Curiosidad, culpa, deseo. Optimismo, incluso. Y junto a ellas, las partes más feas e intensas de nosotras. Las partes que la magia había afilado como cuchillos y que podíamos emplear para despellejar el mundo. Dieciséis años y rebosantes de poder después de que nos hubieran dicho toda nuestra vida que éramos insignificantes.

Incluso ahora, cuando intento hacer que mi yo perdido hace tiempo responda que no, cuando trato de imaginarme aferrando la mano de Fee y alejándome para siempre de Marion, de la magia, no puedo hacerlo. No existe una versión de mí que sea capaz de rechazar la idea.

CAPÍTULO DIECIOCHO

Suburbios
Ahora

No sabía que las luces de las farolas emitían un suave zumbido hasta que caminé por debajo, sola, a las tres y media de la mañana. Al otro lado de la calle, entre las zonas residenciales, más allá del viejo parque, el carrusel oxidado brillaba bajo la luz de la luna. Se levantó una brisa que hizo que los árboles suspiraran como ancianas que se resguardaran del calor.

Cuando caminabas lo suficiente por el mundo encerrado en una bola de nieve en mitad de la noche, incluso las cosas conocidas se corrompían. Las casas con porches iluminados parecían mentirosas, las que no estaban iluminadas parecían cajas llenas de secretos. Sentí un extraño alivio cuando salí del laberinto suburbano y llegué a la carretera que discurría por la escuela de primaria, el parque y la zona comercial con el supermercado 7-Eleven, abierto veinticuatro horas, con sus luces brillantes alumbrando un cielo del color de un caramelo de uva.

El interior de la tienda estaba iluminado como un set de rodaje, vacío excepto por un guarda apoyado en un mostrador. Me quedé en el aparcamiento y me toqué el bolsillo, buscando dinero. Estaba a punto de acercarme cuando vi a una chica por un lateral, en la fila de escaparates de los negocios cerrados. Cuando empujó la puerta del 7-Eleven me estremecí al imaginar el frío del aire acondicionado, el olor a agua sucia, sirope y queso fundido. Me quedé mirándola, pero no estaba sorprendida de verdad. No era improbable encontrármela de nuevo en la oscuridad.

Era la extraña a la que habíamos seguido Nate y yo en el bosque hasta el agua. Lo supe por la piel blanca, la seguridad de sus pasos. Su rostro que, incluso de perfil, me recordaba a una pintura antigua desconchada en la madera, con rasgos suaves y llamativos. Seguía con mi camisa puesta.

Me agaché detrás de un automóvil. Había una línea en la puerta, así que la vi cuando salió con dos refrescos y un perrito caliente. ¡Un perrito caliente del 7-Eleven! Ni siquiera Hank se comería uno. A Amina y a mí nos gustaba bromear diciendo que siempre era el mismo perrito caliente, girando en su pequeña camilla de bronceado, suplicando a la gente con la voz de Oliver Twist que se lo comiera.

Vi a la chica quitarle el tapón a la botella y empezar a beber con la cabeza hacia atrás, la garganta tragando como una pitón hasta vaciar la botella. Cuando terminó se comió el perrito caliente de tres bocados y tiró la basura al suelo, a pesar de que tenía una papelera justo al lado. Giró a la izquierda al final del aparcamiento y tomó la dirección por la que había venido yo.

—¿Qué narices...? —susurré y la seguí.

El pelo claro le caía hasta la mitad de la espalda. Llevaba unos vaqueros descoloridos que no le ajustaban bien y la camisa azul claro que le lancé junto al río. Parecía que brillaba en la oscuridad como un perro de pelaje blanco, pero la perdí. Probé a girar y volví a verla.

Seguí perdiéndola y encontrándola, calle tras calle. Las sombras por las que se movía parecían pegajosas, encariñadas con su piel. Permanecí muy por detrás, pero en ningún momento se volvió ni dudó. Pasamos por el parque, cruzamos la arteria que discurría entre los vecindarios hasta mi barrio. Cuanto más nos acercábamos a mi casa, más lejos me mantenía.

Giró hacia mi calle. Contuve la respiración, pensando: *Camina, camina, sigue, no gires.* Hasta que se detuvo al final del acceso a nuestra vivienda. Totalmente quieta, con los brazos a los costados, mirando mi casa.

Me escondí en las sombras de la casa de Billy.

—Responde, Hank, capullo —murmuré con el teléfono pegado a la oreja, pero me saltó el contestador.

Y entonces la chica se movió, avanzó por la entrada y rodeó la casa.

—¡Eh! —El pánico me arrancó la palabra. Corrí bajo el extraño aire violeta. El lateral de nuestra casa era una jungla de ramas de frambuesas con la fruta cocida por el calor. Casi esperaba encontrarla atrapada entre las varas como el príncipe de un cuento de hadas, pero no había nadie allí.

El patio trasero también estaba vacío. Seguí de puntillas y con la boca seca hacia la verja y más allá. Pasé junto a las ventanas de la cocina, la habitación que había detrás era del color confuso del agua de un lago. Rodeé la casa hasta el porche, pero la chica había desaparecido.

O... Pensé en las galletas que dejé en el plato, el bocado en cada una de ellas. O a lo mejor había entrado.

Entré en el vestíbulo y agucé los oídos. No creía que estuviera imaginando la textura desagradable del silencio; la sensación de que algo estaba mal era tan palpable como un olor. Revisé la primera planta y luego subí. Hank estaba en la cama, a salvo, roncando, con una mano debajo de la barbilla. Mi habitación estaba vacía y también el baño. Dejé el dormitorio de mis padres para el final.

Dentro no había nada fuera de lugar. Pero el ambiente parecía cargado y estático. Comprobé el armario y el baño, luego me agaché para mirar debajo de la cama. Cuando estaba contemplando el polvo se iluminó mi teléfono con un número desconocido.

Me enderecé de golpe. No había nadie en la puerta. Al fondo de la habitación la ventana era una caja que mostraba el cielo vacío. Así y todo, pensé que la chica podía verme, que estaba esperando a que respondiera a la llamada. Bajé las escaleras rápido y salí de nuevo al porche. Respondí al cuarto tono.

—¿Sí?

Un silencio extenso y ruidos de fondo. Parecía el tráfico, o el océano. Hizo que me aferrara al teléfono con repentina esperanza.

—¿Mamá?

—Por Dios, no —respondió la voz—. Soy Sharon. Me has dejado un mensaje.

CAPÍTULO DIECINUEVE

La ciudad
Entonces

El hechizo tenía que llevarse a cabo a medianoche. Porque, aunque algunos de los clichés sobrenaturales eran una tontería, muchos eran ciertos.

Salimos de la tienda después de las once. El lago había fruncido sus fríos labios azules y había expulsado la humedad. No era tarde para la ciudad, pero en este pequeño pueblo dormido parecía tarde.

La gente que había fuera nos miraba o bien apartaba rápido la mirada cuando pasábamos. Juntas éramos temibles, un ramo de flores que se abrían al anochecer. Fee era una diosa de labios de color púrpura, Marion era toda una bruja. Sharon parecía una chica reformada de la familia Manson, y luego estaba yo. Nunca te puedes ver a ti mismo de verdad, pero me gustaba la sensación de mi pelo rojo cayendo por la espalda, los ojos insomnes doloridos por la fiesta.

Marion nos llevó al corazón del campus por las sombras que proyectaban los edificios feos de cemento con nombres de hombres muertos. Por un camino irregular iluminado por unas viejas farolas, sobre un campo exuberante de tréboles. Subimos los escalones de una casa barroca que parecía sacada de un sueño.

—¿Eso es…? —comenzó Fee.

Marion miró la biblioteca que en el pasado había sido la casa de la ocultista.

—Vamos dentro.

—¿Qué? —La fulminé con la mirada—. No nos habías dicho que íbamos a allanarla.

—No vamos a allanarla. Solo vamos a entrar.

Resultaba fácil pasar por alto la pasarela que había en la pared que daba al lago a menos que fueras Marion y ya hubieras recorrido el lugar. Se trataba de una singularidad arquitectónica que no había visto nunca antes: un pasillo interior serpenteante tan estrecho que tuvimos que recorrerlo en fila. Un giro brusco, y otro, y otro, y terminaba en un jardín que olía a albahaca, tomates y menta, teñido de gris por la luna. A la luz del sol seguramente tendría el aspecto de un hallazgo en los terrenos de un convento medieval. Abejorros, plantas delicadas, flores oscilando bajo la brisa. Fee pasó una mano por una planta de salvia, liberando el aroma.

Marion se internó en uno de los mantos de flora. Sacó una caja metálica con rejas de entre la pared y el ruibarbo. Una jaula, una de esas trampas para ratas que te encontrabas en los callejones. Dentro había un conejo, una criatura domesticada del color de la nieve.

—Venga ya —protestó Fee.

Marion le pasó la jaula a Sharon y se puso de rodillas delante de una puerta de madera arqueada que había en la vieja pared de piedra. Sacó del bolso una linterna y una percha de alambre doblada con un imán atado en el extremo. Había un hueco debajo de la puerta, donde la madera se había deformado. Colocó la linterna delante, metió el palo con el imán y se puso a pescar.

—Sí —murmuró, sacando despacio la llave.

Sharon silbó.

—Buen trabajo, MacGyver.

Marion llevaba mucho tiempo planeando esto. Más de lo que decía. Me mordí la uña del pulgar mientras miraba cómo abría la cerradura, golpeaba la puerta con la cadera para desencajar la madera hinchada del marco. Eso también lo había hecho antes. Encantada con su trabajo, nos hizo un gesto para que entráramos.

Fue dar un paso más allá de la puerta y la temperatura descendió. El olor a papel deteriorado y a tinta vieja tapó el del follaje del jardín. Incluso con los ojos cerrados podrías adivinar que estabas dentro de una biblioteca. Cuando la puerta quedó cerrada detrás de nosotras, permanecimos en silencio, formando un círculo de cuatro. Cinco. El ojo del conejo brillaba en la oscuridad.

—Tomaos de las manos —indicó Marion con un suspiro—. Yo os guío. No podemos arriesgarnos a encender una linterna. —Le tendió la mano a Sharon y esta se la dio a Fee. Yo le agarré la otra mano a Fee y me convertí en la cola del cometa que discurría por la biblioteca silenciosa.

Era preciosa. Seguro que había unos cincuenta tipos de magia aguardando a despertar en un lugar tan atestado de libros y de historia. Pasamos junto a una pantalla de madera tallada que proyectaba formas geométricas en nuestra piel y por la escalera. Al llegar arriba, una vidriera mostraba un pícnic con zorros vestidos de forma elegante e iluminaba el rellano con los colores de las frutas. De pronto recordé algo y me sentó como un jarro de agua fría: Marion encontró en el pasado un cadáver en este lugar.

Giramos a la derecha por un pasillo a oscuras y subimos otras escaleras. Marion maldijo cuando la jaula del conejo le golpeó las rodillas. En la tercera planta el techo era más bajo y había menos ventanas. En algunos momentos tuvimos que confiar en la memoria de Marion y en nuestra cadena de manos entrelazadas para caminar por la oscuridad. A medio camino entre dos espacios iluminados por la luna se detuvo y soltó la jaula.

—Aúpame.

Sharon se agachó y juntó las manos para formar un escalón. Solo veía las siluetas, una arrodillada como un caballero y la otra alzándose con los brazos por encima de la cabeza para manipular algo del techo. Lo que fuera que estuviera tocando se soltó y ella lo atrapó cuando cayó.

—Ay —exclamó en voz alta, guiando la escalera de madera hacia el suelo. Salió de una trampilla abierta por la que se filtraba la luz de la luna. La misma luz, la misma luna, pero ahí arriba tenía un toque más astringente, una ligereza como la del jugo de un limón.

Marion fue la primera en subir y desapareció antes de tender el brazo para alzar al conejo. Después Sharon, luego Fee. Cuando me quedé sola a la oscuridad le crecieron dientes y malas intenciones, haciendo que me apresurara detrás de ellas. Cuando apoyé las piernas y subí la escalera, Marion cerró la trampilla, encerrándonos en una burbuja de luz.

La habitación tenía forma circular, una bola de nieve llena de luna. Estábamos por encima de los árboles y las ventanas estaban dispuestas de tal forma que hacía que la estancia no tuviera ninguna sombra. En medio del suelo había una mancha del tamaño de un mastín acurrucado.

Marion dejó la bolsa al lado y sacó una brújula. La consultó y nos indicó que nos colocáramos en la curva sur de la habitación.

—Quitaos los zapatos. —Su columna parecía una cresta reptiliana cuando se agachó sobre las botas—. Para esto no necesitamos el nordeste, dejadlas ahí.

El suelo tenía la misma temperatura neutra que el aire. Si no hubiera sido por el polvo, no lo habría notado. Yo estaba mirando al suroeste, Sharon al sur, con postura firme y las manos a la espalda. Fee aguardaba inmóvil hacia el sudeste y solo asomaba la punta de la nariz detrás de la cascada de pelo. Le pedí mentalmente que me mirara, pero por una vez no me percibió.

Marion sacó una caja de madera del tamaño de una caja de cerillas, la abrió y se echó un polvo blanco en las manos. Cuando sopló el exceso para retirarlo, este se alzó formando una nube y se asentó en sus hombros y en su pelo mientras ella desenvolvía el espejo y lo colocaba encima de la mancha antes de disponer la vela y el conejo enjaulado a su derecha. A la izquierda dejó un cuenco lleno de sal que sacó de una bolsa de plástico y el libro de la ocultista.

El tema de los hechizos solía poner tensa a Marion, como si se preparara para recibir un golpe, pero esta noche se movía descalza, con agilidad, dibujando líneas en el suelo con una tiza y ajustando nuestra posición con manos impersonales antes de darnos una aguja a cada una. Sostuve la mía con firmeza.

—Yo me ocuparé de la mayor parte del trabajo. —Su voz rompió el silencio de forma repentina, como una bofetada—. Quedaos donde os estoy colocando y, cuando os lo diga, os pasaréis la aguja por la mano izquierda de aquí a aquí. —Se señaló la curva del pulgar y después la base de la línea de la vida—. La claváis lo suficiente para que salga sangre. Cuando yo lo diga, pegaréis la palma al suelo.

Dibujé medialunas en el suelo con los dedos de los pies. La magia de sangre conllevaba un enorme agotamiento después, pero ya sabía que tendría un coste. Tal vez Marion pagara una habitación de hotel en la que pudiéramos recuperarnos. Programas de televisión aburridos y el brebaje de vinagre de Fee. Podría resultar divertido.

Hay escenas de tu vida que reproduces como si de una película se tratara, sentada en una habitación oscura dentro de ti misma, gritando: «Sal de ahí, idiota, ¡corre!». La persona de la película se parece a ti, tiene tu voz. Igual que tú, hace cosas que no debería, fracasa cada vez que intenta salvarse. Con el tiempo casi puedes convencerte de que es una extraña anárquica, malévola en su ignorancia.

Esta es una escena que sigue reproduciéndose en mi cabeza. No lo hace a diario como antes, ni semanalmente, pero sí a menudo, se instala sobre mí a veces como una nube de monóxido de carbono.

Cuatro figuras descalzas de pie en una sala circular. La luz hace que las formas parezcan difusas, insustanciales. Varían en edad, pero son todas jóvenes, con el pelo rojo, o negro, o claro, y postura predadora y dispuesta. Quién sabe qué albergan sus corazones.

La chica del pelo claro se agacha delante de una mancha en el suelo. Al lado de ella hay un cuenco con sal gruesa, un libro, una vela roja y un conejo jadeando. Sobre la mancha hay un espejo y el cristal no refleja el cielo, sino un espacio sucio del cielo que no guarda relación con la noche que hay al otro lado de las ventanas.

Algunos hechizos son exigentes hasta en el último detalle. Otros tienen vacíos abiertos a la interpretación. La bruja de pelo claro enciende su vela con un mechero lacado con recortes de revistas, porque para este hechizo no importa cómo se inicie el fuego, solo que lo haga. Es una lengua naranja firme de una luz de vela normal hasta que ella pone una mano por encima y recita las primeras palabras del encantamiento. La llama crepita y se expande formando un globo azul.

El hechizo es más fuerte que la bruja que lo ejecuta. El primer éxito hace que se muerda la mejilla para contener una sonrisa triunfante.

La llama azul devora la cera a una velocidad triple, derritiendo la vela hasta dejar un platillo delgado. Despacio, la chica vierte la cera en el espejo formando una espiral desde el centro hasta los bordes, como si estuviera preparando una crepe. Habla en una lengua que nadie conoce, ni en esta habitación ni en ninguna otra. Se mueve rápido ahora, le quita el seguro a la jaula y saca al conejo. Tranquilo hasta el momento, el animal patea nervioso ahora, criado para ser una mascota doméstica, pero la resistencia que opone es digna de una criatura salvaje. Deseas que gane él, cualquier persona lo querría, pero con el destello de una hoja afilada y un grito tan pagano como todo lo que hay en esa habitación, cesa la lucha y su vida se derrama en un chorro rojo sobre la cera.

La bruja no solo le raja la garganta, la corta por completo con un cuchillo que se ha sacado de la ropa. El esmalte con caballos del mango recuerda a un día en la playa en el que solía cortar mangos con un cuchillo, como lo hace una madre en una cocina.

Suelta al animal muerto y acerca una aguja a la cera ensangrentada para inscribir letras de derecha a izquierda, de abajo arriba. Cómo es capaz de sujetarla aún, cómo puede ver nada alrededor de la sangre, no está claro. Las otras figuras de la habitación están tan quietas que podría parecer que forman parte de la magia, pero hay pequeños movimientos: el parpadeo de unos ojos, el movimiento de una lengua atrapando el sudor.

La habitación está caliente y se está calentando aún más.

Cuando termina con la inscripción, la bruja se levanta con el cuenco en las manos ensangrentadas. Vierte la sal formando un círculo que la encierra junto a la vela y el espejo y la mancha, dejando a las otras tres fuera. Se mueve con cuidado. Sin parar de recitar, rasga los lados de la vela y la luz azul asciende en el círculo delgado de cera. La sostiene sobre el espejo y la inclina hasta que el globo de fuego rueda como una canica sobre el vidrio. La cera inscrita prende de pronto y convierte el espejo en un portal al infierno.

En este momento la bruja está segura de que lo ha conseguido. Su voz suena victoriosa, la garganta llena de hierro y humo. Fuera del círculo el calor está mermando. Dentro de él la bruja rubia suda y el pelo se alza por un viento repentino. Levanta una mano.

—Ahora —indica.

Las expresiones de las tres que están en el exterior del círculo son pasivas, uniformes, como si observaran a través del telón del sueño. En un tándem sonámbulo perfecto levantan las agujas plateadas y pintan líneas rojas en sus palmas, presionando hacia el suelo.

Dos de ellas lo hacen. La tercera, morena, de labios morados temblorosos, vacila con la mano levantada. Mira el espejo en llamas.

—¡Ahora! —repite la bruja rubia con el rostro empapado en sudor.

—Qué carajo —susurra en español la bruja morena.

—Hazlo —sisea la mujer que hay a su lado con el pelo teñido de negro—. ¿Es que quieres que acabemos muertas?

Y entonces la otra ve lo que ha visto su amiga.

Yo lo veo. No puedo parar ya, he regresado a mi cuerpo y estoy allí. Viendo lo que hay dentro del círculo del espejo, la cera extinguida y el vidrio empañado con un fuego azul.

El rostro de una mujer. Su rostro y sus manos presionadas contra el cristal desde abajo, como si estuviera de pie bajo el suelo, mirando hacia arriba. Las uñas afiladas y las puntas de los dedos encallecidas, la frente amplia como la de una niña. Tiene las manos presionadas contra la parte opuesta del cristal. Lo atraviesan.

La superficie del recuerdo está erosionada ya, maleable y ondulada por el uso excesivo. A veces creo que oí la risa de la ocultista. A veces creo que la olí, colonia y un tufo nauseabundo. Pero siempre recuerdo esto:

Una mano alzándose del círculo fiero, después la otra en el suelo de madera manchada. Con las uñas curvadas, agarrándose, Astrid Washington arrastró el cuerpo por el borde del espejo.

Primero la cabeza, coronada por una melena rubia que parecía mojada. Después la cara fue alzándose centímetro a centímetro. Los ojos que seguramente fueron marrones en el pasado, deslustrados por el tiempo hasta parecer de un tono dorado impío; la boca de labios carnosos y rojos. Tenía los codos levantados, sobresalía hasta la mitad de la columna. Resollando, determinada, cada gemido originaba ondas en el charco de sangre. Se impulsó para alzarse más.

Fue entonces cuando Fee se adelantó y emborronó la sal con los zapatos. En cuanto traspasó la línea, retrocedió gritando. La luz de la luna era tan brillante que pude ver su piel enrojecida. Marion tenía que estar asándose en el interior del círculo.

Me quedé inmóvil cuando Fee se metió la mano en el bolsillo y sacó un bulto envuelto en papel negro. Desenvolvió el crucifijo de su madre.

Marion estaba contemplando la aparición de Astrid con ojos brillantes, pero ahora levantó la mirada.

—No —chilló demasiado tarde, cuando Fee lanzó la cruz dorada al espejo.

Probablemente la ocultista fuera más fuerte que lo que había en ese colgante, pero la sorprendió y tropezó.

Se cayó. Bajo las llamas, bajo el cristal. Su cuerpo descendió, pero otra cosa subió, una exhalación granulosa de saliva o del espíritu. La cruz golpeó el espejo justo después de que sus dedos lo atravesaran y el cristal se quebró; se formaron cuatro líneas perfectas que se convirtieron en un asterisco.

Se oyó un sonido fuerte cuando las llamas se apagaron. Una ráfaga de viento ardiente nos alborotó el pelo, y el calor infernal del círculo de sal se esparció por el resto de la habitación. Algo interrumpió la luz de la luna proyectando en las paredes sombras rápidas, parpadeantes, como si estuviéramos moviéndonos a una gran velocidad por un bosque desnudo.

—Tenemos que terminar —dijo Sharon con tono tenso—. Olvidad el hechizo, se ha interrumpido, tenemos que acabar con la magia. Tomaos de las manos. Ahora.

Lo hicimos, encogiéndonos por el roce abrasador de las demás incluso cuando apretábamos los dedos. Cuando formamos un círculo de cuatro, Sharon comenzó a entonar:

He echado en tu pozo mi balde
y de tu pozo he sacado,
con la cuerda y mi sangre
mi gratitud he mostrado.
Hasta que una noche de luna de sangre me encuentres
en una orilla plateada
daré gracias al diablo una, dos, tres veces
antes de pedir más.

Nos soltó las manos para arrancarse varios pelos de la cabeza y los pegó, con la mano ensangrentada, al suelo. Noté calor en la cabeza cuando yo también me arranqué un mechón.

Nuestro pelo y nuestra sangre se unieron al caos del suelo y el viento cesó. Las sombras retorcidas retrocedieron, la temperatura descendió y nos envolvió la calidez propia de un ático común. Movimos los pies descalzos por el suelo de madera, resbalándonos con la sal, la tiza, la sangre y los restos del conejo. Estaba hecho.

Los ojos azules de Marion cobraron vida con rabia.

—Tú, perra —le dijo a Fee y cargó contra ella.

Pero Fee y yo éramos dos cuerpos con un solo corazón, una luchadora con ocho extremidades. Su padre nos había enseñado a asestar un puñetazo y el mío a hacerlo de malas formas. Aparté a Marion de mi mejor amiga tirándole del pelo. Se retorció como un gato y me mordió en el antebrazo. Fee le pegó un puñetazo en el vientre para que me soltara. Marion volvió a arremeter contra ella y yo la sujeté por la barriga, la tiré al suelo y presioné el brazo en su garganta igual que había visto hacer a mi padre para acabar con peleas en el barrio.

La abandonó toda voluntad de pelea y yo retrocedí asqueada y avergonzada. Se puso a llorar.

—Era ella —señaló con voz amarga y carente de esperanza, el rostro rojo y desnudo. El calor del círculo le había chamuscado las cejas y las pestañas—. Era ella.

—Nos has mentido. —Fee se sentó derecha, mirando el espejo. La cruz de su madre estaba incrustada en las grietas, sellándolas con oro—. Nos has engañado.

—No.

Las mejillas de Fee enrojecieron.

—¡La hemos invocado! Estábamos sacando a Astrid Washington de... ¿de dónde? ¿Del infierno? ¡Por el amor de Dios, Marion!

Sharon se removió. Había observado nuestra pelea en silencio y ahora se apartó de la pared.

—¿Habéis terminado ya? Porque tenemos problemas más importantes.

Sharon no estaba bien. Los dedos le temblaban cuando sacó un paquete de tabaco y se palmeó de forma nerviosa los bolsillos hasta que Marion le lanzó un mechero. La habitación parecía inflamable por el hechizo, pero no ardió nada cuando encendió el mechero.

—Has roto una regla fundamental —comentó—. Has mentido a tus compañeras. Has callado información crucial. No sé cómo lo has logrado, qué habría pasado si hubiéramos... —Se quedó callada—. Pero al menos ha acabado contenida. Hasta que tú —señaló con la cabeza a Fee— la has dejado fuera del círculo.

—Eh —protesté—, Marion ha hecho esto. Fee solo intentaba detenerla.

—Estupendo, a la magia le importan una mierda vuestras intenciones.

Me sentía mareada, las sienes me burbujeaban como un hervidor de agua y notaba ya los efectos del cansancio tras la magia que habíamos llevado a cabo.

—Pero lo ha conseguido. La ha detenido. Y tú has parado la magia. ¿Y ahora? Limpiamos y enterramos al conejo.

—¿Cómo es que no estáis muertas todavía? —preguntó Sharon con el ceño fruncido—. No ha acabado nada. Ha roto el círculo en mitad de la invocación. Sí, vale, la novia de Marion no está aquí en persona, pero tampoco está en el Valhalla de las brujas, a salvo. La habéis dejado salir. Está… madre mía. Divirtiéndose. O a lo mejor está justo aquí. Esperando a que encontremos otro conejo.

Recorrí la habitación con la mirada en busca de lugares en los que la luz fuera extraña. No vi ni sentí nada.

Marion había dejado de lloriquear. Tenía los ojos sin pestañas muy abiertos.

—Un momento, ¿dices que ha funcionado?

Sharon la miró fijamente y entonces le lanzó la colilla encendida a Marion a la cara y torció el labio cuando esta retrocedió, dejando una estela en la sangre con el trasero.

—Culpa mía por trabajar con escolares —protestó Sharon—. Como acabe muerta por vuestra culpa, os perseguiré en el infierno.

Bajamos por la escalera, recorrimos los pasillos, pasamos bajo los zorros haciendo pícnic. Daba la sensación de que había transcurrido un año desde que los habíamos visto. Estaba dolorida, aterrada y sedienta como una errante en el desierto en busca del cielo, el jardín, el mundo más allá de esta pesadilla. Aún no había entendido que la pesadilla éramos nosotras, que se aferraba a nuestra piel como una tela mojada.

A lo largo de los años volvería aquí, desandaría nuestros pasos por los pasillos de la biblioteca. Pasaría en mitad de la noche junto a los dormitorios en los que dormían mis hijos, mis pies abandonarían la alfombra suave y tocarían el parqué deteriorado por los años. Se me encogería el corazón, la sangre me ardería. Entonces cerraría los ojos y me quedaría muy quieta, esperando a que el recuerdo desapareciera.

Aquí, ahora, de vuelta en el jardín. Marion cerró la puerta cuando salimos y metió la llave bajo la rendija. Sharon se había ocupado del desastre que había en el ático.

—¿Ahora qué? —Miré a Sharon al formular la pregunta. Ella era mayor, tenía el cuerpo marcado por el conocimiento. Creí que sería ella quien nos salvaría.

Se encogió de hombros, pasando el pulgar por la rueda del mechero de Marion.

—No sé qué vais a hacer vosotras, pero yo tengo que volver a casa con mi hijo.

—¿Tienes un hijo?

—Sí —respondió cortante—. Venid a la tienda mañana por la mañana. Veremos cómo podemos empezar a arreglar esto. Hasta entonces ya sabéis, permaneced con vida.

Desapareció en el túnel y nos dejó a las tres solas. Fee miraba a Marion, Marion miraba el jardín, apretando los dedos en su piel escaldada, dejando marcas blancas.

—Nos has jodido —espeté.

Volvió la cabeza.

—Muy bien.

Me acerqué un paso a ella.

—¿Alguna vez hemos sido amigas de verdad? ¿O siempre has planeado usarnos?

—Oh, para ya —replicó con tono brusco y levantó la mirada—. Si me hubierais dejado terminar, todas tendríamos lo que queremos. No os he mentido, ella habría aumentado nuestro poder.

—Ya habías visto ese hechizo. —Fee habló con una seguridad cegadora—. Antes de conocernos. Por eso nos metiste en esto. Nos odiabas, ¿verdad? Porque la magia nos hace felices, y tú sigues siendo una desgraciada.

Marion guardó silencio un minuto.

—Sí, bueno. Ahora nadie va a ser feliz, ¿no?

Se marchó detrás de Sharon.

Fuimos a la casa de Fee. A esa hora de la noche en el autobús a nadie le importaba que estuviéramos manchadas de sangre. Nos duchamos, nos bebimos unos cócteles y fuimos a Jarvis Beach.

El lago era del mismo color que el cielo. Nos quitamos la ropa y nos metimos dentro. Era agosto, pero el agua estaba tan fría y rala que parecía que estábamos sumergidas en ginebra helada. Nadamos jadeando, mirando atrás, la curva surrealista de la ciudad. El ático y las advertencias de Sharon parecían demasiado lejanas para alcanzarnos.

A lo mejor todo salía bien. A lo mejor esto, el cóctel de Seagram, las altas horas de la madrugada y el frío helador, eran tan buenos como un encantamiento de destierro. La magia había sido siempre benévola con nosotras, fluida en nuestras manos, ¿por qué iba a dejar de serlo ahora?

Este pensamiento arrogante fue el último que tuve antes de que un pez emergiera a la superficie a mi lado. Largo y delgado como una anguila, con dientes afilados y ojos blancos como la nieve. Retrocedí chapoteando y tragué agua sucia cuando apareció otro pez. Y luego otro.

Nadamos con torpeza hasta la orilla mientras los cuerpos de los peces brotaban a nuestro alrededor. Nos arañamos las rodillas con la arena cuando nos arrastramos afuera, mirando atrás, la marea plateada de peces muertos. Como si Astrid hubiera hundido un dedo en el agua y la hubiera removido.

CAPÍTULO VEINTE

Suburbios
Ahora

—Soy Sharon. Me dejaste un mensaje.

—Sharon. —La cabeza me daba vueltas intentando ubicar el nombre—. Ah, Sharon. Hola.

No hubo respuesta.

—Gracias por llamar. Perdona, es que… —Me recompuse e intenté borrar de la mente la imagen de una extraña de pelo rubio—. Es muy temprano.

—Donde estoy yo es tarde. —Sus palabras entrechocaron de forma beligerante—. ¿Qué quieres?

—Creo que conociste a mi madre. Dana Nowak. De 'Twixt and 'Tween. Hace mucho tiempo. Era tu tienda, ¿no?

—Llevo más de veinte años sin hablar con Dana Nowak, cielo. No tengo nada que contarte.

Estaba borracha. Intenté visualizar a la extraña que tenía esa voz, imaginar por qué esta llamada la había animado a beber.

—Me has devuelto la llamada. ¿Por qué te has molestado si no tienes nada que decir?

No respondió.

—Solo quiero saber cómo era —dije antes de que se decidiera a colgarme—. Cualquier cosa que recuerdes.

—Dana está muerta —afirmó con rotundidad y se me llenó la cabeza de ruido blanco. Pensé entonces que no lo estaba diciendo, sino preguntando.

—No, no es eso lo que... ¿Por qué piensas que está muerta?

—Algunas chicas no tienen una esperanza de vida larga.

Me llevé una mano a los ojos.

—No sé qué significa eso.

—¿Qué sabes? —habló con tono menos agresivo, pero seguía mostrándose recelosa.

—Sé que me has llamado por un motivo. Y sé... —Dudé. Incluso en mi cerebro me costaba conciliar la palabra. Estaba sola en la entrada de casa, hablando con una extraña, y al fin lo dije—: Sé que es una bruja. Me parece que tú también lo eres.

—Practicante. —La palabra tenía un matiz sarcástico—. Pero no practico ya.

Me dejé caer en el asfalto con la cabeza llena de preguntas.

—¿Y qué significa... ser una bruja o una practicante? ¿Qué podéis hacer? ¿Lo aprendéis? ¿Habéis nacido con ello?

Oí cómo se relajaba. Le gustaba que le hiciera preguntas que quería responder.

—Algunas practicantes tienen aptitud, por supuesto, pero la mayoría tienen... otras cosas. Hambre, ambición, coraje. La arrogancia de ver la realidad y decir «así lo habría hecho yo». Adivina cuál soy yo. —Se rio con un sonido grave, como el de un vaso al romperse.

—¿Y mi madre?

—Aptitud —respondió—. Y arrogancia.

—¿Qué podía hacer ella? Cuando la conociste, ¿podía...? ¿Crees que podría hacer que una persona olvidara algo? ¿Algo muy importante?

Silencio.

—¿Por qué no se lo preguntas a ella? Si no está muerta...

La carcajada me hizo daño al emerger, sus bordes afilados con cristales rotos y huesos de conejos muertos.

—No es fácil hablar con ella.

—Me imagino —comentó Sharon con tono cortante y suspiró—. No la conocía mucho. Me alegré de no verla más. Pensaba que era dura, pero era vulnerable. Su amiga Felicita era la fuerte. Lo que sé de tu madre es que es un perro de un solo dueño. ¿Sigue viéndose con una chica llamada Felicita Guzman?

—Sí.

—Me lo imaginaba. Fee era una buena chica, pero ella y tu madre formaban un pack. Bueno, ellas y...

Se quedó callada de forma tan abrupta que dio la sensación de que la llamada se había cortado, pero aún oía ese sonido como del mar al otro lado de la línea. Cambié de idea: era el siseo del viento entre los árboles. La imaginé en la linde de un lugar solitario.

—¿Ellas y quién?

—Ellas, Dana y Felicita. Eran un pack.

Lo dijo con un tono contundente. Hice una pausa antes de volver a preguntar.

—La mujer de Pétalos y Prosa me dijo que mi madre era una de tus chicas. Una de las chicas de Sharon, dijo. ¿Qué significa eso?

Soltó un sonido amargo.

—Mira, no me gusta la mujer que era antes. Hice daño a algunas personas, gente que desearía no haberme conocido. Pero tu madre no fue una de esas personas. Ni por asomo. Ojalá... ojalá no la hubiera conocido yo a ella. —Su voz adquiría fervor conforme hablaba. Cuando terminó, su tono se había tornado venenoso.

Tragué saliva y me esforcé por mantener la calma.

—¿Por qué?

—Vaya, llegamos a lo importante —señaló con tono suave—. Pero si vas a preguntarme, no tengo nada que contarte.

El cielo estaba aclarándose, pero donde Sharon se encontraba aún estaba oscuro.

—Alguien ha estado merodeando por nuestra casa —expliqué—. Ha entrado y ha dejado conejos muertos a mi madre. Y aquí estoy yo, intentando averiguar qué demonios ha hecho mi madre para tener semejante acosadora.

El silencio se alargó.

—¿Has dicho «conejos»?

Me palpitaba la cabeza.

—Lo sabes. Sabes lo que significa.

—¿Cuándo?

—¿Cuándo qué?

—¡Los conejos!

—Eh…. Los últimos días. He visto a la persona que lo ha hecho. Es rubia, joven. No tengo ni idea de cómo la conoce mi madre.

—¿Una chica rubia? ¿De unos… dieciocho años?

—Eso creo. Sí.

Sharon soltó una retahíla de blasfemias.

—¿Era…? Oh, Dios mío. —En su voz burbujeaban muchas cosas. Horror, esperanza y una especie de anhelo—. ¿Sabes su nombre?

—¿Cómo voy a saberlo?

—¿Qué aspecto tenía?

Me levanté con piernas temblorosas, me volví y recorrí con la mirada los árboles, las casas, las ventanas en las que se reflejaba el cielo.

—Pálida. Como si nunca hubiera visto el sol. El pelo largo, ojos claros.

—¿Dónde está tu madre? ¿Dónde está Dana en este momento?

Tenía la mano en la garganta, cada palabra sonaba más estridente.

—No lo sé. No consigo localizarla.

—Estás sola. Te ha dejado sola. ¿Sabes al menos protegerte?

—¿Te refieres a defensa personal?

Se produjo una pausa y me dio la sensación de que había soltado el teléfono. La oía murmurar en la distancia.

—De acuerdo. —Volvió a acercar la boca donde podía escucharla—. Felicita Guzman, la amiga de tu madre. ¿Puedes ponerte en contacto con ella?

—La tía Fee está con mi madre.

—Oh, qué monas —murmuró con desprecio—. Ya que no se puede molestar a tu madre y a la tía Fee, este es mi consejo: enciérrate en casa y espera a que regrese tu madre. Busca un espray de pimienta si te da seguridad, o una navaja tal vez. Y mantente alejada de los espejos. Mejor mantenerse segura que lamentarlo. —Hizo una pausa de un segundo—. Estarás bien, no te preocupes.

—¿Quién es? —Mi voz estaba teñida de histeria—. ¿Es otra... practicante? ¿Intenta lastimar a mi madre? ¿Qué está pasando?

—Lo siento, cielo. De verdad. Pero yo no soy una buena persona y apenas puedo cuidar de mí misma. Ten cuidado. Voy a comprobar si hay conejos muertos por mi casa.

CAPÍTULO VEINTIUNO

La ciudad
Entonces

La ocultista está sentada a tu lado en un banco verde, debajo de una vidriera con la forma de una rosa de los vientos. En el cristal hay una chica con una manzana en una mano y un cuchillo en la otra. Esboza una sonrisa hambrienta.

La ocultista también está hambrienta. En vida le gustaban las inusuales manzanas de piel rosa que crecían en su jardín, el caldo preparado con huesos de tuétano, la carne sangrienta y los huevos poco hechos. Comida que se deslizaba y llenaba y crujía. En su muerte a medias desea algunas cosas más.

Eso es lo que te susurra en sueños.

«El trabajo aún no está concluido», dice. «¿Por qué paraste? Termina lo que empezaste, y hasta que no lo hagas te hablaré a todas horas, no dejarás de escucharme, verás mi mano en todas tus obras y mi rostro en tu propia cara y notarás mi latido en tu corazón y mi...».

Me senté, resollando, con sabor metálico y salado en la boca. Me pasé la lengua por los dientes, pero no estaba sangrando.

Fee estaba sentada en el suelo rodeada de libros abiertos.

—¿Una pesadilla?

Me llevé una mano al pecho, donde sentí un aleteo espeluznante.

—No me acuerdo.

—Lo mismo digo.

—¿Te sientes...? ¿Cómo te sientes?

—Igual de bien que tú.

Me llevé la mano del corazón a la cabeza.

—Me siento rara. Casi como... —Me incorporé, buscando la sensación, pero me volví a tumbar rápido. El cerebro me chocaba contra la cabeza, todo el cuerpo estaba resentido por las consecuencias de la magia utilizada.

—En la mesa —indicó Fee, pasando el dedo por una página.

Había dos tazas, té de vinagre y café templado. Una me la bebí de golpe y la otra a sorbos.

—¿Has encontrado algo interesante?

—No.

El reloj marcaba las 08:06 a. m.

—¿Vamos a la tienda?

Me miró.

—¿Tú qué crees?

Levanté un hombro e incluso ese gesto me dolió.

—No podemos confiar en ellas, pero al menos lo sabemos. Y a lo mejor arreglamos esto más rápido si estamos las cuatro.

—A lo mejor. A lo mejor, no. Marion... Creo que Marion ya se ha ido. —Sonaba melancólica—. La persona que era antes.

—No sabía que había un antes. Creo que nunca la hemos conocido de verdad.

—No todo era falso —afirmó Fee—. Pero ya da igual. Se habría comido nuestro corazón si hubiera pensado que eso la iba a hacer más fuerte.

Me sobrevino una visión breve y resbaladiza de una mujer con algo maloliente y terrible en los labios. La ocultista. Aparecía en el sueño que me esforzaba por recordar.

—Sharon, por otra parte —prosiguió Fee—, no sabía más que nosotras. Y tiene un hijo. Es un buen motivo para querer arreglar esto rápido.

—Sí.

Cuando parpadeé vi cuerpos de peces, espejos quebrados, círculos de sal esparcida. La cara de la ocultista. Tardé en darme cuenta de que Fee se estaba limpiando las lágrimas.

—Eh —dije con tono amable.

—Ya lo sé. —Levantó una mano—. Pero si no hubiera roto el círculo...

—Para. Marion no es tan fuerte. Habría perdido el control. Al menos así la ocultista no se está paseando por ahí sobre las piernas. Haciendo Dios sabe qué.

—El diablo sabe qué. Dios no mira. —Fee se llevó dos dedos a la sien—. Maldita Marion.

—Maldita Marion —repetí con entusiasmo.

Fee salió a la calle primero. Entró rápido de nuevo, con el puño en la boca. Pasé junto a ella para mirar.

En el porche había un conejo muerto. Bocarriba, con las patas hacia el cielo. Sabía lo que era por el rabo y las patas traseras; no tenía cabeza.

—Dios mío —gimoteó Fee. La cabeza estaba unos escalones más abajo.

Usé un palo para apilar los restos en una hoja de periódico y los arrojé al contenedor de la basura. De camino a la parada de autobús no pude dejar de fijarme en todas las cosas muertas que me encontraba. Pájaros con el cuello roto, la cáscara rota de un huevo de petirrojo. El cadáver de un gato callejero atropellado por un coche y pegado al asfalto. Había moscas por todas partes, aplastaba con las zapatillas restos de flores mustias por el sol.

Entramos en la tienda sobre las diez tomando cafés azucarados y con mucha leche del Dunkin' Donuts. En los altavoces resonaba Henry Rollins y el aire estaba impregnado de incienso. La sensación de aletargamiento con la que me había despertado se agudizaba. Estaba recibiendo demasiada información, demasiadas texturas y colores y sonidos. Me devolvió al primer hechizo, a mi excursión por la ciudad viva que todavía deseaba repetir, pero que nunca volvería a verla. Ahora solo quería acurrucarme y apagar la luz.

Me detuvo delante de un joyero atestado de baratijas. Anillos del humor baratos con las piedras del color negro rojizo de la ansiedad. Cordones de cuero con el *yin-yang* y símbolos de la paz y hongos alucinógenos y esos anillos *claddaghs* que llevaban las buenas chicas.

Fee posó una mano entre mis escápulas.

—Yo también lo percibo.

—Hola, ¿sois las personas a las que espera Sharon?

La chica que había detrás del mostrador nos miraba. Llevaba una sudadera cubierta de parches de bandas de *punk* y un *piercing* en la ceja rubia. Asentimos y ella señaló con la barbilla la trastienda.

La música estaba más baja ahí, la puerta que daba al callejón estaba abierta. Había una cama junto a una pared y una tienda de campaña pequeña en el suelo de la que salían mantas. Al lado, un niño pequeño con una camiseta de Spiderman leía un cómic con las piernas cruzadas; llevaba el pelo recogido en una coleta que le llegaba a los omóplatos.

—Buenos días —saludó Sharon sin volverse. Estaba calentando unos espaguetis de lata en un hornillo. Probó uno, los echó en un cuenco de plástico y se los dio al niño.

Fee observaba la escena nerviosa. Yo percibía cómo monitorizaba al niño, sintiendo el alimento que necesitaba. Seguramente no fuera comida de lata.

—Buenos días —dije antes de que Fee hiciera un comentario fuera de lugar—. ¿Dónde está Marion?

Sharon se sentó a la mesa de color menta.

—Marion es vuestra amiga, pensaba que vendría con vosotras.

—No. —La habíamos llamado dos veces esa mañana y había saltado el contestador de sus padres—. ¿Has descubierto algo?

—Desde que os vi por última vez me he duchado, he dormido y me he despertado gritando. Después me he pasado la mañana encargándome de él.

El chico nos lanzó una mirada de desconfianza. Tenía los ojos del mismo tono azul espacial que los de su madre.

—Hola —lo saludó Fee con tono suave—. ¿Cómo te llamas?

Él puso los ojos en blanco y volvió a concentrarse en el cómic de los X-Men.

—No te molestes —comentó Sharon—. Apenas habla conmigo.

La habitación era claustrofóbica incluso con la puerta abierta. Quería marcharme de ese lugar y no volver a ver a Sharon nunca más, no volver a inhalar el olor a tomate de espaguetis enlatados. Pero estábamos juntas en esto.

—Bueno —dijo Fee después de un momento de silencio—. He estado mirando hechizos de destierro. Tengo algunas ideas, cosas por las que podemos empezar.

—No creo que un hechizo de destierro disponible para todos funcione. —Sharon entrelazó las manos tatuadas sobre el vientre e inclinó la silla hasta el límite.

—¿Y qué puede funcionar entonces?

—Necesitamos a Marion para averiguarlo. Es una bruja débil, pero es la única que sabe qué es lo que estamos haciendo.

La voz de Marion habló en la puerta.

—La bruja débil se presenta a su labor.

Tenía peor aspecto que yo. Vestido ancho y piernas y brazos enclenques. Llevaba unas gafas de sol inmensas que parecían nuevas.

—Sé lo que tenemos que hacer.

—Ah, ¿sí? —Sharon volvió a posar las patas de la silla en el suelo—. ¿Y qué es?

Marion dejó el bolso en la mesa.

—Volver a hacer el hechizo. Y terminarlo esta vez.

—Ni hablar —protesté—. No.

—Es la única forma. —Se quitó las gafas de sol. La habitación se quedó en silencio y el hijo de Sharon levantó la mirada.

—Qué asco —dijo—. ¿Qué le pasa en la cara?

Alrededor de los ojos, por las sienes y los pómulos, Marion tenía la cara llena de moratones. Le salpicaban el rostro como si fuera una pieza de fruta podrida.

—Astrid no me va a dejar dormir hasta que no lo hagamos —comentó con tono ensoñador. No era el tipo de ensoñación producida por el amor, sino el de una persona que habla adormilada—. Me despierta cada vez que lo intento. —Aclaró la mirada y esta se tornó desconfiada—. ¿Os deja dormir a vosotras?

—Como un bebé —respondió Sharon—. Hasta que me despierto con sangre en la oreja y el hámster de mi hijo muerto en la almohada.

—¿Qué? —chilló el niño—. ¡Me habías dicho que se había escapado!

Sharon cerró los ojos.

—Oh, lo siento, cariño. Ten, toma esto. —Rebuscó en el bolsillo y sacó un billete arrugado—. Cómprate un helado, ¿vale? Vete al cine y vuelve en un par de horas. La semana que viene iremos a comprar una mascota nueva.

Se levantó despacio, con los hombros hundidos, y dejó el cómic al lado de los espaguetis intactos. Parecía demasiado pequeño para ir a ninguna parte solo, pero yo tenía más o menos esa edad cuando mi padre dejó de controlarme.

—Niños —murmuró Sharon cuando el niño agarró el dinero y salió a la calle.

—Espíritus vengativos —dije—. Volvamos al tema. ¿Ha matado a tu hámster?

—Lo ha decapitado. —Sharon hizo guillotina con las manos para enfatizar la respuesta.

Marion se sentó en una silla.

—Estaba equivocada. Con el hechizo y el coste que tendría. Hay más de lo que creía.

—Oh, buena percepción —señaló Sharon con sarcasmo.

—Déjala hablar —murmuró Fee.

Marion sacó el libro de la ocultista y lo dejó al lado de un tomo más grueso con letras doradas. *Casa Howlett: Historia*.

—Anoche volví a leer todas las partes que hablan de Astrid. Muchas difamaciones y relatos de antiguas esposas, pero información de todos modos. Ella... —Marion sacudió con vehemencia la cabeza y volvió a comenzar—. En Baltimore la acusaron de haber matado a cuatro hombres. Provocó un gran revuelo, probablemente debido a su aspecto. Recibió muchas proposiciones de matrimonio, era prácticamente famosa. Hasta que consiguió fugarse, negó haberlo hecho. Pero una de las criadas de la casa Howlett afirmó que oyó a Astrid hablando con John Howlett sobre los asesinatos. Dijo que Astrid le contó a él que había usado a los hombres para probar una teoría: que había una forma de vencer a la muerte.

Marion se masajeó una sien amoratada. La banda Black Frag se mezclaba con My Bloody Valentine, que sonaba al otro lado de la puerta.

—Hay otro testimonio de otra mujer que aseguraba que Astrid se convertía en un gato blanco por la noche para llevar al diablo. Pero Astrid y Howlett estaban obsesionados con la inmortalidad y esta criada afirmaba que Astrid había descubierto una manera de mantener intacto su espíritu cuando muriese. Intacto y cerca.

—¿Como un fantasma? —Intenté hablar con calma, pero sonó como un suspiro.

—Como un dique. —Incluso ahora Marion hablaba con anhelo—. Un lugar de paso para su espíritu entre la vida y la muerte, vinculado a la propia casa. Descubrió una forma de quedarse, de construir un lugar donde pudiera esperar a que la invocaran. Después escondió el hechizo en un lugar en el que sabía que lo hallarían.

Sharon se pasaba las uñas por el pelo mientras escuchaba. Los dedos le chisporroteaban e impregnaban el ambiente de un olor a pólvora.

—Ups. —Sacudió las chispas y las dejó caer al suelo—. Vale, recapitulemos. Nos enfrentamos a una ocultista muerta que se ha pasado los últimos años en soledad mágica, perdiendo la cordura de muerta viviente, y que va a perseguirnos hasta que le demos lo que quiere. Que es que volvamos a hacer el hechizo que la revivirá. ¿Eso es todo?

Marion se puso en pie, abrió la puerta que daba a la tienda y nos hizo un gesto para que la siguiéramos. Se detuvo justo debajo del altavoz y nos llamó; cubrió nuestras cuatro cabezas con una tela carmesí.

Su aliento era cálido y agrio, y apenas perceptible. Me costaba oírla por encima del muro de sonido de ensueño.

—Todo lo que he dicho... es verdad, pero eso no es lo importante. Astrid está aquí. Está escuchando.

Se nos erizó el vello. Todas parecíamos estropeadas bajo la luz rojiza.

—Tenemos que ser muy cuidadosas —indicó Marion—. Tenemos que hacerlo como yo os diga. Vamos a repetir el hechizo, a invocarla... pero esta vez acabaremos con un hechizo de destierro.

—¿Crees que vamos a volver a confiar en ti así sin más? —siseé.

Ojalá tuviera una moneda de un centavo para sostenerla entre el pulgar y el dedo medio izquierdo. *Centavo radiante, centavo verdadero, el engaño constante desvélalo entero.* Si el cobre se deslustraba, sabías que era una mentira.

—Miradme. —Las marcas de Astrid empañaban el rostro de Marion como granos de arroz oscuro—. Va a perseguirme hasta que nos encarguemos de esto.

Y entonces la tela se rasgó, mostrando constelaciones de descargas estáticas. Se cernió sobre nuestras cabezas antes de caer con fuerza al suelo.

La chica *punk* gorjeó detrás del mostrador con las manos en alto.

—Santo cielo.

—Estamos de acuerdo entonces —concluyó Marion, amoratada—. Repetiremos el hechizo.

Fee me tomó la mano y me dio un apretón. Oí lo que no dijo. *Astrid está escuchando. Ve con cuidado.*

—Bien —acepté con voz ronca.

Sharon movió el cuello a un lado y a otro.

—¿Esta noche? ¿Acabamos ya con esto?

—No tenemos la luna idónea —respondió Marion—. El viernes que viene, ¿de acuerdo?

Quedaban cinco días. Cinco días para encontrar una forma de arreglarlo sin vernos obligadas a confiar en Marion. Me aferré a la mano de Fee y asentí. Por ahora.

Marion se quedó mirando el aire, por encima de nuestras cabezas.

—¿Lo has oído? No vamos a abandonarte, Astrid.

CAPÍTULO VEINTIDÓS

Suburbios
Ahora

Volví a comprobar las cerraduras de las puertas tal y como me había indicado Sharon. Pero sabía que daba lo mismo. La chica que estaba acosando a mi madre había encontrado el modo de entrar dos veces ya, y podía volver a hacerlo.

Llevaba demasiado tiempo despierta. Tumbada en la cama, al otro lado de una puerta cerrada con llave, observaba el cielo tornarse de morado a un verde previo a la tormenta; el ambiente engordaba como un monedero lleno de lluvia sin caer. Y entonces el cielo se quebró. Una pausa y un chisporroteo que dio paso al calor. Cerré los ojos.

Mientras dormía la tormenta inundó campos, tiró ramas e hizo que los ríos se hincharan como ojos amoratados. La lluvia se coló por las juntas de la ventana y la humedad enredó sus dedos en mi pelo. Cuando me desperté tenía el cerebro en blanco. Después lo inundó todo aquello que había dejado durmiendo para huir.

Me entraron náuseas. Alcancé el teléfono, pero la pantalla estaba vacía. Lo dejé a un lado, crucé el pasillo y abrí la puerta del dormitorio de mis padres. Deseaba tan fervientemente verla allí tumbada, a salvo, de vuelta del lugar en el que había estado, que por un momento vi su forma debajo de las sábanas, su rostro apoyado en la almohada. Pero la ilusión se disipó. Allí no había nadie.

Eran las tres y media de la tarde y parecía el fin del mundo. Seguía lloviendo y la casa estaba tan oscura como si se encontrara debajo del agua. Cuando me acerqué a la ventana vi a Billy ahí fuera, moviéndose entre el coche y la casa con bolsas de verduras. Tenía la camiseta pegada a la piel y el pelo oscurecido por el agua.

Salí con él. La tormenta eléctrica había cesado y ya solo caía una lluvia suave. Cuando estaba en mitad del porche ya me había empapado entera. Billy me vio y me di cuenta de que estaba considerando entrar corriendo en su casa, pero se detuvo, cerró la puerta del automóvil y me esperó. Llegué hasta él sin saber aún lo que iba a decirle. La lluvia siseaba a nuestro alrededor y el mundo era de un tono verde submarino.

—Espera —dije al ver que estaba a punto de hablar. Puso cara de sorpresa cuando me acerqué demasiado a él y eché atrás la cabeza para mirarlo. Tomé aliento como una nadadora y comencé—: Solo he mantenido una conversación contigo en toda mi vida. Anoche. Te he visto por aquí, recuerdo lo que pasó en el instituto. Pero anoche fue la primera vez que hablamos de verdad.

No dijo nada, solo me observaba.

—Pero no es verdad —murmuré—. Ahora lo sé, pero te juro que ayer no lo sabía. Y la verdad es que ni siquiera me parece tan extraño porque todos estos años he estado haciendo caso omiso de cómo me fijo en ti. Lo que siento cuando te miro. Cómo eres, cómo te mueves por el mundo... todo me resulta familiar. —Lo miré, las pecas y las cejas de villano y las ondas mojadas de pelo peinadas hacia atrás—. Te conozco. ¿Cómo puede ser que te conozca?

Inspiró profundamente y entonces me rodeó con los brazos y me acercó más a él. Se me nubló la mente y me puse de puntillas y nos abrazamos bajo la lluvia verde. Bajó la cabeza y pegó la boca a mi hombro. Noté cómo se estremecía de alivio.

Levantó la cabeza, solo un poco, lo suficiente para acercar los labios a mi oreja.

—Cuando te bese —susurró—, no será nuestro primer beso. Quiero que lo sepas. Antes de que me dejes hacerlo, necesito hablarte de la primera vez.

Asentí y lo escuché, con el corazón huracanado, hablar con total seguridad de un pasado alternativo.

—Hace cinco años —comenzó con voz un tanto temblorosa—, yo tenía once años y tú doce. Fue el verano antes de que empezaras el instituto y a mí me preocupaba que fuera a cambiar todo. Siempre fuimos vecinos amigos, ¿sabes? Amigos en verano, amigos los fines de semana. Y en el instituto se celebraban bailes. Pensé que te echarías algún novio que usara colonia de supermercado y que no volverías a hablarme.

—Nunca me echaría un novio que usara colonia de supermercado —lo interrumpí y entonces me ruboricé al pensar en Nate. Aunque él era más bien un novio de colonia francesa descatalogada.

Billy se rio.

—Así que decidí que yo sería tu novio. Pero no sabía cómo lograrlo. En serio, busqué información sobre cómo ser el novio de alguien y cómo ser más que amigos, y leí todas esas cosas horribles pensando «esto no está bien» y que no iba a llegar a ninguna parte porque tenía once años y no diferenciaba mi culo de un agujero en el suelo… Eso me lo dijo mi padre cuando, ya desesperado, se lo conté. Nunca le pidas consejos amorosos a John Paxton, por cierto.

»Era ya el final del verano y el sol se estaba poniendo. Estábamos juntos al lado del río, en ese lugar al que llamábamos «el plato», donde encontramos aquellas ranas diminutas después de la inundación, ¿te acuerdas? —Frunció el ceño—. No, vale, no te acuerdas.

»Teníamos los pies metidos en el agua, casi se había puesto el sol y yo estaba deseando besarte, pero sabía que se me pondría cara de tortuga solo de intentar llegar a tus labios. Entonces te metiste en el agua por completo y sumergiste hasta la cabeza, y cuando saliste tiraste de mí también. Y me besaste tú. Y yo… —Movió las manos siguiendo el rumbo de un avión de papel—. Morí.

Podía verlo. Al mirarlo ahora, empapado de lluvia, visualicé a un Billy más joven junto al río, sonriéndome.

—Fue un lunes —prosiguió—. La semana antes de que empezaran las clases. Al día siguiente tu madre tuvo que ir al hospital, creo que fue por apendicitis, y no pudimos vernos en unos días. Y entonces empezó a preocuparme que no quisieras verme. Me acerqué a tu casa el sábado y tu madre me dijo que no podías salir. Lo intenté dos veces el domingo. La segunda...

Retrocedí para mirarlo. Tan cerca, su rostro era casi cegador.

—Te rompió el corazón.

—Me dijo que tú... No puedo creerme que siga costándome tanto hablar de esto. Me dijo que te habías olvidado de mí. Eras mi mejor amiga desde que tenía siete años. Eras mi primer beso. Pensaba que eras mi primera novia. Y entonces todo acabó. —Puso una mueca—. Así que decidí hacer algo grande.

—Oh, no —lamenté, llevándome la mano a la boca—. Cuando me pediste que fuera tu novia... Oh, no. Pensarías que era una persona horrible.

No lo negó.

—Después de eso estaba tan avergonzado y enfadado que no podía hablar contigo. Pero acabé superándolo. Supongo. Y eso fue todo, hasta anoche. —Me apartó con suavidad la mano de la boca y entrelazó los dedos con los míos, vacilante. Como si no estuviera seguro de que pudiera hacerlo—. ¿No te acuerdas de nada?

Negué con la cabeza.

—Lo siento mucho. Mi madre te mintió, yo nunca... Todo fue cosa de ella. No puedo explicarlo, sé que parece imposible, pero ella hizo esto.

Billy parpadeó para retirar la lluvia de las pestañas y su rostro se llenó de luz. Me tomó la cara con las manos. Su piel era más cálida que el aire y nuestros labios estaban tan cerca que podía sentirlo cuando habló.

—Dios mío —suspiró—. Tendría que haberlo sabido.

Sonreí, confundida.

—¿Cómo ibas a saberlo?

—¿Ivy? Ivy, ¿qué pasa?

La voz de mi padre, repentina y extrañamente severa. Su automóvil estaba en la entrada de nuestra casa y cerró la puerta con fuerza. Iba a apartarme de Billy, pero él me apretó la mano con fuerza. Juntos vimos a mi padre cruzar la calle hasta nosotros.

—Papá. —Mi voz no sonaba muy estable—. Has vuelto pronto.

Tenía la ropa del trabajo empapada y se le habían empañado las gafas que elegimos Hank y yo. Intentaba limpiar la condensación.

—Tendría que haber vuelto anoche. Tu madre no ha regresado, ¿no?

—Todavía no.

—Ah. ¿Cómo estás, Billy?

Billy me agarró la mano como si fuera un ancla. Su rostro estaba inexpresivo.

—Todo bien, señor Chase.

Mi padre siguió mirándonos y entonces bajó la vista a nuestras manos entrelazadas. No sabía si era la lluvia en las gafas lo que le hacía parecer tan desequilibrado.

—¿De qué estabais hablando?

El corazón me dio un vuelco. Porque lo sabía. Lo que fuera que me había hecho mi madre para que olvidara a Billy, mi padre también era cómplice.

—Vamos a casa. —Sus ojos eran ilegibles—. Tengo que hablar contigo.

Con dolor en el corazón, vi cómo se retiraba. Cuando volví a mirar a Billy, casi vi miedo en su rostro.

—Ivy, no te olvides de esto.

Asentí, pero no dije las palabras. No podía prometérselo.

CAPÍTULO VEINTITRÉS

La ciudad
Entonces

Aquella tarde tenía que trabajar. Sumergiendo cestas de patatas fritas en la freidora, devolviendo cambios, deseando saber un hechizo que me durmiera la mente mientras mi cuerpo seguía trabajando.

Me estaba pasando algo, estaba segura. No se trataba de agotamiento por la magia, ni resaca, ni las pesadillas. Estaba en mi cuerpo, crecía como un virus, haciéndose un hogar en mi piel. ¿Qué decía el hechizo? Volví a oír la voz de Marion leyendo las promesas de la ocultista. «Que yo no muera, sino que viva en ti».

Me miré la mano sobre el mostrador y sentí un terror profundo a no reconocerme a mí misma. A no saber qué era lo que podía hacer.

—Dana. Dana.

Una de las empleadas a tiempo completo, Lorna, estaba chascando los dedos delante de mi cara. No sabía cómo podía hacerlo con las uñas que tenía. «Uñas para la iglesia», las llamaba, largas, pero pintadas de un color nacarado de domingo. Me quedé mirándola y ella dio palmadas para llamar mi atención.

—Vete a casa. No puedo seguir mirándote esa cara deprimente.

Tenía cincuenta años y fue una de las primeras personas a las que contrató mi padre. Siempre me hablaba así. Al salir oriné, me lavé las manos y rocié el baño de empleados del tamaño de un armario con lejía diluida. Me miré entonces en el espejo de la pared y grité.

Ahí estaba Astrid, mirándome. Cara bonita, pelo de muñeca precioso, ojos dorados. Metí una mano en el bolsillo. Tenía un palillo de dientes. Lo partí y pronuncié una maldición; eran las primeras frases mágicas que probaba desde la invocación.

Deshaz desata
rompe desgarra.

Cuando mi lengua acarició la última sílaba, la luz del baño estalló. En la oscuridad me llovió cristal en el pelo, pero el sonido fue demasiado estruendoso para tratarse de una sola bombilla. Abrí la puerta y retrocedí al percibir un hedor a vinagre que me llenó los ojos de lágrimas.

El suelo estaba cubierto de salmuera y cristales. El hechizo al que había recurrido, algo menor, para, digamos, convertir en cenizas una bebida en las manos de un hombre malo, había barrido la trastienda y había destrozado una estantería de frascos con encurtidos. Di gracias a Dios y a los santos por los envases de plástico que contenían los condimentos. Reparé entonces en que el panel de cristal de la puerta corredera se había quebrado.

Lorna me miró con la boca abierta cuando me dirigí al mostrador, las cejas delineadas ascendían hasta los pelos de color burdeos.

—¿Qué ha sido eso? ¿Qué has hecho?

No le hice caso y examiné la tienda. El hechizo no había alcanzado la fachada frontal de cristal. Nadie gritaba, no había nadie enfadado ni hablando de denuncias.

—Quédate aquí —le indiqué con tono severo.

Cuando volví al baño Astrid se había ido. El espejo seguía intacto. Por supuesto, estaba hecho de acero inoxidable. El pánico había hecho que el hechizo errara y se había extendido demasiado. Seguro. ¿No?

Antes de ir a buscar la escoba llamé a Fee.

—No intentes hacer magia —le advertí—. No hagas nada hasta que no llegue.

Habíamos dejado la invocación a medias. Pero ¿y si habíamos conseguido lo que buscábamos? ¿Y si Astrid Washington, aunque a regañadientes, nos había concedido una parte de su poder?

Probamos mi teoría usando el hechizo contrario al de ruptura. Un encantamiento simple de reparación, cera blanca vertida sobre las mitades de un lápiz roto. Si lo hacías bien, la cera desaparecería como la miel en el té, sellando el lápiz.

La habitación de Fee olía a tarta de cumpleaños. Las velas perfumadas valían para muchas cosas y encontramos un paquete de velas de vainilla baratas en la tienda Family Dollar. Yo recité el encantamiento mientras ella vertía la cera. La cera desapareció y las partes se fusionaron formando un lápiz del número dos.

Pero no cesó el hechizo. El color amarillo escolar del lápiz se difuminó y dejó a la vista la madera de debajo. Se volvió rugoso, más grueso, la corteza se levantó y manó el aliento de un cedro de incienso. La ramita se estremeció, como ante el recuerdo de una brisa, y en un momento brotó una capa espesa de moho. De él emergió un trío de escarabajos de lomo opaco que parecían caramelitos de regaliz.

Fee los convirtió en mermelada aplastándolos con un libro.

—Santo cielo —exclamé con la mano en el pecho.

—Termina el trabajo —me indicó con voz rara— y hasta que no lo hagas verás mi mano en todas tus obras.

—¿Qué?

—Es de mi sueño. Lleva todo el día rondándome la cabeza, pero no lo recordaba. Ahora sí. Recuerdo a Astrid diciéndome eso.

Cerré los ojos y busqué mi sueño. Esta vez lo encontré.

Termina lo que empezaste y hasta que no lo hagas te hablaré a todas horas, no dejarás de escucharme, verás mi mano en todas tus obras y mi rostro en tu propia cara y notarás mi latido en tu corazón y mi...

Sonrisas hambrientas, manzanas de cristal.

—Mi latido en tu corazón —terminé. Llevé una mano al pecho de Fee y noté el mismo latido extraño que en el mío.

Cinco días para la invocación. Se entremezclaban como caramelos en un bolsillo.

Las horas pasaban rápido o se arrastraban lentas en un sueño infinito. Evitábamos los espejos, pero Astrid nos encontraba igualmente: en el lavabo del trabajo, en la superficie oleosa de una taza de café solo. Sus dedos se curvaban en el vapor de la ducha y enfriaban el agua. Poníamos música para ahogar sus sonidos. Mi visión periférica se empañaba, mis pasos crujían al pisar moscardones.

Y conejos muertos por todas partes. En la escalera de incendios al otro lado de mi ventana, en la maceta de romero de Fee. Una pata de conejo llena de sangre dentro de mi zapatilla Converse falsa, resbaladiza bajo mi pie al meterlo sin haber mirado antes.

No podíamos dormir, no nos atrevíamos a hacer magia, pero sí podíamos investigar, pasar cada minuto que teníamos buscando un modo que no fuera el de Marion. Fee revisaba sus libros y yo visitaba a todo aquel que se me ocurría, practicantes y gente mágica con la que pudiera hablar.

Empecé con un clarividente de la calle Clark que casi me rompe los dedos al cerrarme la puerta en las narices.

—Se cierne una oscuridad sobre ti —señaló desde el otro lado de la puerta y oí el sonido de un cerrojo.

—¿Por qué crees que he venido? —aullé, aporreando la puerta con el puño.

Fui a un concierto en un pub porque quería hablar con la chica que trabajaba en la barra, Linh. Tenía cierta afinidad con la muerte y se dedicaba a ayudar a personas que acababan de perder a un ser querido a encontrar cosas que habían dejado ocultas sus difuntos: alianzas de boda, deseos, llaves del coche. Si esta chica sabía abrir su mente a los muertos, a lo mejor podía ayudarme a cerrar la mía. Antes incluso de verme arrugó el rostro y miró a su alrededor, como si tratara de detectar una fuga de gas.

—¿Eso emana de ti? —preguntó cuando me acerqué—. Uf, chica, tienes mal aspecto. ¿Qué ha pasado?

—Una larga historia y no es buena. —Dejé un billete en la barra—. ¿Algún consejo para hacer que un espíritu deje de hablarte?

Linh movió la cabeza a un lado y a otro como si fuera el dial de una radio.

—No. Es decir... Uf. —Bajó la barbilla como una tortuga—. Es como si me echaran lejía en los oídos. Mis otros oídos. Oh, no, ni hablar. —Apartó el billete de la barra—. Quédate con tu dinero. Y mantente alejada de mí hasta que hayas resuelto esto.

Eso fue el miércoles por la noche. Quedaban cuarenta y ocho horas.

CAPÍTULO VEINTICUATRO

Suburbios
Ahora

Entré en casa chorreando. Cuando llegué a la cocina había una lata de refresco y una botella sudada de vodka en la encimera. Mi padre estaba apoyado en el fregadero con un vaso estropeado por el lavavajillas en la mano. Tenía la cara tan tensa que parecía un extraño.

—¿Qué hay entre tú y Billy?

Permanecí en mi zona de la habitación, lo más alejada posible de él.

—¿Por qué me preguntas eso?

—Respóndeme.

—No —dije con tono suave y luego fui alzando la voz—. Respóndeme tú a mí. ¿Qué me estáis ocultando mamá y tú?

Me miró con la cabeza ladeada.

—¿De qué estás hablando?

Oí lo que me preguntaba de verdad: ¿qué sabes?

—He encontrado la caja fuerte —admití de forma imprudente—. Deberías esconder mejor tus contraseñas.

Mi padre cruzó la habitación con dos zancadas y tenía una pose tan alterada que retrocedí hasta la pared. Se dio cuenta y se detuvo.

—¿La has abierto? —Su voz sonaba fatigada, pero firme.

Asentí.

—¿Y sabes qué he encontrado? Cosas mías.

Parpadeó, mirándome, y entonces exhaló una bocanada de aire.

—Tu pitillera —apuntó con tono un poco tembloroso—. Vale, vale, podemos hablar de ello. Pero quiero saber por qué te pusiste a husmear.

—Yo tengo una pregunta mejor. ¿Dónde está, papá? —La voz me temblaba, rota—. ¿Dónde narices está mamá?

La nuez del cuello subió y bajó.

—No lo sé.

—Esto no está bien —señalé con convicción—. Cómo es mamá, cómo me quitó todo esto. No es normal.

—No te preocupes por lo normal. Todo el mundo crea su propia normalidad.

—Nosotros no tenemos normalidad. —Mi voz se convirtió en un chillido, cada palabra era punzante como un alfiler. Se acercó a mí, pero yo levanté un brazo—. Papá, la necesito. —Las palabras ardían, no quería pronunciarlas—. Estoy harta de fingir que no la necesito.

—Yo también la necesito —respondió con tono firme—. Pero hace lo que puede.

—Eso no es aceptable. Es una mierda.

Le brillaban los ojos por las lágrimas, pero su voz no cambió.

—Tu madre es una persona extraordinaria. Tiene unos límites inusuales. Es algo que te precede, no tiene nada ver que contigo.

—¿Límites inusuales? Por favor, papá, es una bruja.

Se tapó los ojos con una mano. Cuando la apartó, parecía mayor.

—Dios mío. —Retrocedí—. Mierda.

Incluso después de todo lo que había pasado, supongo que pensaba que lo negaría. La realidad se instaló en mi piel, se grabó en mis huesos.

—Iba a contártelo.

Me reí.

—Ya.

Se acercó y esta vez sí dejé que me abrazara. Mantuve los brazos en los costados, pero apoyé la mejilla en su camiseta.

—Estoy preocupada por ella —murmuré.

—Lo sé, cielo. Yo también. Pero te prometo que puede cuidarse sola.

—¿Y nosotros? —Me aparté para mirarlo—. Alguien ha estado merodeando por la casa, buscándola. Molestándola. Viste el conejo. Y... —Me quedé callada, su mirada me hizo titubear—. ¿Y si ha podido entrar?

—¿Y si...? —Toda su calma se evaporó—. ¿Qué quieres decir? ¿Había alguien en la casa?

Su inquietud me infectó, incrementó mi ansiedad.

—En la casa, no. Cerca. Una chica de mi edad más o menos. Pelo rubio, muy pálida.

—¿De tu edad? —murmuró, casi para sus adentros—. ¿Podría ser alguien a quien haya despedido de la tienda?

—Lo dudo. Es la misma persona que...

Me callé al recordar que no le había contado que vi a una chica la noche que Nate se salió de la carretera.

—¿La misma persona que qué?

—Que dejó el conejo. —Le tomé la mano, con sus uñas aplastadas y la alianza abollada—. Mamá tiene problemas. Lo sé.

Me dio un apretón en la mano.

—Oh, cielo —murmuró. Vi cómo hacía sus propios cálculos, tratando de ocultar sus miedos.

—¿Te contó algo antes de marcharse?

—Dijo que tenía que ocuparse de algo. Solo eso. —Su rostro mostró una fugaz puñalada de furia—. Si hubiera sabido que no iba a volver a casa anoche no os habría dejado solos a ti y a tu hermano.

—¿Qué vamos a hacer? ¿Esperarla?

—Nos vamos a quedar aquí, juntos, y vamos a intentar confiar en ella.

—Confiar en ella —repetí con tono amargo y le solté la mano—. Sé lo de Billy. Sé que mamá hizo algo para que lo olvidara.

La mirada de su rostro era insoportable. Si no supiera ya que él lo sabía, ahora me habría quedado claro.

—¿Por qué, papá? ¿Por qué me hicisteis eso?

Fijó los ojos en mi rostro. Yo había heredado su color, pero no la amabilidad en ellos. Había muy poco de él en Hank y en mí; siempre que entrábamos en una habitación, se veía forzado a ver a mi madre.

—Tenemos muchas cosas de las que hablar —comentó—. Pero prometí a tu madre que esta conversación no tendría lugar sin ella.

—¿Qué conversación? —pregunté con tono duro.

—Hasta que no vuelva, no.

—Haz una excepción. La excepción de que tenemos una acosadora y mamá se ha ido.

—No —insistió con una vehemencia sorprendente—. Esto tiene que contarlo ella. Yo ni siquiera puedo pronunciar las palabras que te debe tu madre.

Empecé a comprender la envergadura de lo que no me estaba diciendo. Y de pronto no estaba segura de si me sentía preparada para saberlo. Debió de percibir mi duda porque me agarró el hombro.

—Eh, mírame. No te lo digo para que me dejes tranquilo —me aseguró—. Estoy orgulloso de ti. Me encanta ver que haces preguntas.

Me aparté de él.

—Tengo otra para ti, papá. ¿Por qué te casaste con ella?

La ternura se compactó en su rostro.

—Ivy.

—Sé por qué. Por Hank. Pero ¿por qué seguiste casado con ella?

—Porque la quiero —respondió con tono peligroso—. Es mi esposa. Tenemos dos hijos maravillosos y un hogar. Compartimos una historia que comenzó mucho antes de que llegaras tú.

—¿Cómo puede ser suficiente para ti? —Las preguntas emergían de mí—. ¿Acaso seguís hablando el uno con el otro? ¿Lo habéis hecho alguna vez? ¿No te cansas de que te mienta? ¿O de que tu esposa aparte la mirada de ti?

El temperamento de mi padre vivía en lo más profundo de él. Cuando emergía a la superficie, lo hacía con la inevitabilidad de un leviatán.

—Es hora de que dejes de hablar de lo que no puedes comprender —me indicó con los dientes apretados—. Es tu madre, ¿me entiendes? Tienes diecisiete años, sí. Ella era huérfana con diecisiete años. Fue madre a los veinte. No disfrutó de los lujos de la infancia, de unos padres que le permitieran ir a la universidad, que estuvieran con ella a la hora de dormir. Ha trabajado desde que tenía diez años. ¡Diez! Hay cosas que debes preguntar e información que mereces, pero no un informe sobre mi matrimonio. Por Dios, Ivy. Tienes que saber cuándo parar.

Con la mirada baja y en silencio salí corriendo de la habitación.

—Ivy. Ivy, vuelve.

No le hice caso y subí las escaleras.

—¡No salgas de esta casa! —me gritó.

No me puse a llorar hasta que no cerré la puerta de mi habitación con fuerza.

CAPÍTULO VEINTICINCO

La ciudad
Entonces

Me desplomé sobre los asientos de plástico del metro. Notaba la piel tan fina y delicada como las alas de una mariposa. Era jueves por la mañana, nos estábamos quedando sin tiempo.

Una hora antes me había servido un cuenco de cereales y de la caja salió una cría de conejo muerta con los párpados membranosos cerrados. Lo poco que había dormido se había visto interrumpido por sueños en los que caía y me despertaba presa del pánico con el cuerpo rebotando en el colchón. Los latidos de mi corazón entrechocaban como bolas de billar.

Bajé del metro en Halstead y el olor de mi cuerpo se intensificaba con el calor que emergía de las vías. Me recogí el pelo en un moño que escondí debajo de la gorra.

Fee me había presentado una vez a un hombre que tenía un puesto en el mercado de la calle Maxwell. El señor Lazar vendía tanta chatarra sin valor que tenías que tener un buen ojo para comprender qué era lo que estaba vendiendo, cosas sobrevaloradas pero en absoluto inútiles. Cuando me acerqué a él estaba sentado en una silla plegable desteñida por el sol, haciendo un crucigrama.

Me miró por encima de las gafas.

—¿Hoy vienes sola, niña? ¿Dónde está la guapa?

Había posibilidades de que pudiera ayudarme, así que me mordí la lengua.

—Fee está ocupada.

—Hoy no se viene a mirar. Si no has venido a comprar, ve a molestar a Andy. No tiene nada por lo que merezca la pena pagar.

El chico del puesto de al lado le hizo un corte de mangas.

—Voy a comprar. Si tienes lo que necesito.

Lazar no sonrió, pero sus ojos se agudizaron.

—Ya veo. Entra en mi despacho.

Sobre su puesto había una alfombra tan sucia como el suelo de debajo que se extendía unos centímetros más allá de los bordes de la mesa. La pisé y el mundo que nos rodeaba se volvió difuso. Ahora podíamos hablar en privado, tan solo a unos metros de distancia de regateadores y viandantes que no podían ya distinguir lo que decíamos. Esperaba que también aplicara a espíritus.

—Nos están persiguiendo —señalé—. Una invocación que ha ido mal y un fantasma que no se va. No confío en la persona que dice que puede arreglarlo. Quiero comprobar si hay algo más que podamos hacer.

Lazar me contempló como si fuera una pista complicada de un crucigrama. Se levantó entonces y se acercó al extremo opuesto de sus provisiones.

—Pensaba que regresarías —comentó con su acento argelino difuminado por los años que llevaba en esta ciudad—. Cuando te conocí supe que tenía algo tuyo.

Sacó una maleta negra de entre un montón de periódicos y lo que estaba segura de que era un gramófono. Parecía lo que usaría un mago para transportar las partes de su ayudante. La colocó sobre sus rodillas y la abrió con un chasquido. Dentro había una maleta más pequeña. Continuó así un rato. No sabía si este juego de *matrioska* era puro teatro o algo real hasta que levantó a la luz la séptima caja.

Algo real.

Era del tamaño de un sándwich y estaba hecha de algo que parecía oro puro. El corazón me dio un vuelco al ver el color leonino. Tenía en el bolsillo uno de los monederos de emergencia que escondía mi padre, el que conocía desde hacía más tiempo y pensaba que seguramente hubiera olvidado. Pero si la caja era de oro de verdad no podría permitírmela.

Se me secó la garganta. La quería. Tanto que supuse que ese anhelo formaba parte del juego.

Carraspeé.

—¿Qué es?

Le dio un golpecito suave a la tapa de la caja. O tal vez fuera el fondo. Esa cosa no parecía tener tapa.

—Tiene un nombre muy largo. Yo la llamo «la caja del olvido».

—¿Caja del olvido? —Me mostré escéptica con la esperanza de que me la vendiera más barata—. No parece lo que estoy buscando.

—No se trata de lo que estás buscando, sino de lo que necesitas. Mañana o el año que viene o dentro de cincuenta años. Ya me conoces, soy un casamentero.

No lo conocía de verdad, pero Fee me había contado suficiente. Había oído de Lazar en boca de una curandera a la que había vendido encaje blanco. La mujer lo usó para adornar dos trajes de cristiandad y los terminó en secreto justo antes de que su hija se enterara de que estaba embarazada de gemelos tras años con problemas de infertilidad. Aunque dudaba de que todas las historias relacionadas con él fueran tan dulces.

—Tengo un problema ahora —dije con la mirada todavía fija en la caja—. No dentro de un año o de cincuenta.

—Esa mano está echada. No puedo venderte nada que lo cambie. Lo único que puedo decirte es que querrás esto un día.

Acerqué los dedos a la caja.

—¿Para qué es?

Me miró.

—Por ese pelo rojo pensaba que eras irlandesa. Pero eres polaca, ¿no?

—Ambos. —Fruncí el ceño—. ¿Cómo sabes eso?

—Ya te lo he dicho, soy un casamentero. La caja del olvido es de Polonia. Como tú. —Sonrió—. ¿Qué te crees? ¿Que vendería un talismán a una chica polaca irlandesa? ¿Un vial con sangre de Kvasir? No. A los niños os gusta nadar en las aguas de otras personas, pero tú nunca llegas tan profundo. Y si lo haces, hay cosas en el agua que te atraparán. Sangre, eso es más espeso. Quédate con la magia que hay en tu sangre.

Sentí que sus palabras me empapaban y no quería que se disiparan. Pensé en nosotras tres trabajando de forma superficial con el grimorio de una ocultista muerta, una mujer en la que prefería no pensar. Como si cada hechizo se acabara de forjar y no tuviera huellas ni historia.

Lazar me observaba sonriendo débilmente.

—Cuando es difícil de oír, así es como lo sabes. No importa. La caja. Existe una historia polaca que tiene unos cuantos nombres. Agnes y el príncipe solitario. El cazador del bosque. Una chica se enamora de un príncipe, pero un hada celosa le roba a él los recuerdos y los esconde en una caja dorada. La chica intenta muchas veces abrirla para que su amado la recuerde.

—Ajá, ¿y dices que esta es la caja de la historia de hadas?

Inclinó la cabeza.

Casi me lo podía creer. Ese objeto encajaría muy bien en las manos agrietadas de una reina de invierno de un lugar distante y un tiempo lejano. O solo lo hacía para subirle el precio.

—¿Y para qué voy a querer esto?

Lazar frunció los labios de una forma irritante.

—¿Tengo que saberlo?

Hice la pregunta que estaba posponiendo.

—¿Cuánto?

Lazar resopló.

—¿Cuánto vale? Más de lo que tienes. ¿Cuánto acepto? Esa es otra pregunta.

Saqué el fajo de dinero.

—Esto es lo que tengo. Todo cuanto tengo. Ni siquiera sé si quiero esa cosa.

—Es tuya de todos modos. ¿Crees que me gusta que algo tan valioso pertenezca a una niña pequeña que ni siquiera se lava el pelo? No. Preferiría que fuera el tesoro de un hombre rico. Bueno. —Tomó diez billetes de veinte dólares de mi pila. Consideró los dos restantes y tomó otro más—. Una niña no debe ir por ahí con los bolsillos vacíos. No es suficiente, pero hagamos un trato: si le dices a la guapa que me traiga varias botellas de ese líquido que asienta el estómago, estamos en paz.

—Tiene nombre. —Me rasqué la frente—. Llámala Felicita. Y no sé a qué te refieres con lo de asentar el estómago.

—Tu amiga es una herborista. Y muy buena. Mi esposa está recibiendo quimioterapia y ninguna otra cosa le va tan bien para las náuseas. Acepto ahora tu dinero y Felicita me trae cinco botellas del producto. ¿Tenemos trato?

Seguía dudando, tratando de imaginar para qué iba a necesitar esa caja. ¿Cómo sería llevarla por ahí como si fuera una profecía destinada a cumplirse, un espacio vacío en el que un día residirían recuerdos robados? Pero ¿recuerdos de quién? ¿De mi padre? ¿Los míos? ¿De alguien a quien no había conocido aún?

No importaba. Ya fuera el poder de la sugestión, un encantamiento real o la sangre polaca de mi padre que me recorría las venas, la quería. Era mía. Y en ese momento me reconfortaba que me dijeran que había un futuro para mí.

—De acuerdo. Si contarme cómo funciona forma parte del precio, entonces sí. Tenemos un trato.

Hablé a Fee de mi visita a Lazar.

—¿Eh? —dijo cuando le enseñé la caja.

—¿Qué quieres decir con eso?

Colocó con un movimiento delicado la palma de la mano sobre la parte de arriba de la caja. O la de abajo. Daba igual, ya sabría cómo abrirla cuando llegara el momento.

—Me pregunto si tendrá razón sobre la forma de llamarla. La miro y no siento nada. Es bonita, pero no sé si es mágica. ¿Qué sientes tú?

La recuperé, apretándola entre las dos manos. El metal era de la misma temperatura que mi piel, la textura tan suave que parecía pelo.

—Me da hambre. Espero no tener que usarla nunca. La idea me asusta. Pero no pude rechazarla. Me da hambre con solo tenerla en la mano.

—Así es como me siento yo en un jardín —respondió, y añadió de forma abrupta—: La abuela de mi madre era una yerbera. Me lo acaba de contar mi padre. Y he estado pensando. Cuando termine todo esto con Marion, quiero ser mejor. Quiero usar la magia para ayudar, ¿sabes? Se acabaron los egoísmos. Hay una practicante en Pilsen que me aceptará de aprendiz si se lo pido, estoy segura. Cuando acabe las clases, o tal vez antes. Creo que Lazar tiene razón. Sobre hacerte más fuerte si trabajas con lo que tienes en la sangre.

—Vaya, está muy bien. Es… Vas a ser increíble. —Me mordí el interior de la mejilla—. Pero voy a echarte de menos. Añoraré practicar magia contigo.

Bajo cualquier otra circunstancia me habría recordado que éramos hermanas. Pero esta vez suspiró.

—Terminemos lo de mañana, ¿de acuerdo? Vamos a acabar con esto.

—¿Crees que se acabará mañana?

—La verdad es que no. ¿Y tú?

Me llevé la caja dorada al pecho. Noté una ligera vibración, como el ronroneo atenuado de un gato. Me sentí más valiente ante las sombras que se arremolinaban en los rincones superiores de la habitación de Fee, que se tornarían brisas y susurros en cuanto apagáramos las luces.

—Yo creo que estamos jodidas.

CAPÍTULO VEINTISÉIS

Suburbios
Ahora

Cuando cerré los ojos lo sentí igual que un cuerpo recuerda las montañas rusas. El brazo de Billy a mi alrededor, acercándome a él, y el cálido mundo de los sueños bajo el agua.

«Cuando te bese, no será nuestro primer beso».

Abrí los ojos y el resto desapareció.

Eché un vistazo fuera de la habitación más o menos a la hora de cenar y la casa estaba tan silenciosa que temí que mi padre se hubiera marchado. Entonces lo oí hablar al otro lado de la puerta de su dormitorio. El corazón me dio un vuelco antes de comprender que estaba hablando al vacío del contestador de mi madre.

—¿Dónde estás? —El tono de súplica de su voz hizo que se me erizara la piel—. Te necesito. Tu hija te necesita. Maldita sea, teníamos un trato y yo he cumplido. Cumple ahora tú. Te juro por Dios que si me dejas solo con esto…

Me incliné hacia el silencio que siguió a la amenaza y entonces retrocedí ante el sonido de su puño encontrándose con la madera. Cuatro golpes y después silencio.

Fue entonces cuando dejé de estar enfadada con mi padre. Solo podía culpar a una persona y ni siquiera él podía localizarla.

Retrocedí a mi habitación. Estaba pasando los mensajes de Amina, pensando en cómo podía responderle (el último de una hora antes decía: «O tu padre te ha quitado el teléfono o estás muerta»), cuando oí que la puerta del dormitorio de mis padres se abría y chocaba contra la pared.

Me puse derecha. Mi padre recorrió el pasillo a grandes zancadas y el corazón se me subió a la garganta. Cuando abrió la puerta vi que no estaba enfadado. Estaba aterrado.

—¿Dónde está la caja? —preguntó.

—¿La caja?

—La que sacaste de la caja fuerte. —Estaba respirando demasiado rápido—. Dámela.

Miré debajo de la cama, donde había escondido la pitillera, y la saqué.

—Dios mío, Ivy, esa no. ¡La dorada!

—La dorada... —Sacudí la cabeza—. La dejé en la caja fuerte. No sabía siquiera que era una caja. ¿Qué hay dentro?

Tenía algo en la mano. Lo dejó en la cama con dedos temblorosos.

—¿Estás segura de que no la has sacado? ¿Absolutamente segura?

—Sí. Solo la agarré y la volví a dejar. No sabía qué era, pensaba que era un metal sólido...

Cuanto más balbuceaba yo, más escalofriante era su silencio. Estaba demasiado pálido y tenía la piel muy tensa sobre los huesos.

—Vuelve a describirme a la persona que crees que podría haber entrado.

Eso hice, buscando en su rostro signos de reconocimiento, pero no vi nada.

—De acuerdo —dijo cuando terminé—. Seguiré... intentando localizar a tu madre. Y si Hank se pone en contacto, ¿puedes decirle que me llame?

No respondí. Estaba mirando lo que había dejado en los pies de la cama. Me incliné despacio para inspeccionarlo: la camisa de botones que le di a la extraña que había junto al río. La que llevaba puesta cuando la seguí a casa desde el centro comercial.

—¿Dónde has encontrado esto?

Mi voz debió de sonar lo bastante normal porque una sonrisa leve apareció en su cara.

—En el suelo de nuestro armario. Se te habrá caído cuando estabas fisgoneando. Me parece que no estás hecha para la vida del crimen.

La camisa olía a sudor, fritos y el perfume de mi madre. La apreté con los dedos.

—Papá —susurré.

Él estaba examinando la pitillera que había sobre la cama.

—Ivy, ¿te importa si...?

Sacudí la cabeza, pero fue un estremecimiento más que una afirmación. Le quitó despacio la tapa y se rio al ver lo que había dentro. El anillo de madera, la entrada de cine desteñida, la púa de la guitarra. Acercó un dedo al mechón de pelo rojo. Cerró entonces la cajita y esta hizo clic.

—Eres una buena chica —señaló—. Todo va a ir bien.

Comprendí entonces que él no podía protegerme. No sabía siquiera cómo intentarlo. Su única defensa contra la oscuridad eran las mentiras cómodas.

—Gracias, papá.

Entonces la chica estaba aquí por mí.

Tenía las rodillas levantadas, la uña del pulgar en la boca y miraba el vacío hasta que notaba los ojos como ciruelas hinchadas. Se había llevado algo de su armario, pero había dejado mi camisa. Había irrumpido en la casa cuando yo estaba sola y se había paseado y mordisqueado mis galletas. Como si lo que de verdad quisiera fuera demostrarme lo mucho que podía acercarse.

«Mantente alejada de los espejos», me había advertido Sharon. Se me revolvió el estómago al recordar el destello que vi después de decolorarme el pelo, la cara pálida de la chica en el espejo del baño en lugar de mi reflejo. ¿Y si no me lo había imaginado?

Mi padre entró una vez más sobre las diez para darme un beso de buenas noches. Todavía fingía que todo iba a salir bien y yo representé de forma sólida a una persona que no estaba perdiendo la cordura. Cuando salió mi cerebro volvió a su obsesión, saltando de un descubrimiento al siguiente, deslizándome por la oscuridad de entremedias. Parecían piezas de puzles de diferentes cajas.

Algo estaba tratando de emerger. Una pregunta tal vez, o un recuerdo que se desdibujaba por los bordes de un pensamiento consciente. Me quedé dormida todavía buscándolo y en sueños se asomó de puntillas de su escondite.

Me desperté.

Era mitad de la noche, pero podría ser ya mediodía. Mi cerebro se encendió como una lámpara. Salí de la cama aferrándome de forma delicada al pensamiento que había tenido.

Los pies descalzos en la alfombra me parecían nerviosos, extrañamente suaves, y la visión se me emborronaba por los bordes a causa de la luz. Crucé el pasillo y abrí con cuidado la puerta del dormitorio de mis padres. Mi padre estaba de espaldas a mí, en su mitad de la cama. Pasé por su lado hacia el tocador y tomé la foto enmarcada de mi madre y la tía Fee con dieciséis años.

Me moví hacia la luz que entraba por la ventana para confirmar el recuerdo borroso que se había aclarado mientras soñaba: una mitad de la foto estaba plana, pero la otra sobresalía hacia fuera, contra el cristal.

Y los colgantes de mejores amigas en sus cuellos, partidos en tercios.

Separé la parte trasera del marco y saqué la foto.

Estaba en lo cierto. La foto hacía presión contra el cristal porque un tercio estaba doblado hacia atrás, apartado por alguien que no quería mirarlo ya pero no se atrevía a cortarlo. Me abordó una sensación inquietante ante la revelación de lo que estaba oculto.

Mi madre y mi tía estaban apoyadas la una en la otra, pero la tercera chica estaba derecha como un hueso. Delineador de ojos grueso, boca al natural, un lazo verde en la garganta como si fuera una leyenda urbana. Más abajo colgaba la otra parte del corazón de mejores amigas. Podría agregarse su rostro a una pintura antigua, algo holandés tal vez, con campesinos o santos, y si no fuera por el delineador de ojos, nadie habría parpadeado.

Aquí estaba menos huesuda. Menos furtiva. Pero era la chica que había aparecido delante del coche de Nate, eso era obvio. El espectro que había caminado delante de mí por las calles de Woodbine hasta nuestra casa. Veinticinco años después de que se hubiera hecho la fotografía, su rostro seguía intacto. Como el de una viajera en el tiempo.

CAPÍTULO VEINTISIETE

La ciudad
Entonces

Viernes por la mañana. No habíamos hablado con Marion ni con Sharon desde el día en la tienda. Pero sabíamos que estarían esperándonos en la casa de la ocultista esta noche, Marion llena de moratones.

—Al menos podremos volver a dormir —comentó Fee. Pasaban de las ocho de la mañana y volvíamos del McDonald's—. Más allá de lo que pase esta noche, mañana dormiremos.

Cansada, saqué el pastel de manzana del plástico. No salió nada asqueroso o al menos más asqueroso que un pastel de manzana del McDonald's.

—Cierto. He oído que cuando mueres duermes mejor que nunca.

—No tiene gracia, Dana. ¿Te imaginas lo que les ocurriría a nuestros padres si muriésemos?

—El mío vendería mis cosas y compraría un coche Trans Am.

—¿Qué tienes tú de valor? Compraría una pegatina de un Trans Am.

—¿Quién está siendo graciosilla ahora?

Se apretó las manos.

—No quiero ser otra de las santas de mi padre. No quiero estar en su triste pared entre mi madre y la Virgen por el resto de mi vida difunta.

—Una imagen suave. Lazo de terciopelo en el cabello y el crucifijo puesto.

—Me preguntó por el crucifijo, por cierto. Le dije que te lo había prestado. Que lo necesitabas para rezar por tu padre.

—¡Al tío Nestor! ¿Se lo creyó?

Juntó las manos y levantó la cabeza.

—Perdóname, Padre —rezó en español.

—Amor mío —comencé bromeando, pero luego ya no mucho y la garganta se me tensó con cada sílaba—. Mi preciosa Felicita. Si te pasara algo, me iría directo con Orfeo. Te traería de vuelta. Yo...

—Me mezclaría con la arena sin ti. Me desintegraría en las estrellas.

—Yo también. —Me rodeó con un brazo—. Mi única hermana.

Creo que pensábamos de verdad que el amor podía funcionar así. Que podíamos agarrarnos la una a la otra y salir a la superficie del mundo.

Pasamos las horas, los minutos interminables, hasta que dieron las siete de la tarde y el tiempo comenzó a derretirse como un granizado. Eran las ocho e intentábamos llenarnos el estómago lo suficiente para no temblar de hambre, pero no demasiado para no vomitar. Las nueve y el sol se había puesto. Parpadeamos y eran las diez y media, estábamos esperando al autobús, tan nerviosas que una mujer que aguardaba con nosotras con una mochila de vinilo transparente y polvo verde en las cejas nos ofreció unos *pretzels*. Las once y media y estábamos perdidas a la sombra perfumada de la casa de la ocultista, buscando en la hierba tréboles de cuatro hojas.

Sharon llegó justo después que nosotras. Vio lo que estábamos haciendo, tiradas en la hierba, y se unió a la búsqueda. Ninguna tuvo suerte antes de que apareciera Marion.

Los moratones se habían desteñido y eran ahora manchas de tono amarillo y verde. Tenía un aspecto frágil, como el de un bastón de caramelo, con una vitalidad pura que me recordó a un cable deshilachado y chispeante. Me quedé mirándola hasta que lo comprendí: era el don de Astrid. Mientras que Fee y yo no cesábamos de tratar de suprimirlo, Marion seguramente había estado regando su porción de poder como si fuera una planta. Se me revolvió el estómago. Para ella sería duro renunciar.

—Acabemos con esto —anuncié.

Desandamos nuestros pasos, marchando sobre el polvo en la oscuridad. El ambiente de la biblioteca me hizo sentir que respiraba a través de algodón áspero. Astrid estaba con nosotras, era una presencia a nuestra espalda, delante de nosotras, que ejercía presión desde ambos lados. Subimos por la escalera hacia el ático.

La luna era adecuada para nuestro propósito, más delgada ahora, pero saciante para mi alma de bruja. Ahora que había llegado el momento, ahora que estábamos aquí, me sentía curiosamente tranquila. Como si todo lo que estaba a punto de suceder ya hubiera ocurrido.

Llegó la hora. Marion se arrodilló. El encantamiento comenzó.

El hechizo se desplegó con la textura sin forma de una repetición. Llama azul, espejo gris, cera blanca. Hasta que Marion sacó el cuchillo y levantó al conejo.

Esta vez era uno salvaje, delgado a pesar de la estación, que se movía agitado bajo el pelaje moteado. Luchó y luchó, retorciéndose en las manos de Marion y moviendo la cabeza en un ángulo complejo para morderla. A pesar del dolor ocasionado por los dientes amarillos, Marion permaneció en silencio. El resto siseamos consternadas cuando su sangre cayó en la cera.

Con decisión lo apuñaló con el cuchillo. Pero debía de estar demasiado romo o el cuello de la criatura sería duro. Moribundo, consiguió liberarse y Marion lo recuperó. Esta vez lo sostuvo con más eficiencia y cortó de forma tan fiera que un chorro de sangre me salpicó en los nudillos. Solté la aguja y tuve que rascar en el polvo para encontrarla.

El hechizo prosiguió, pero la cadena se había soltado. La magia resultaba floja y desordenada, una casa con corrientes de aire en la que podía irrumpir un temporal. Cuando Marion comenzó el encantamiento, sonó diferente a la primera vez. Vocales más duras, consonantes más crudas. Formó el círculo de sal con la mano ensangrentada y encendió el espejo encerado. Toda la habitación se llenó de un calor sofocante y eso también estaba mal. Tenía que haber algún error, un vacío. *No va a funcionar*, pensé. Contenta y aterrada al mismo tiempo. Pero no. Ahí estaba Astrid Washington, los ojos dorados mirando a través del cristal. Sonrió, tensando los labios contra los dientes tan blancos y uniformes como perlas.

Noté un sabor a ácido y a manzana. Aquí era donde la invocación se convertiría en un hechizo de destierro. Si Marion lo conseguía.

Tenía los ojos vacíos por el esfuerzo, los hombros hundidos bajo el calor. Nos hizo una señal y nos rajamos las palmas, nos arrodillamos y presionamos las manos en el suelo. Noté la grava compacta soltarse bajo mi sangre.

Marion se rio. Fue un sonido tan agudo y salvaje que lo sentí retumbar en nosotras, conectadas por una red invisible de magia de sangre. Y lo supimos. En ese momento supimos que Marion iba a traicionarnos.

Pronunció el nombre completo de Astrid, su voz se llenó como una copa de vino con una tremenda satisfacción. Tomó aliento.

Y cometió un error terrible.

Metió la mano en un bolsillo oculto y sacó algo que brillaba en sus dedos a la luz de la luna, como uno de los pelos dorados del demonio. Bajo el cristal, Astrid dejó de sonreír.

Estiré el cuello para ver qué sostenía Marion, sujetando con fuerza la aguja. Ella movió los dedos y esa cosa se desplegó entre ellos formando un velo tan delgado como la niebla.

Sharon cargó contra el círculo, pero esta vez los bordes resistieron.

—No lo hagas —gritó con desesperación—. Marion, ¡no!

Marion no le hizo caso. Sosteniendo el velo por encima del pozo del espejo, comenzó a hablar.

—Te encargo, Astrid Washington, que cumplas mis órdenes. Que me sirvas. Te encargo que te postres ante mí. Que seas mi ayuda y mi… mi familiar.

Fee gimió. Sharon maldecía con tanta ferocidad que parecía un hechizo, las palabras se derramaban en una fría neblina azul. Incluso Marion se atascó al hacer la petición. Una bruja mediocre en un círculo de sal con su plan al descubierto: no era un destierro, sino una unión.

Marion soltó el velo. Parpadeé y vi su intención de liberarlo. Esta porción delicada de magia espiritual que vete a saber de dónde había conseguido y cuánto había pagado por ella caería sobre la corona de pelo rubio plateado de Astrid. Se pegaría a ella como una telaraña y la ataría.

No sucedió así.

Casi antes de que el velo abandonara los dedos de Marion, Astrid se estaba alzando para encontrarlo. La ola translúcida se pegó a su piel y resplandeció cuando hizo contacto. Si yo fuera Astrid, habría hecho exactamente lo que hizo ella a continuación. Que fue lo siguiente:

¿Me invocas para que cumpla tus órdenes?

No podíamos oírla, pero sus labios se movían de forma tan nítida que no había duda de lo que estaba diciendo.

¿Me invocas para que te sirva a ti? ¿Para que me una a tu inutilidad y sea tu ayuda? ¿Agacharía un león la cabeza para doblegarse ante un ratón? ¿Se postraría un relámpago ante una luciérnaga?

No dejaba de sonreír mientras hablaba. Eso era peor.

A las últimas dos palabras las oímos. Las oímos porque, con un movimiento, Astrid traspasó el cristal y se agachó en los bordes con los pies todavía hundidos en el mundo del espejo. La habitación se volvió muy pequeña con ella dentro, se llenó del olor de la brujería.

—Niña estúpida. —Su voz era como el graznido de un cuervo, grave y atronadora—. Mi libro y yo hemos sido tus únicos maestros. No tienes ninguna magia que no hayas tomado de mí.

Marion estaba temblando.

—Yo... te encargo... —comenzó y con una mano lánguida Astrid apartó el velo de unión.

Este se pegó a Marion como el papel de film, visible por un instante, y luego se hundió en su piel. Marion se tornó de un color dorado antes de absorberlo por completo. El olor a sangre y a sudor de la habitación se diluyó por el hedor de esta magia tan grande, agua de pozo y clavo. Marion se tambaleó hacia el borde del círculo, pero no pudo cruzarlo. Era una prisión que las contenía a las dos.

Fee estaba junto a mi hombro recitando el Ave María en tres lenguas. Sharon se movía por el borde de la sal, buscando un punto débil. Ver cómo ellas lo intentaban me puso en acción, me hizo recordar algo que casi había olvidado: no éramos del todo inútiles.

Agarré a Fee y pegué la boca a su oreja.

—Seguimos teniendo una parte de su poder —dije, nerviosa—. Si podemos sacar a Marion del círculo…

Fee abrió mucho los ojos. Se le había ocurrido algo.

—Rotas —señaló. Se volvió para mirarme y llevó una mano a mi corazón, al lugar que había justo encima de mi corazón, donde tenía el colgante—. Todas las cosas rotas quieren estar completas de nuevo.

Comenzó a recitar.

Une el poder de tres.
En una copa vierte sangre
y si alguna vez el trío ha de separarse
que el río se las trague.

No era un hechizo de verdad. Era una rima que inventó un día Marion cuando recogíamos agua del río al anochecer y la ciudad plateada se extendía sobre nuestras cabezas. Éramos felices, plenas de esperanza y cien años más jóvenes, con nuestros colgantes tontos del corazón roto en la garganta.

Yo todavía llevaba el mío. A pesar de todo, lo llevábamos las tres. Fee repitió la rima y esta vez me uní a ella.

Todo esto, la salida de Astrid del espejo, el hechizo de Marion, el encantamiento, parecía estar pasando al mismo tiempo, bullendo en un minuto ardiente. Fee y yo chillábamos ahora, repitiendo la rima.

Y entonces empezó a funcionar. El encantamiento, multiplicado por tres, chisporroteando con la carga difícil de manejar de la magia de Astrid. Mi pieza del corazón se calentó y cada borde hervía contra mi piel. Las de Fee y Marion resplandecían como el centro de una llama. Las piezas divididas del corazón tiraban las unas hacia las otras, las cadenas se tensaban en nuestro cuello, arrastrándonos hacia el borde del círculo. Los parecidos atrayéndose, algo roto que deseaba estar completo.

Juntas, recitamos la última parte de la rima. Una exhalación y luego una explosión, hundida y silenciosa cuando las tres nos enredamos.

Todo era calor y pelo y confusión, mi visión estaba emborronada. La piel de Marion era amarga en mis labios y me reí aliviada porque lo habíamos hecho, la habíamos sacado.

Entonces parpadeé y comprendí que no había abandonado el círculo. Nosotras habíamos entrado.

Fee, Marion y yo estábamos juntas, unidas por el corazón sanado, y Astrid se cernía sobre nosotras. Los iris amarillos se habían tragado el blanco de sus ojos. Tenía la mirada de un ave de presa.

Esa mirada de Astrid Washington era como ser estudiada por dos entidades. Una era una mujer, una ocultista, un ser humano que había caminado y respirado y vivido. La otra era una cosa hecha de hierro y piedra viva, ajada por el tiempo y la magia, aterradoramente plana. Un ser cínico y eficiente que no se lo pensaría dos veces antes de destrozarnos.

Astrid tomó el cuchillo del suelo. Nos miró a cada una a la cara, una, dos, tres, y luego se inclinó sobre Fee con el cuchillo en la mano.

—¡No! —Me retorcí en un intento de protegerla, de cubrirla. Astrid se rio y le dio la vuelta al cuchillo, colocando la hoja en su palma.

—Tenéis a una traidora en vuestro aquelarre —afirmó y le dio a Fee el mango—. Hay que actuar.

Fee sostuvo el cuchillo; no lo hizo de forma débil, sino concentrada. El rostro de Marion estaba vacío, sus ojos blancos como huesos. Si Fee la hubiera atacado en ese momento, creo que habría girado el cuello hacia el cuchillo. Yo estaba balbuceando mentiras, aterrada: «Fee, Fee, no tienes que hacerlo». Mi propia voz sonaba irritante, pero no podía parar. Fee, sin embargo, estaba callada.

Miró a Astrid Washington y habló con tono firme.

—Marion y tú estáis unidas ahora. La has atado a ti con esa red. Eso significa que si la mato a ella también morirás tú, ¿no?

Durante dos latidos inestables, el rostro de Astrid permaneció sereno y pensé que Fee se había excedido. Entonces la ocultista puso cara de sorpresa y gritó. Fue un sonido demasiado espantoso y desgarrador para provenir de una garganta humana.

Se agarró la cabeza con ambos brazos y se dobló por la mitad a la altura de la cintura de forma que el pelo se arrastraba por el suelo. En cuanto apartó la mirada de nosotras, me quité el colgante y los eslabones rotos arrastraron cuentas ensangrentadas por mi cuello.

Marion tenía la boca abierta y los ojos descentrados.

—Rompe el círculo —le pedí en un susurro—. Tú lo has formado, tú puedes romperlo.

No habló ni se movió. No sabía si me había oído.

—Marion, idiota. —Fee la zarandeó por los hombros—. ¡Despierta! Rompe el círculo y ya arreglaremos lo demás. Aún podemos solucionar esto. Podemos acabar con esto.

Marion volvió a la vida con ojos ardientes. Habló con los dientes apretados.

—¿Crees que quiero que esto acabe?

La ocultista se enderezó. Con un movimiento sinuoso le quitó el cuchillo de la mano a Fee y se levantó. Sus ojos de halcón brillaban como lunas.

—Qué hacer, qué hacer —susurró mirándonos a Fee y a mí alternativamente. Se dio golpecitos en la sien con la punta del cuchillo.

La cabeza me rugía y traqueteaba. Nos miraba como un cocinero que contempla su cocina. No éramos más que los ingredientes que tenía a mano: una bruja a la que no podía tocar, dos a las que sí. Y un cuchillo. Nos haría trizas si con ello podía encontrar una forma de escapar. Los pensamientos se volvían furiosos, las extremidades blandas por el terror. Y entonces surgió una idea en medio del clamor, fría como el agua de un río.

Podría matarla.

A Astrid, no. Ella me trincharía antes de que pudiera siquiera levantar la mano. A Marion. A lo mejor podía reunir tiempo suficiente para matar a Marion. Si moría, Astrid también moriría. El círculo se rompería. Seríamos libres.

En un momento fugaz vi mi brazo en su garganta, presionando; mi aguja removiéndose en el interior de sus brazos; el pesado cuenco de sal cayendo en su cabeza. Fotogramas de una película de terror. Y supe que no podría hacerlo.

Así que hice la siguiente peor cosa. Tan rápido como se me ocurrió la idea, agarré a Marion por los hombros y moví y hundí su cuerpo en el espejo.

En mi recuerdo sucedió en silencio. Ni sonidos de esfuerzo ni de sorpresa. Los ojos y la boca de Marion muy abiertos, su garganta arrastraba la cadena rota de nuestro colgante. Su cuerpo se encogió cuando cayó en las profundidades verdosas del espejo y desapareció.

A Astrid solo le dio tiempo de dar un paso hacia mí con las manos entrelazadas y entonces la fuerza de la unión entre ellas la arrastró abajo. Sentí el resoplido, como el de una locomotora, del círculo al romperse y luego el vacío al arrancarnos la magia de Astrid de raíz. Fee resolló, Sharon maldijo y yo grité de alivio y de miedo. Mi chillido hizo que la superficie del espejo se estremeciera. No era únicamente un cristal ni únicamente una puerta.

Estampé el puño en el centro.

Cedió. El corazón se me colapsó con la mano, zambulléndose en el temible frío gelatinoso. Entonces rebotó y se rompió. El dolor estalló en mi mano y se hicieron grietas hasta que todo el espejo pareció una telaraña.

Acuné la mano, empapada de rojo, y miré a mi valiente Felicita.

Ella me contemplaba con horror. Habría muerto antes de hacer lo que acababa de hacer yo. Pero ahí estaba la cuestión: yo no se lo habría permitido.

CAPÍTULO VEINTIOCHO

Suburbios
Ahora

Tres chicas disfrazadas de brujas con rostros desafiantes o astutos. Mi madre, mi tía y una chica aplastada durante un cuarto de siglo como una lata de refresco y que seguía con el mismo aspecto.

Había estado aquí, dentro de mi casa. Mordiendo mis galletas, arrastrándose en la oscuridad, robando la extraña caja dorada de mis padres. A lo mejor había estado aquí mismo, mirando el lugar donde debía de estar su imagen.

¿Quién era esa chica para que mi madre hubiera conservado así su foto? Presente, pero no, en un lugar donde la veía cada día y recordaría lo que permanecía oculto.

Mi padre se dio la vuelta dormido, pronunció una palabra ahogada contra la almohada y se quedó quieto. Salí de la habitación.

El pánico se estaba enfriando y ese primer sobresalto de miedo se iba disipando. Aún estaba impactada por semejante imposibilidad, pero me había quedado sin energía. En este estado de calma antinatural entré en el baño y presioné el interruptor.

Me coloqué delante del espejo con aspecto enfermizo bajo la luz blanca. Era abrasador, surrealista, inundaba cada rincón silencioso. La foto estaba un poco arrugada, pero la alcé. Por si Sharon tenía razón y los espejos eran peligrosos; por si eran un conducto mediante el cual podía llegar hasta esa chica. Tal vez ayer no me hubiera atrevido a hacerlo, pero ahora miré directamente mi reflejo y hablé.

—Necesito hablar contigo.

No hubo onda ni niebla, solo una chica exhausta con el pelo decolorado sosteniendo una fotografía arrugada.

—Voy a encontrarte.

Tomé las llaves de mi padre de la mesita de noche, me puse un vestido camisero y no me di cuenta de que me había olvidado de los zapatos hasta que estaba hundiendo el pie descalzo en el pedal del freno.

La chica podía estar en cualquier lugar. Saberlo transformaba la noche, fermentando el aire como si fueran bacterias. Todos los coches parecían seguirme por la carretera, todas las sombras se coagulaban como crema negra. Los puestos de socorristas se tornaron monolitos extraños que se cernían sobre el espejo siniestro de la piscina pública. Pasé junto a las luces del Denny's, la burbuja blanca de la estación de servicio Amoco, el centro comercial con el aparcamiento vacío. Fui despacio por el centro de Woodbine, donde los bares llevaban bastante tiempo cerrados y las farolas no eran rivales para la oscuridad.

Podía estar en cualquier lugar, podía haberse marchado. Pero lo dudaba. El espacio entre nosotras se alargaba como una línea. Frené delante de las vías del tren. Antes de que pudiera continuar, se abrió la puerta del copiloto.

Entró la chica.

Era más real de lo que recordaba. La mandíbula salpicada de granos, el pelo enredado y grasiento en el borde del cuero cabelludo. Podría pasar por una persona normal si no fuera por la intensidad de los ojos lobunos claros. Podía olerla, una mezcla de olor corporal, pelo sucio y bergamota del perfume de mi madre.

—Conduce —me ordenó.

Me creía demasiado resuelta para sentir miedo, pero mi cuerpo no estaba de acuerdo. El pie se comportaba nervioso en el pedal y me temblaban las piernas como las cuerdas pulsadas de un instrumento. Su presencia era un rasguño constante; su mirada, un foco que me abrasaba la piel. Esa chica conocía a mi madre. Fue joven con ella. Y si mi madre estaba metida de verdad en problemas, seguro que esta viajera en el tiempo sabía algo del tema.

La radio hablaba de una luna rosa, rosa. La apagué. El silencio de la chica tenía su propio tipo de ruido, un pulso grave de presencia que latía al ritmo de mi corazón. En la última señal de stop que había antes de la reserva forestal me señaló la izquierda.

—Por ahí.

Cuando levantó el brazo capté de nuevo el olor del perfume de mi madre. La imagen de esta extraña en el baño de mis padres, el rostro sonriente mientras se rociaba colonia en las muñecas, me arañaba el cuello como si fuera una uña. Me parecía una violación mayor que sus dientes en mis galletas, sus manos en la caja fuerte.

Tal vez estuviéramos yendo en busca de mi madre en este momento. Se me aceleró el pulso por los nervios y sentí un ramalazo de amargura. A lo mejor la extraña y ella habían estado juntas todo este tiempo. Conducía por los límites de los suburbios, un reino de casas en expansión y patios con hierba demasiado crecida; tenía una reputación de anarquía similar a la de las aguas internacionales. Por cada niño al que arrestaban aquí, había cinco más que insistían en que no podían arrestarte de forma legal en este lugar.

—Ahí —señaló.

«Ahí» era un desvío sin iluminar entre los árboles. Yo sola no lo habría visto. Fui despacio, los neumáticos chirriaban en la grava, y entonces pegó una mano al salpicadero.

—Para. Apaga el motor.

Con los faros apagados, el camino que teníamos delante se veía plano como un mar gris. Pero la luna estaba alta, la gravilla era pálida y los contornos se adivinaban. Distinguí el lugar donde el sendero viraba a la derecha y se perdía de la vista.

—¿Dónde estamos?

No contestó. Estaba inmersa en alguna clase de deliberación silenciosa y respiraba de forma superficial, como un animal.

—No sé si estás preparada —susurró.

—Preparada —repetí y me mordí el labio. Me parecía una situación demasiado íntima, nuestras voces se encontraban en la oscuridad—. ¿Para qué?

La chica bajó la mirada. Tenía la sensación de que estaba reuniendo valor, como si lo que tuviera que comunicar fuera más grande de lo que podía soportar.

—Existen cuentos de hadas —comenzó— en los que las chicas intercambian partes de sí mismas por cosas que desean. Amor, riqueza. —Me miró—. Información.

Presioné las manos en las rodillas temblorosas.

—Dime lo que quieres de mí.

—Has pagado suficiente —señaló con tono ferviente—. Si fuera por mí, esto no te costaría nada.

Me inundó una oleada de autocompasión, cálida y húmeda.

—¿El qué?

Uno de sus ojos estaba a la sombra. El otro era una taza de luz líquida.

—Respuestas. A todas las preguntas que has formulado y todas en las que nunca has pensado.

—¿Quién eres?

—Soy tu amiga, Ivy. No te preocupes. No temas. Lo entenderás pronto.

La forma en la que pronunció mi nombre, ¿por qué fue eso lo que más me asustó? Tal vez fue su mirada al decirlo: como si me conociera. Como si compartiéramos una historia complicada. Mi cerebro estaba empapado de miedo, pero también estaba inquieto, se movía como una ruleta.

—Si quiero esto... —dije—. Si quiero respuestas... ¿qué pasará después?

—Avancemos por el camino. —Casi le temblaba la voz—. Vamos a girar por aquí y te llevaré a un lugar en el que podrás saberlo todo.

Las llaves del coche me estaban dejando una marca en la palma.

—¿Y por qué no aquí? Cuéntamelo aquí.

—No funciona así.

Miré el lugar en el que el camino giraba a la derecha. Estábamos en pleno verano, los árboles eran muy gruesos y no se veía lo que había detrás. Miré a la chica que conocía a mi madre y había recorrido un camino insondable para sentarse a mi lado.

—¿Cómo te llamas?

Se detuvo y algo se movió en sus ojos.

—Marion.

Tuve la extraña sensación de que no tenía el nombre en la punta de la lengua. Que tuvo que rebuscarlo, como si fuera un fantasma que se había despojado ya de las cargas de los vivos. Pero yo conocía ese nombre. Lo recordaba en la voz de mi madre y de la tía Fee. Lo corrompía un secreto. Tan solo lo habían pronunciado en ese tono reservado para las cosas ocultas.

—Marion —repetí y apoyé la mano en la puerta—. Vamos.

La noche estaba tranquila, solo se oía el sonido suave de la brisa siseando como una exhalación infinita. Así fue como vi por primera vez a Marion: una forma pálida moviéndose en el bosque. Ahora estaba vestida, llevaba unos vaqueros y una camisa azul que no le quedaba bien. La mantuve a la vista, apretando las llaves de mi padre en el puño. La gravilla era asesina con mis pies descalzos. La tercera vez que reprimí un suspiro de dolor, miró abajo y dijo unas palabras.

Estas permanecieron en el aire como la chispa de una bengala. Olí a azúcar moreno y a pelo quemado y sentí algo suave bajo la piel, como si las rocas por las que caminaba se estuvieran convirtiendo en un sendero de cristal cálido. Grité y retrocedí antes de darme cuenta de que no se trataba del camino. Eran mis pies.

Levanté uno y luego el otro. Cuando acerqué una uña al talón derecho calloso, oí un clic.

—Madre mía. ¿Cómo lo has hecho? ¿Qué has hecho?

Marion me miró seria, como si la estuviera interrogando por respirar.

—De nada.

Caminé con pasos altos, alzando y reacomodando los pies como un perro con botas para la nieve. Era un cambio pequeño, pero hacía que sintiera el cuerpo ajeno a mí. Separado de mí, mi forma y mi conciencia sin definir. Mi cerebro se rebelaba por lo que había hecho, por simplemente estar cerca de ella. Pero mi piel estaba despierta, atenta a cada movimiento de esta chica y a la posibilidad de que volviera a hacer algo imposible.

Llegamos al giro. La gravilla se hizo más gruesa y dio paso al asfalto. Un porche que acababa en una casa, grande, blanca y silenciosa. Todas las ventanas estaban a oscuras, pero la puerta principal estaba abierta.

CAPÍTULO VEINTINUEVE

La ciudad
Entonces

Cuando entré en mi apartamento, mi padre estaba dormido en el sofá con un vaso de *whisky* en el pecho. Había hielo en el vaso y el disco de música que había puesto seguía girando. The Flamingos sonaban misteriosos y dulces tintando el aire viciado de oro.

Levantó adormilado la cabeza.

—¿Dana?

—Vete a dormir, papá. —Tenía la garganta rasposa.

—¿Dónde estabas? —Olisqueó el aire—. Santo cielo, ¿qué has estado haciendo? ¿Lo de la camiseta es sangre?

—¡He dicho que te fueras a dormir!

La intención espesó mis palabras formando una pasta. Cayó de nuevo en los cojines y se quedó allí.

Habíamos limpiado la habitación. Primero de rodillas, porque estábamos aturdidas. Luego, cuando despertó lo suficiente para hacerlo, Sharon utilizó un hechizo de limpieza. El libro de la ocultista había caído por el espejo junto con Marion. Recogimos todo lo que era de ella y salimos de la biblioteca, escurriéndonos en la oscuridad.

A las tres de la madrugada estábamos juntas bajo el techo de un aparcamiento.

—Jamás —dijo Sharon—. ¿Me habéis entendido?

Yo la miraba como si fuera una televisión defectuosa. Podía oírla, pero no era capaz de conectar sus palabras con un significado.

—Ni siquiera conocéis mi apellido —prosiguió—. Dejémoslo así. No habéis visto nada, no sabéis nada. Llegarán hasta vosotras una vez que sus padres informen. Si me los enviáis a mí, me aseguraré de que lo lamentéis.

Ellos.

—¿Quién?

—La policía, idiota.

Una brisa sopló entre nosotras, fría como el agua del lago. El olor hizo que algo brotara en mi cabeza.

—Dieciocho —indiqué—. Hoy es el cumpleaños de Marion. Tiene... Tenía... —Parpadeé—. Tiene dieciocho años.

Sharon se enderezó.

—¿En serio? Menuda suerte. A lo mejor nos libramos de esta. No clasificarán siquiera el caso como que se ha escapado de casa.

—Eres horrible —murmuró Fee. Se rodeaba el cuerpo con los brazos—. Horrible. Espero que... Ojalá... —Apretó los labios con fuerza antes de que pudiera escapar nada peligroso—. No te deseo el bien —terminó.

—Qué bonito es tener dieciséis años y ser inocente —comentó Sharon—. Qué lujo es pensar que el remordimiento puede dejarte limpia. Esa chica construyó su propio ataúd, cielo. Y la sangre de tus manos es tan roja como la de las mías. —Sacudió la cabeza—. Por Dios, no volvería a tener dieciséis años en la vida.

En los días que siguieron me vinieron a la mente fragmentos de lo que había dicho Sharon, como si los hubiera estado grabando sin saberlo. Todo sucedió tal y como nos había dicho que pasaría.

Primero fueron días sin nada. Ni visitas sobrenaturales ni policía. Una paz tan falsa y siniestra que a punto estuvo de destrozarme.

Después, justo cuando pensaba que no sucedería nada, un policía. Habían pasado dos semanas enteras cuando un hombre con ojos de sabueso y un traje que no le ajustaba bien apareció en la freiduría para hablar con el tío Nestor. Fee estaba trabajando ese día y también habló con ella.

Tal vez mi tío supiera más de lo que decía. Había visto el laberinto de cortes en mi mano izquierda que ya estaban cicatrizando y los cambios en Fee, invisibles pero imposibles de pasar por alto. Pero nunca nos preguntó nada. No dio importancia a nuestra amistad con Marion y las preguntas del hombre fueron superficiales. Sharon volvía a estar en lo cierto: Marion tenía dieciocho años. No era trabajo de ellos preocuparse por lo que le había sucedido.

Miramos desde la distancia mientras dibujaban la silueta de una chica y la coloreaban: delincuente. Deprimida. Desaparecida. Una chica que se fue de casa cuando ya era legal que lo hiciera y se esfumó.

Así fue como desapareció por segunda vez Marion. La primera vez había sucedido por mi culpa. La segunda vez fue el mundo el que la enterró.

CAPÍTULO TREINTA

Suburbios
Ahora

Seguí a Marion por el asfalto empapado de luna hacia una puerta abierta que parecía más una advertencia que una invitación. Como la casa de un cuento de hadas que te atraía con comida y descanso antes de comprender que eras una prisionera.

Me condujo más allá de las ventanas tintadas de un SUV, el aro de una canasta de baloncesto sobre el asfalto, una muñeca de Ariel bocabajo en la hierba. Y luego por la puerta.

La casa era diáfana, sin muros interiores, con un techo alto de madera y enormes ventanas brillantes. Durante el día seguramente debía ser una caja de luz. Desde la entrada podía ver una sala de estar, una escalera que se curvaba en la planta superior y un pequeño pasillo que llevaba a una cocina a oscuras. La casa olía a electrodomésticos nuevos, cera para el suelo y algo más, un olor soporífero que me mordisqueaba el cerebro e hizo que tuviera que apoyarme en la pared, buscar con los dedos el gancho en el que había colgada una mochila de unicornio.

—Ah, sí —dijo Marion y me habló al oído. Dos sílabas que produjeron un estallido vigorizante tras mis ojos y disiparon la confusión.

—¿Qué fue eso? —Le agarré la muñeca—. ¿Qué acabas de hacer?

Se apartó de mí con un siseo y los ojos en llamas. Igual de rápido se enfriaron.

—Ten cuidado —me advirtió—. No me sorprendas. No me toques de esa forma.

Me llevé las manos tras la espalda y la seguí por la primera planta de la casa.

Los muebles parecían de sala de exposición, las paredes pintadas tenían un brillo impersonal. No creía que la casa hubiera estado mucho tiempo habitada. En el pasillo que llevaba a la cocina había un espejo y atisbé el brillo del borde biselado. Pero cuando pasé por delante no vi mi reflejo.

Me detuve. Moví una mano delante de mi cara. Nada. El pasillo estaba a oscuras y también la escena al otro lado del espejo, así que tuve que fijar la vista para comprobar que no coincidían. Dentro del espejo, a mi izquierda, había una puerta medio abierta, y justo delante una cortina de ducha con rayas que me resultaba familiar.

Estaba mirando mi baño. El espejo era tan bueno como una ventana y, aunque ya sospechaba que Marion podía verme por él, me dieron ganas de romper el cristal con los puños. Pero ella me observaba desde la cocina, atenta a lo que hacía. Seguí caminando.

En la ventana que había encima del fregadero se alineaban macetas con hierbas junto a un cuenco de cobalto en el que había joyas brillantes. Me imaginé a la persona que había lavado platos aquí por última vez quitándose los anillos. En la isla de la cocina había una copia de *The New Yorker* abierta y una taza con un centímetro de café cuya superficie se veía oleosa. La habitación apestaba a envases de comida para llevar sin lavar y a basura. Supuse que el desorden era lo único de la casa que pertenecía a Marion. La puerta corredera estaba abierta y daba a un patio que desprendía olor a lilas y a cloro. En la oscuridad brillaba una piscina rectangular.

—¿Por qué has dejado las puertas abiertas?

—No me gustan los espacios cerrados. —Lo dijo con tono irónico, como si se tratara de una broma, y se aupó en la encimera.

—¿De quién es esta casa? —No respondió y yo tomé el periódico. Leí en voz alta el nombre impreso en la etiqueta de la dirección—. ¿Quién es?

Me miró fijamente.

—¿Quieres conocerlo?

Se me revolvió el estómago.

—¿Está en casa?

Marion señaló con la cabeza otro pequeño pasillo que salía de la cocina. Vi varias puertas cerradas y la pared enrejada de una despensa.

—Ve a saludar.

—¿Está...? —«Bien», iba a decir. Pero lo que salió fue—: ¿Está vivo?

Por un segundo muy largo no dijo nada. Y entonces:

—Sí, Ivy. —Tono agradable, despreocupado. No había señal de irritación—. Está vivo.

Avergonzada por haberlo preguntado y sin saber si podía creerle, caminé hacia el pasillo.

—Primera puerta a la izquierda —indicó.

Giré el pomo y abrí la puerta un poco. Había una lamparita enchufada con forma de caracola marina de color ámbar que desprendía una luz sobre un hombre tumbado en el suelo con una camiseta blanca y unos bóxeres. Estaba bocarriba con los brazos extendidos, orientado de forma que los pies se veían desde la puerta.

Grité. Fue un grito medio reprimido, como si acabara de ver una cucaracha, porque incluso cuando abrí la boca vi que estaba respirando.

—Está vivo —repitió desde la cocina.

—¿Qué le has hecho? —Me llevé una mano a la garganta corroída y recordé lo que sentí al entrar en la casa. Esa sensación estremecedora de mareo que había disipado Marion con unas solas palabras. Fuera cual fuere el hechizo, era algo ambiental, transportado por el aire.

Su voz flotó en mi dirección, ella no se acercó.

—Está bien.

Me costaba concentrarme en la cara del hombre. Me parecía casi obsceno mirarlo cuando él no podía mirarme. Me centré en sus manos, en el blanco limpio de la camiseta. ¿Lo había arrastrado ella hasta aquí o sería el lugar en el que se había caído?

—Despiértalo, Marion.

—No —respondió, ofendida—. Necesito su casa.

La miré de frente.

—Esto es malvado. ¿Cómo voy a confiar en ti después de que me hayas enseñado esto?

Se pasó la punta de la lengua entre los dientes.

—Si no te enseñara estas cosas, no deberías confiar en mí.

—¿Hay más personas en la casa?

—¿Importa?

—¡Para ellas, sí!

—Estoy preguntando si te importa a ti. No están muertos. Mientras estén dormidos no morirán, ni envejecerán, ni pasarán sed. Están tan seguros como se puede estar en este mundo. Su casa cumple una necesidad y se la devolveré cuando haya terminado. ¿Importa?

—Por supuesto que sí —respondí de forma testaruda—. Son seres humanos.

—Y hay demasiados.

Dios, su voz era tan despreocupada. Se rio al ver mi mirada.

—Ivy, están soñando, ¿vale? Es un sueño bueno, están todos juntos: una madre, un padre y un niño. Hay una foto en el baño, los tres en un barco, uno de esos italianos. —Hizo una pausa.

—Una góndola —aclaré.

—Góndola, sí. Están soñando con el día en que se subieron en la góndola.

Me pasé una mano por la boca.

—Así que esto es lo que hacen las brujas, ¿no? Juegan con el cerebro de las personas para conseguir lo que quieren.

—Soy una ocultista —replicó—, y nadie puede hacer lo que yo puedo hacer. Bueno. —Movió la mandíbula—. Casi nadie.

Tragué saliva y saboreé la burla en sus palabras. Tenía que ayudar a estas personas y pensaba hacerlo. Pero unos minutos más de sueño no iban a matar a nadie.

—¿Quién? ¿Mi madre?

Hizo un sonido de negación.

—¿Entonces quién?

—Esa es una pregunta muy importante.

Extendió el brazo detrás de ella y con una floritura digna de un mago me mostró la caja dorada.

Me chispeaba la lengua como si acabara de morder un limón. Verla en las manos de otra persona hizo que mi cerebro siseara «mía». Pero cuando fui a agarrarla, la apartó.

—Aún no.

—¿A qué te refieres con «aún no»? ¿Qué estás esperando? ¿Por qué te la llevaste?

—Haz la pregunta que no estás haciendo. Pregúntame: ¿qué guarda?

Tragué saliva.

—¿Y bien?

Se bajó de la encimera.

—Ven conmigo.

La seguí afuera, por el patio, hacia la piscina. Dejó la caja en el suelo y se desabrochó los vaqueros.

—Quítate la ropa.

—¿Por qué?

—La piscina es la mitad del motivo por el que elegí esta casa. —Se quitó la camisa—. Lo hará más fácil.

—¿El qué? —Pero ya me estaba desvistiendo.

—A la piscina —me indicó cuando terminé.

El agua estaba templada y era más profunda de lo que parecía. Las hojas secas me envolvieron los tobillos cuando recuperé el equilibrio. Marion se mecía a mi lado, con un brillo azul por la luz y difícil de leer.

—He pensado mucho en esto. —Sonaba un poco sin aliento—. Si estás en el agua, creo que ayudará.

Puso la caja en mis manos. Incluso bajo la luz del agua tenía su propia luz.

—Es peligroso, ¿no? —pregunté con voz ronca—. Lo que hay dentro.

Asintió.

—¿Cómo la abro?

—Sangre. —Marion tenía ahora otra cosa: un cuchillo. Seguramente lo había sacado de un cajón de la cocina. Tenía los ojos muy abiertos, los iris planos a la luz de la luna—. ¿Quieres que lo haga yo?

—No.

Agarré la caja dorada. No era la chica que sabía que era: ni precavida, ni asustada. Estaba hambrienta, estaba ardiendo, estaba preparada para sumergirme. Blandí el cuchillo, coloqué la punta en la parte más gruesa del pulgar y pegué el punto de donde salía sangre a la caja dorada.

—¿Así?

Pero ya lo sabía.

La caja no resplandeció, ni levitó, ni murmuró. Tan solo se calentó en mi piel, ablandándose como una tableta de cera. Ahora sí veía la unión, y el cierre, así de fácil, como si hubiera estado siempre ahí. Había otro cuerpo en el agua conmigo, pero ahora estaba lejos, apartado. Yo estaba sola.

Metí una uña en el cierre, pensando en lo que podía ser: cartas antiguas, fotos, una libreta escrita con la letra ilegible de mi madre. Un botón mágico, anillos de colores. No me sentía como Pandora, no me creía del todo lo que estaba a punto de hacer. Seguía pensando que dentro había algo que podría tomar y sostener.

Quité el cierre y levanté la tapa.

Y entonces desperté.

SEGUNDA PARTE

CAPÍTULO TREINTA Y UNO

Otro lugar

Dana empujó a Marion y la vio caer y caer por el pasadizo ventoso del mundo del espejo. Lo último que vio Marion antes de cerrar los ojos fue el puño de Dana en el cristal.

Bien, pensó.

Pero eso fue cuando creía que iba a morir.

Marion tenía razón. Astrid Washington era una bruja extraordinaria. El reino que había creado para ella, este lugar de residencia para su alma en el que cayó Marion era la imagen de la casa en la que había muerto hasta el más mínimo detalle.

Los pasillos estaban llenos de puertas que daban a habitaciones repletas de libros y sábanas, juegos de ajedrez y espejos de mano, tazas de porcelana y terrones de azúcar picados como marfil. Las ventanas enmarcaban un espacio plano del cielo amenazante: la casa estaba siempre atrapada en el momento violeta de una tarde de finales de agosto, cuando murió Astrid Washington. Cuando murió casi del todo. Allí abajo había un salón de baile en el que sonaba una melodía encantadora, una sala de billar, un invernadero y una barra de madera oscura con botellas sin fondo.

Marion acabó bebiendo de todas esas botellas. Los licores eran más amargos, o melosos, o duros como un rayo; le aguijoneaban la lengua y le hacían recordar un tiempo en el que vivía, bajo un cielo de verdad, en un mundo completo.

No podía emborracharse, pero bebía de todos modos. Jugaba sin compañía, como una niña que se quedaba sola con sus juguetes. Esto fue cuando la peor parte de su dolor pasó, el primer aluvión de desesperación por su aprisionamiento. El horror por lo que le habían hecho llegaba en olas; la habían expulsado del mundo y la habían dejado en esta sala de espera tras la muerte. Entre medias había largos periodos de una especie de paz surrealista. Recorría pasillos tenuemente iluminados y se probaba ropa que encontraba en baúles. Se tumbaba y esperaba un sueño que nunca llegaba, giraba sobre un suelo de madera pulido, bailando sola esa música infinita y enloquecedora. Sola, sola.

No podía morir ahí. Cuando llegó, Astrid usó una magia especialmente despiadada para eliminar la red que las unía; en otro lugar las habría matado. Algunas cosas no eran para deshacerlas.

Aunque no importaba mucho. Unidas o no, estaban atrapadas juntas.

Astrid era una captora inconstante. La locura del largo confinamiento se había apoderado de ella como una decadencia en polvo. Tras un periodo de fuertes rabietas, dejó a Marion sola. A veces, cuando se encontraban en los pasillos de la casa, a Marion le daba la impresión de que la mujer se había olvidado de quién era. Empezó a despreciar a Astrid igual que desprecias un sol que solo hace acto de presencia una vez a la semana durante una hora y cada vez que se esconde te deja con más frío.

El reino crepuscular de la ocultista era un lugar que te arrancaba de ti cualquier cosa innecesaria. Y cuando todo había desaparecido (el apego de Marion a la realidad, sus deseos terrenales, toda la grasa de la que podía prescindir su cuerpo y el último tono de color del sol), lo que quedaba era esto: un goteo intravenoso de rabia infinita. Le deformaba la vista y le hacía sentir un hormigueo en la punta de los dedos.

Pero la rabia no era de utilidad. Marion se ocupó de ella hasta que la convirtió en algo que sí lo era: ambición. Un deseo furioso de escapar de ese lugar y hacer que Dana pagara por lo que había hecho. Marion tenía la voluntad. Ahora debía encontrar los medios.

A menudo sostenía el colgante dorado barato en el puño, un corazón antaño roto que ahora estaba unido y colgaba de tres cadenas. Los bordes finos del corazón estaban manchados con una corteza seca de color marrón rojizo donde habían rasgado el cuello de Dana. Marion retiró la sangre con una uña y la guardó en una cajita.

Más adelante, cuando encontró el hechizo dentro de uno de los libros de Astrid, supo por qué se había aferrado con tanto cuidado a la sangre de Dana.

Se trataba de un hechizo para contemplar a otra persona.

Marion vertió con mano firme el agua en el pesado cuenco plateado. Espolvoreó la superficie con la sangre de Dana, recitó las palabras y esperó a ver qué sucedía. Surgió una niebla perlada y luego apareció una figura: el pelo rojo de Dana. Su boca con gesto enfadado.

Agachada sobre la mirilla del cristal para la contemplación, Marion se quedó mirando.

CAPÍTULO TREINTA Y DOS

La ciudad
Entonces

El final del verano se esfumaba. Las hojas se secaron y cayeron en un solo fin de semana, se arrugaron y luego desaparecieron. Fee y yo seguíamos pasando todo el tiempo juntas, pero ahora era distinto, el espacio entre las dos estaba por primera vez lleno de cosas que no nos atrevíamos a decir en voz alta. Tal vez si mi padre no hubiera estado enfermo habríamos tenido la discusión que necesitábamos tener. Lo habríamos superado, habríamos descubierto quiénes y qué éramos. Pero estaba enfermo y no la tuvimos.

Dejamos de practicar magia de un día para otro. Aunque nuestras habilidades volvían a ser nuestras y el poder de Astrid había desaparecido, no nos atrevimos a usarlas después de lo que había ocurrido con Marion.

El mundo al otro lado de la magia era muy plano, muy gris.

Cuando cursábamos segundo curso, nadie se fijaba en nosotras. Pero volvimos para hacer tercer curso apestando a otro lugar. Por entonces Fee superaba el metro setenta y cinco, con una constitución corpulenta que afectaba a la población general como un gas estupefaciente. Boca de color carmesí, ropa negra, una masa de pelo ondulado que le daba el aspecto de la hermana de un ángel caído.

En una semana ya tenía una novia secreta, una tal Polly Pocket: una rubia que me arrinconó en un baño femenino vacío para darme las gracias por cubrirlas. Tardé un segundo en comprender que me estaba agradeciendo que yo fuera la novia pública de Fee, la falsa que se comía el marrón.

—De nada —murmuré.

Todo lo que pensé que sucedería (los insultos escritos con labial, los choques con hombros en los pasillos) no se materializó nunca. Me movía por el instituto igual que había hecho siempre, en una burbuja que yo misma había creado. Y nadie se acercaba a molestar a Fee.

Pagaba un diezmo por lo que le había hecho a Marion, por supuesto. Lo pagaba dormida. Mis sueños eran una repetición incansable de sal y sangre y espejo roto con la banda sonora del chillido de un conejo al morir.

Pero tenía otras cosas de las que preocuparme. Mi padre se estaba muriendo. Al principio era un enfermo funcional que se acercaba a la tienda de la esquina a comprar Pringles, latas de cerveza y chicles. Después pasó a ser un enfermo atado a la casa. Después el tío Nestor me tomó las manos y me habló sobre un futuro que me negaba a contemplar.

Mi padre se aferraba a un manantial miserable que dejó de manar a regañadientes en junio. Abrí los ojos un martes azul claro y lo supe solo por la textura del silencio. Llamé al tío Nestor antes incluso de abrir la puerta del dormitorio de mi padre.

Mi tío me abrazó con fuerza cuando la ambulancia se lo llevó. A mi padre. El cuerpo de mi padre, que él usaba con demasiada dureza y al que quería muy poco.

El tío Nestor me estaba hablando.

—Siempre tendrás tu hogar con nosotros —decía—. Mientras yo siga con vida, tendrás un padre.

Intenté enfocar su cara.

—Gracias.

Me sentía como una chica en una novela recogiendo mis cosas. Así es la fantasía, ¿no? Hay que eliminar a tus padres para que cambie tu vida, para que puedas irte a vivir a un furgón o a un cortijo en el bosque, o a una escuela mágica para personas desgarradas. Cuando abrí mi maleta en la cama de Fee supe por su cara que lo había hecho todo mal. Había escogido cosas raras y sin sentido y conseguí que se preocupara por mí.

Mi padre murió un martes y yo me mudé con Fee y el tío Nestor el jueves. Cumplí diecisiete años unas semanas más tarde. No tardé mucho en sentir que toda mi infancia parecía un sueño.

La pelea que estábamos posponiendo Fee y yo se produjo un año después de la segunda invocación. El día antes Marion habría cumplido diecinueve años. Fee me despertó cuando el cielo estaba todavía gris, susurrándome al oído: «Vamos al lago».

Nos escabullimos juntas como hacíamos siempre, como no habíamos hecho en meses, y caminamos hacia el este en mitad del amanecer. Fee se puso de rodillas y miró el agua, el lugar en el que el mundo desaparecía de la vista. Suspiró y se pasó ambas manos por el pelo.

—Esta noche. Tenemos que intentarlo al menos.

—Intentarlo. —Tenía todavía la cabeza empañada por el sueño—. ¿El qué?

Fee me miró con un rostro tan abierto al dolor que vi al fin cuánto me había estado ocultando.

—Encontrar a Marion.

El corazón empezó a martillearme en el pecho.

—¿De qué hablas?

—No dejo de pensar en ella. Cuando miro un espejo. Cuando no puedo dormir. Cuando… no sé, cuando me siento bien por un minuto, pienso en que ella no puede sentirse así. —Tenía una mirada suplicante—. No creo que pueda vivir conmigo misma si no lo intentamos.

—Está muerta —respondí con tono agudo—. Dios mío, Fee. ¿Llevas todo este tiempo pensando que está viva?

—No puede estar muerta. Si lo estuviera, eso significaría que tú… que tú…

—¿Que yo qué? Dilo.

Volvió a mirar el agua.

—¿Necesitas que yo sea la mala? —le pregunté—. De acuerdo. Lo seré para ti si es lo que necesitas. Pero tienes que aceptar esto: Marion se ha ido. Está muerta. Y era ella o nosotras.

Movió la cabeza, nerviosa.

—No lo sabemos. No sabemos lo que habría hecho Astrid. No vimos morir a Marion.

—No fue necesario.

—No dejo de reproducirlo en mi cabeza y...

—Para. —Bajé la cabeza para esconderla entre las rodillas—. Yo también lo reproduzco a todas horas. La única forma de salir de ese círculo era matarla. Era el único modo de escapar del desastre que había originado ella, que se negaba a arreglar. A veces pienso que un cuchillo habría sido más amable. La forma en la que lo hice... —Volví la cabeza para mirar los ojos tristes de mi mejor amiga—. Probablemente no fuera rápido.

A veces lo visualizo. Si la caída no la mató, Astrid la mantendría con vida hasta encontrar la forma de desvincularse de ella. A lo mejor la torturó primero. Puede que la dejara vagando por el mundo al que la había desterrado yo hasta que sufrió, se desvaneció y pereció, como una niña en una balada antigua.

Pero no podía imaginar una muerte para ella que fuera peor que la alternativa: que hubiera sobrevivido.

—De verdad, Fee. —De pronto era incapaz de hablar más alto que en un suspiro—. No podría tolerar que siguiera viva. Sería insoportable. Pensar en ella viva, atrapada y... y con Astrid. Sola. No puedo. Es de carne y hueso, Fee. No puede haber sobrevivido.

La miré en busca de la confirmación de lo que sabía que era verdad, de lo que necesitaba que fuera verdad. Una absolución. Tomó aliento.

—Marion está muerta —afirmó. Mirando al frente, el agua, orgullosa como el mascarón de un barco, con la voz tan seria, cualquiera pensaría que era ella la que estaba tratando de convencerme.

Inspiré y el peso de la culpa se calmó al fin.

—Está muerta.

Observamos las gaviotas alzándose y cayendo, haciendo piruetas en el aire y mordisqueando las olas. Fee susurró una oración por Marion y ninguna de las dos dijo en voz alta que había muerto en un lugar donde no podía llegar esa oración.

CAPÍTULO TREINTA Y TRES

La ciudad
Entonces

Terminó el instituto y Fee y yo nos mudamos a un apartamento en un barrio nefasto de Broadway, frente a un club de *jazz* de un siglo de antigüedad cuyo cartel llenaba nuestro apartamento de una luz verde.

Fee se zambulló de cabeza en la vida real. Unas prácticas con la yerbera en Pilsen, un trabajo en el departamento de parques, una serie de relaciones con chicas que no estaban seguras de si tenían que ganarse mi amistad o vigilarme.

Parecía muy fácil para ella concentrarse en el futuro. Pero yo apenas podía ver el final del día. Hacía seis turnos a la semana en el Golden Nugget, llegaba a las seis y volvía a las cuatro, luego tenía toda la tarde para mí. Pasaba la mitad del tiempo sola; nuestra casa era demasiado pequeña para llevar a nadie y Fee no pasaba mucho tiempo soltera. Las noches que ella salía, yo preparaba café, escuchaba los discos de música de mi padre y sentía un alivio engañoso cuando se ponía el sol. Me gustaba sentarme en la oscuridad y mirar el cartel con lentejuelas del club de jazz brillar y parpadear, como una mujer desafortunada con un vestido verde.

Me despidieron del restaurante un domingo, diez meses después de graduarme, por haber derramado una taza de café en el regazo de un concejal.

El hombre era un cliente habitual que dejaba propina de forma ostentosa, con voz de feriante y mejillas rojas. No estaba sentado en mi sección, pero me tocó la cintura cuando pasé por su lado y me tiró un pellizco.

—¿Me rellenas?

Sus dedos ardían en mi camisa de trabajo de poliéster. Estaba trabajando con muy pocas horas de sueño y tenía la cabeza llena de sueños lentos y de color rosa. Alcé la jarra, llené la taza y la incliné. Hasta que no gritó y se levantó con movimientos torpes del banco no me di cuenta de lo que había hecho.

—Ha sido a propósito. —Parecía anonadado—. ¡Lo ha hecho a propósito!

Mi jefe, Sergio, se acercó corriendo con un cargamento de servilletas. Lo seguía una de las camareras con un plato con helado.

—Fuera de aquí —murmuró Sergio. Yo ya me estaba desatando el delantal.

Recogí mis cosas y me dirigía a la puerta cuando alguien me detuvo. Saltó del asiento y se metió en mi camino.

—Hola, Nowak.

Parpadeé. Se trataba de un rostro de otra vida.

—Linh.

Linh, que trabajaba en la Metro. Linh, que podía hablar con los muertos. Llevaba sin verla desde que había acudido a ella para pedirle ayuda con el tema de Astrid unos años antes.

—Ha sido increíble —comentó—. No podrías haber elegido a un tío más capullo para echarle el café caliente encima.

Linh estaba en la mitad de la veintena, con un flequillo que le rozaba las cejas y los ojos tan delineados que parecía habérselos pintado con plantilla. Llevaba una sudadera cortada con tijeras en la que ponía Vete al infierno, Kitty y el pelo negro le llegaba hasta las orejas y se desteñía en las puntas con un tono melocotón.

Miré por encima del hombro para comprobar si se acercaba Sergio.

—Gracias. Aunque me acaban de despedir. Supongo que tengo que irme.

—Deberían de ascenderte. Ese tipo es la escoria del barrio. Lo intentó conmigo una vez, me preguntó si salía con chicos blancos. Le dije que sí, pero que no salgo con hombres rojos.

—Ja. —Seguía esperando la mano regordeta de Sergio en mi hombro—. Bueno, me voy.

—Espera. —Se mordió el labio con aire nostálgico—. ¿Puedo invitarte a desayunar? En este antro, no, claro. Hagamos boicot. Aún no he pedido, podemos ir a otra parte.

No sabía qué hacía Linh en este restaurante familiar tan poco interesante, sola, en lugar de estar en un local a la última con sus amigos. Consideré la posibilidad de que ella también estuviera sola.

Fuimos a un bar sueco de tortitas que había a unas manzanas de distancia. Linh le echó tanto azúcar al café que parecía una broma, pero luego le dio un sorbo y asintió, satisfecha.

—El café está bueno aquí.

—¿Aún puedes saborear el café?

Me lanzó una mirada altiva.

—A los muertos les encanta el azúcar. Son más propensos a hablar conmigo cuando lo notan en mi aliento.

—¿En serio? Qué guay. —Por primera vez en años, no me retorcía el corazón pensar en algo sobrenatural—. Entonces los fantasmas... ¿se acercan y se ponen a hablar contigo? ¿O cómo funciona?

Linh soltó la taza.

—No es buena señal que un espíritu venga a buscarme. Es mejor cuando soy yo la que hace el acercamiento. Y cuando uno me encuentra, nunca soy yo el objetivo, ¿sabes? Siempre persigue a otra persona. La mayoría de las veces los muertos están haciendo sus cosas y son los vivos los que tratan desesperadamente de encontrarlos. —Me sonrió débilmente—. Este es el momento en el que preguntas por tu muerto. Si sigue merodeando a tu alrededor algún fantasma.

Me golpeó una imagen con la fuerza de un puñetazo: Marion en mi hombro, pasando sus dedos fantasmales por mi pelo. Me agarré a la mesa con tanta fuerza que hice que los platos repiquetearan.

—Eh, no. —Linh apoyó el codo en una mancha de café y me sostuvo la mano—. No quería asustarte. Es que es la pregunta que todo el mundo hace. Como las personas que quieren un consejo gratis de un médico. Estás limpia, te lo prometo. No hay fantasmas.

Bajé la mirada y me centré en arrastrar un triángulo de crepe por un charco de arándanos rojos sin que temblara el tenedor. Mi madre y mi padre se unieron a Marion en mi cabeza, detrás de mí como un ramo de rosas de niebla. Casi me resultaba tranquilizador imaginar a Marion con los tonos grises de la muerte. A menudo se aparecía ante mí en el tono verde del mundo del espejo o, mucho peor, con los colores de una chica viva perdida.

No, no, no, me dije, y fue lo más próximo a una oración que pronuncié nunca.

Linh seguía educadamente con la mirada fija en el plato.

—Es extraño —señaló, como si no me estuviera desmoronando—. Da igual la cantidad de azúcar que coma, mis propios fantasmas no se acercan a mí. Puedo llegar a tres generaciones de difuntos de otra persona para encontrar una receta de arroz *jollof*, pero ni siquiera preguntar a los míos…

Se quedó callada, mirando el plato, mientras se pasaba las uñas por las puntas de color melocotón. Entonces me miró a los ojos.

—¿Resolviste el problema con aquel espíritu?

Me reí sin gracia.

—Yo no lo diría.

—Me sentí mal por lo que hice. Te eché. Tendría que haberte escuchado al menos.

—Me alegro de que no lo hicieras. Nadie salió bien de aquella situación.

—¿No estás bien?

Por su forma de preguntarlo me dio la sensación de que quería saberlo de verdad. Así que se lo conté.

—No tengo trabajo desde hoy e incluso cuando lo tenía apenas podía permitirme mi mitad de un estudio. Mis padres están muertos. Tengo una amiga y ella nunca lo diría, pero sé que soy una carga. Y cada mañana, cuando abro los ojos, pienso: «¡Estoy deseando irme a la cama esta noche!».

Me reí. Linh, no. Se llevó la taza de azúcar húmeda a la boca y me di cuenta de que estaba calculando lo que quería decir.

—¿Necesitas trabajo?

—¿En serio? —Me incliné hacia delante—. Sí. ¿Están contratando en la Metro? Cumpliré pronto diecinueve, ¿es suficiente?

—En la Metro, no. Esto es más bien… algo *freelance*.

Tardé un segundo en entenderlo.

—Ah. No, lo siento, ya no hago magia.

Se detuvo al escucharlo, con el tenedor con salmón ahumado a medio camino de la boca.

—¿No haces o no puedes?

—No. No hago.

—¿Quieres contarme por qué?

Negué con la cabeza.

—Bien. Pero… —Levantó una mano, con las uñas violetas cortadas perfectamente y anillos tachonados con trozos de cianita azul—. Antes de que digas que no, escucha mi discurso.

—¿Tienes un discurso?

—Y te voy a invitar a desayunar. Toma más café, es gratis rellenarlo. Bueno, magia. —Se llevó la mano a la barbilla—. Es la cosa más solitaria del mundo.

Una docena de recuerdos diferentes me golpearon la cabeza de pronto, un montaje cinematográfico con fotogramas superpuestos de cómo era cuando formaba parte de un aquelarre de tres. *No. No lo es*, pensé.

¿O tenía razón Linh? Incluso cuando comenzábamos y terminábamos juntas, había un momento en todos los hechizos en el que solo estabas tú y la magia. «Es como dar a luz. Si tienes suerte, entras con pareja y sales con un hijo. Pero en medio estás sola», le dijo una vez una practicante a Fee.

—Casi nadie en esta ciudad puede hacer lo que yo —continuó Linh. No estaba alardeando, sino compartiéndolo—. Por lo que no tengo un círculo, ¿entiendes? Un círculo de poder al menos. En lugar de eso tengo un negocio.

—Un negocio para practicantes. —Me crucé de brazos y me retrepé en el banco de madera—. Pero yo no hago eso. ¿Necesitas una secretaria?

Me miró de arriba abajo, como si estuviera evaluándome para algo que tenía en mente.

—Algunas de las cosas que vendemos son reales, pero otras son puro teatro. Necesito a alguien que sepa cómo es cuando funciona, cuando se siente. Alguien que haga que la gente crea que está viendo el trato de verdad.

—Necesitas a una farsante.

Arrugó la nariz.

—Necesito a alguien que pueda apreciar el lado teatrero de la magia. Que haga que la gente quiera creer.

—Ah. Necesitas a una farolera.

Me sonrió.

Alcé brevemente los ojos al techo.

—Yo no llevo sombreros puntiagudos, Linh. También soy alérgica a los gatos. No tengo una sola capa. ¿Seguro que me quieres?

Se echó a reír.

—Tienes ese pelo rojo. Rojo de verdad. Mi abuela te habría perseguido por la calle para hacerte una foto. Cien dólares el bolo y nunca estarás allí más de dos horas y media. A veces serán menos de dos.

Descrucé los brazos.

—¿Cien dólares?

—Después de que lleve a cabo mi parte.

—¿Qué es un bolo? ¿Cuántos a la semana?

Solo respondió a la segunda pregunta.

—Siendo realistas, dos. Aunque a veces tres. Está a punto de empezar la temporada alta, de mayo a septiembre. Tengo uno esta noche, puedes venir conmigo y decidir después de ver cómo funciona.

Ya había decidido. Ni siquiera pregunté qué tenía que hacer. Me enteraría pronto.

CAPÍTULO TREINTA Y CUATRO

Otro lugar

Marion espiaba a Dana sin remordimiento. Se saciaba con la vida de Dana, con cómo bebía té y se arañaba las botas con las hojas del suelo y apoyaba la cabeza en la ventana del tren para descansar. Té de verdad, ventanas de verdad. Dana dormía, comía, se enfadaba y se chocaba con otras personas, e incluso cuando parecía triste, también parecía real. Afilaba la ira de Marion como una punta de diamante.

Ver todo lo que había perdido ella casi la destrozó. Sí, la destrozó, y cuando se recuperó comprendió todo con gran claridad.

Dana tenía el mundo entero. Una ciudad llena de extraños y luces de colores y la mano en la cabeza suave de un pitbull, arrodillada en la acera para acariciarlo mientras su dueño esperaba impaciente. El traqueteo del tren sacudiendo la lluvia en su pelo. Croquetas de patata calientes con restos de kétchup, duchas.

Lo tenía absolutamente todo excepto esto: la visión para estar preparada. La habilidad de ver llegar a Marion antes de que fuera demasiado tarde.

CAPÍTULO TREINTA Y CINCO

La ciudad
Entonces

Despedidas de soltera. Ese era mi nuevo empleo. Linh me subcontrató para adivinar el futuro, leer auras y palmas de las manos, hacer pequeños trucos a chicas borrachas que bebían cócteles con pajitas con formas de escroto y con penes con purpurina en la cabeza.

Me ponía un vestido largo blanco con el que probablemente había muerto alguien y antes de cada bolo me pintaba dos círculos siniestros con colorete y me peinaba el pelo hacia atrás como una lámina de Waterhouse.

—Una niña muy victoriana —comentó Fee cuando me vio. No aprobaba por completo mi regreso a la magia, o a su pariente en la sombra, pero dejó de poner los ojos en blanco bastante rápido.

Por rara que fuera la cosa, casi me gustaba el trabajo. Y no se me daba mal. La magia que fingía poseer era muy teatral, todo lo hacía con un guiño. A veces tenía alguna percepción real (la sonriente novia con los pies helados, la dama de honor con veneno en el corazón), me apoyaba en esa sensación como una exfumadora cerca del humo de otras personas. Pero nada de lo que tocaba en esos días tenía más que una débil similitud con la luz blanca cegadora de la magia real.

Los grupos de trabajo convirtieron mis tendencias nocturnas en todo un estilo de vida. Cenaba en medio de la noche y dormía por la mañana con una camiseta encima de los ojos. En verano estaba bien, me despertaba en la hora dorada, pero a partir de octubre no veía nunca el sol. Cuando Linh me recordó que habría menos trabajo por un tiempo, supe que tendría que buscar algo que hacer hasta la primavera. Empecé a rellenar solicitudes en locales de mi vecindario, pues el vacío tonificante del futuro apremiaba.

Mi último trabajo fue un viernes curiosamente cálido de noviembre, justo después del breve ajetreo de Halloween. Otra despedida de soltera, me dijo, pero cuando llegué parecía una fiesta en una casa con botellas de cerveza, hummus y gente fumando en las ventanas. Estaba sonando Spoon cuando la novia abrió la puerta. Era una mujer negra en la veintena con una camiseta sin mangas, un mono y unas gafas grandes sexis.

—Tú eres la lectora, ¿no? Me encanta el look.

Me llevó por el apartamento a una habitación que estaba al fondo. Las ventanas estaban abiertas a una noche atípicamente cálida, los fresnos desnudos presionaban sus ramas contra los cristales.

—Bien, prepárate. —La novia levantó un hombro—. Te traeré comida. ¿Cerveza o vino?

—Agua, por favor.

Cuando salió, miré a mi alrededor. Un puñado de joyas de cobre y con cuentas en cuencos tibetanos grabados alineados en la parte superior de una cómoda. Un tapiz en tonos joya colgado sobre una cama con sábanas de color azul mediterráneo. Examiné las estanterías. Ah, académicos.

La novia regresó con un plato de papel con salsas de colores pardos, ensalada con semillas, un pegote oleoso de pesto, y luego me dejó sola. Me senté en el alféizar de la ventana y me quedé mirando los árboles. Transcurrió una hora y la música pasó de *R&B* a *new wave*, a *soul*, a una canción cursi de la radio que hizo que todos los invitados aullaran. ¿Se habría acordado la novia de contar a sus amigas que yo estaba aquí? Me acerqué a la estantería y elegí un libro, volví a la ventana y me puse a leer.

Entra en el jardín, Maud,
pues el murciélago negro de la noche ha volado.
Entra en el jardín, Maud,
estoy solo aquí en la puerta.

Se abrió la puerta. Un centímetro y después entera.

Por primera vez en años, tuve una visión extraña: vi su aura antes de verlo a él. Azul, azul, azul. Me vinieron a la mente las palabras de Fee del día en el que hicimos nuestro primer hechizo. «Pareces un regalo envuelto de cielo». Sé que me quedé mirándolo demasiado tiempo. Hasta que se rio y entonces lo enfoqué.

Un hombre blanco, probablemente de veintipocos, delgado y bronceado. Camiseta blanca, gafas de Elvis Costello, pelo oscuro de *rockabilly*.

—Tu aura —señalé sin pensar—. Es del color más bonito que he visto nunca.

Volvió a reírse un tanto sorprendido.

—¿Eso es... una frase para ligar?

—No —respondí. Recuperé la compostura. No se podía flirtear así. Por lo que yo sabía, él era el novio.

Vio el libro que tenía en las manos y se le iluminó el rostro.

—Me encanta ese poema.

Por la puerta entró una canción nueva, pop, y un coro de voces se puso a cantar. Ladeó la cabeza en dirección al coro y comenzó a recitar.

—«Y el alma de la rosa entró en mi sangre cuando la música estalló en el pasillo».

Levanté los hombros.

—Oh, no tienes que... Por favor, no hagas eso.

—¿Que no sea el capullo que recita a Tennyson a las chicas en la fiesta?

Hanson seguía cantando en la distancia.

—¿Ha funcionado alguna vez?

—¿Alguna vez? Seguro que a Tennyson le funcionaba. Pero a nadie más.

Sonreí sin querer.

—¿Quieres una lectura o qué?

—El aura más bonita que has visto nunca. ¿Qué hago después de eso?

—Bueno —dije al recordar que ya me habían pagado—, eso depende de cuánto te gusten las sandeces. Puedo hablarte de tu aura y de lo que significa. Puedo leerte la mano.

—Pero son sandeces, ¿eh? —Se sentó en la cama con las rodillas señalando las mías—. ¿No se supone que no deberías decirme algo así?

Tenía los ojos marrones y las manos grandes alrededor de una botella de cerveza Rolling Rock. Y un pelo increíble.

—Esto es lo que no debería decirte —repuse—: Es real. La magia es totalmente real. La sandez es creer que hay alguien que quiere escuchar su futuro de verdad.

Sonrió sin creerse una palabra.

—¿Cómo te llamas?

Era mono, decidí. Alto. No creía que fuera el novio. Ya podía ver la forma en la que miraba justo antes de abrirme la puerta de su apartamento. La sonrisa tímida, conspiratoria. Vi los contornos de su casa. El montón de libros y papeles, el olor a desodorante de soltero y comida para llevar si tenía suerte, y a pipí de gato y moho si no la tenía. No me importaba mucho, solo quería pasar unas horas dentro del aura del color del cielo.

—Dana —respondí.

Supe por cómo movió el cuerpo, entusiasmado y contento, que había notado la decisión en mi rostro.

—Encantado de conocerte, Dana. Yo soy Rob.

Algunas de las cosas que me dijo Rob. En noviembre y diciembre y el año siguiente.

—Dios, es muy rojo. Como una cera. —Estábamos tumbados en la hierba seca de Winnemac Park. Rob se inclinaba sobre mí para que no me molestara el sol del invierno—. Es lo primero que quise hacer cuando te conocí. Meter las manos en tu pelo.

En el restaurante donde preparaban pato a la pequinesa, debajo de mi apartamento, con las gafas empañadas por el vapor.

—Eres mi novia, ¿no? Porque creo que sí, pero me he despertado en mitad de la noche preocupado.

En la librería Powell's de la avenida Lincoln, susurrándome al oído mientras yo buscaba en la mesa atestada de libros:

—Antes trabajaba en la tienda de la Cincuenta y siete. Sigo teniendo una llave.

Tumbados en su cama al lado de la ventana por la que entraba la luz de la calle. A principios de febrero y fingiendo ambos que no recordábamos que hacía exactamente tres semanas que nos habíamos conocido.

—Sé que no quieres que lo diga. —Su aliento cálido en mi pelo—. Sé que no estás preparada para oírlo. Pero Dana...

Me senté bajo la luz. Tenía suerte, el apartamento olía a libros, café y colada húmeda. Y a él, un olor que se me había pegado, que me inquietaba, inflaba, oprimía y mareaba al mismo tiempo. A veces, cuando Rob estaba dormido y me abrazaba con fuerza, mi cerebro me decía: «Corre, corre, corre». Cuando estaba despierto, me abrazaba suave. Como si fuera un gorrión en su mano, una criatura salvaje que podría echar a volar al primer signo de unos dedos aferrados a los míos.

Salí rápido de su cama.

—No me conoces tan bien.

Se sentó y me miró. Los contornos desdibujados de mi cuerpo, pues no se había puesto las gafas. Tenía la cara en la sombra, el torso suavemente iluminado, como si fuera una pieza de una colección de estatuas.

—Te conozco todo lo que me permites conocerte. Quiero saberlo todo.

—Esa es una respuesta infantil. Y una mentira. Nadie quiere saberlo todo.

Tenía el pelo de punta, como una ola en un vídeo sobre surf.

—Cierto. Pero yo quiero saber más. Me encanta... Me encantan las cosas que sé. ¿Eso puedo decirlo?

Yo tenía el cuerpo caliente y frío, quería quedarse y marcharse; estaba anclada al lugar por presiones diferentes.

—Sabes todas las cosas buenas y casi ninguna mala. A mí también me encanta lo que sé acerca de ti, ¿de acuerdo? Me encantan tantas cosas que me marea pensar cómo va a ser. Cuando conozcas las cosas malas de mí.

Cuando dije «encanta» su rostro se suavizó. Cuando lo repetí, supe que no iba a llegar a ninguna parte. Al menos esa noche.

—¿Qué puede ser tan malo? —preguntó con tono suave. Tenía veintitrés años, pero era en cierto modo más joven que yo con diecinueve—. ¿Estás casada? ¿Perteneces a la mafia? ¿Te subes en el lado contrario en las escaleras mecánicas? ¿Has matado a alguien?

Entrelacé las manos detrás del cuello, deseando que no captara el temblor en mi garganta.

—No lo hago a propósito. No estoy fingiendo, no trato de ser misteriosa.

Se puso las gafas y entonces me miró de verdad.

—Nunca pensaría eso de ti. Solo te estoy pidiendo que confíes un poco en mí. Que me dejes conocerte mejor.

Mi universitario. Mi hombre serio. Todavía le gustaba tocarme el pelo encima de la almohada cuando me estaba quedando dormida.

—Vale —dije, y volví a meterme en la cama.

—¿Vale? —repitió en mi cuello.

—Sí.

Llevé a Rob a conocer al tío Nestor. Apareció con una botella de vino que era cinco dólares mejor que la que solíamos beber y enseñó a todo el mundo a jugar al *cribbage*, un juego de cartas. Fee lo había visto ya varias veces y para cuando terminó la noche a mi tío también le encantaba.

En mayo me sentía mal, perforada, el mundo se me echaba encima de formas incorrectas. La comida olía extrañamente dulce, como un plátano en mal estado. Estaba sirviendo mesas en un restaurante griego de Lincoln Square, a poca distancia a pie del apartamento de Rob. Era un jueves por la noche demasiado cálido de junio y el olor fuerte del *saganaki* me envió al baño a vomitar.

Cuando salí, la camarera que menos me gustaba estaba esperándome. Phoebe, de ojos negros de rata, la única chica del personal que hablaba griego, por lo que el jefe le dejaba pasar cualquier cosa.

—Es de Gabriel, ¿no? —dijo. Gabriel era un cocinero de unos cincuenta y algo al que le gustaba seguir a las chicas a la sala de enfriamiento de alimentos—. Si eres amable, te puedo llevar en coche a planificación familiar.

—No me hables, joder —protesté, pasando junto a ella y dándole con el hombro.

—¿Perdona? —Esbozó una sonrisa—. Eh, zorra.

Oía un pitido en la cabeza, agudo y helado. Era una cancioncilla. Un recuerdo de la noche en la que abrí por primera vez mis manos a la magia.

Tenía una caja de cerillas en el bolsillo del delantal. Saqué una, la encendí y pronuncié dos sílabas. Phoebe gritó cuando el aplique que tenía al lado de la cabeza estalló y le llovieron cristales en el pelo.

Corrí al Walgreens y oriné en el palito en el servicio de un baño. La luz era tan tenue que tuve que darle varias vueltas antes de poder ver el resultado. Después envolví el palo en papel higiénico y lo tiré a la basura.

Con la frente apoyada en la madera húmeda de la puerta, escuché la gramola aullando al otro lado de la pared. *Dame algo, alguna pista*, pensé. Al otro lado de la puerta se oyó el principio de *Stratford-on-Guy*.

Subí a un taxi que no podía permitirme para llegar más rápido a casa. Desde la calle vi a Fee moviéndose en la ventana. Subí las escaleras corriendo, me resbalé cuando subía a la segunda planta y me caí sobre una rodilla. El golpe hizo que me agarrara el vientre y que pensara por primera vez en lo que llevaba dentro. No en la idea de lo que había, sino en la criatura.

Fee ya iba hacia la puerta cuando la abrí. Me había oído caerme.

—¿Qué ha pasado?

Me apoyé en ella como una nadadora ahogándose.

—¿Te acuerdas de cuando éramos unas niñas y sabíamos que una de las dos moriría joven? ¿Como tu madre cuando naciste tú y dejó sola a mi madre?

Ya tenía los ojos húmedos.

—Estoy embarazada.

Mi mejor amiga inspiró, no fue un gemido exactamente. Me abrazó con fuerza bajo la luz verde.

CAPÍTULO TREINTA Y SEIS

Otro lugar

La casa de la ocultista era un reino entre la vida y la muerte, podrido por su propia inmutabilidad. Marion estaba en la víspera de los dieciocho y Astrid tenía treinta años, eran las 08:46 a. m. y la luz de una larga noche todavía se colaba por cada ventana. No había sustancia en nada aquí, no había corazón. El licor no te emborrachaba, la música no te emocionaba, la comida se evaporaba en la lengua. Hasta a la fruta sin sabor del patio le faltaba el hueso en medio y tenía tan solo cavidades negras.

La excepción era la biblioteca. Ya fuera porque Astrid soñaba con un gran detalle de su contenido o porque poseían su propio encantamiento, los libros estaban completos. Tangibles, legibles, rebosantes del único sustento que seguía anhelando Marion: información.

Entre los grimorios había historias, libros de hechizos, mitos y leyendas. El jardín de una bruja con flores envenenadas. En la casa no importaba si Marion era natural, si tenía intención o la fuerza para soportar el coste, o un aquelarre que la apoyara. Este lugar era pura magia. Absorbió su temible atmósfera. La diluyó y la endureció, y con el tiempo la transformó en algo tan soso y superficial como las ciruelas del invernadero.

Lo convirtió en un lugar superficial en el que metía amuletos, maldiciones, hechizos, encantamientos y estatutos celestiales. Solía aprovechar cualquier oportunidad de demostrar que era digna de la magia, que estaba lista para sufrir, morir o matar por ella. Ahora sencillamente era práctica. El conocimiento y la fe es todo cuanto necesitas, además de la voluntad templada por el tiempo.

Y cuando no estaba practicando magia, Marion tenía sus ojos celosos fijos en el mundo en expansión de Dana. Alimentaba su furia, mantenía su luz viva. La rabia y el tiempo eran lo único que tenía y lo usaba. Sabía que estaría lista cuando llegara el momento.

El tiempo en el cristal de contemplación se movía el triple de rápido. Dana se quedó embarazada, se casó, tuvo un hijo que salió tan rápido como un pececillo, con pelo espeso y ojos azules. Su vientre empezaba a hincharse de nuevo cuando dejó la ciudad y se fue a una casa en los suburbios con nombre de brujería. *Woodbine. Madreselva, parra, enredadera de Virginia*, susurró el cerebro de Marion.

El segundo embarazo fue más duro que el primero. Engordó por el centro del torso, pero estaba esbelta por el resto del cuerpo. No retenía nada de lo que comía. Marion nunca sintió pena. Pero cuando se acercaba el momento de dar a luz sintió algo. Una sensación eléctrica de nervios, un temor placentero. Marion sabía algo que Dana no: esta sería una niña.

El dolor comenzó en medio de la noche, despertando a Dana y reduciéndola a un animal fiero. El kilómetro y medio que separaba la casa del hospital fue un trayecto de semáforos en rojo. La llevaron corriendo por los pasillos en una silla de ruedas, un cuerpo sudado con piernas de alambre, y luego la dejaron tumbada en una habitación de paredes verdes.

Astrid despreciaba a Marion y su cristal de contemplación, pero en esta ocasión estaba junto a su hombro, observando con ella. Lo único que interesaba a la ocultista eran las amargas reglas de la vida y la muerte. Marion sabía que estaba allí para presenciar la muerte de Dana.

Cuando entró la Muerte, Astrid siseó entre dientes. Tenía la forma de un perro de pelo oscuro humeante que se paseaba por los rincones estériles de la habitación con un ojo fijo en la mujer de la cama.

Sí, pensó Marion, y *no*. Se quedó sin aliento, el corazón le martilleaba en el pecho. Se sentía... humana. Casi. Le dolían los ojos. Astrid se cernía sobre su hombro y las dos observaban para comprobar quién ganaría.

Dana miró con valentía al sabueso. Pareció reconocerlo. Estaba moviendo la boca, pero no se la oía con las máquinas y los esfuerzos de las personas que trabajaban para conservar su espíritu dentro de su piel. Ninguno de ellos comprendía que lo único que importaba era el campeonato de su mirada amotinada frente al perro que era la Muerte.

La piel de Dana era del color de las gachas y resaltaba con su pelo estridente. Se agarró varios mechones y tiró y tiró.

Empujó.

CAPÍTULO TREINTA Y SIETE

Suburbios
Entonces

Hubo un momento justo antes de que llegara Ivy en el que el mundo entero se volvió poroso. Cuando la onda se estrechó y vi el gran alarido de la nada detrás y dejé de tener miedo porque pude sentirla. Ella necesitaba que fuera valiente.

Existe la magia de los objetos, la magia compasiva y la magia tan cruel que ostentarla es como envolver un puño en un cuchillo sin mango. Y existe la magia nacida de la voluntad pura, silenciosa. No; pura, no: la voluntad turbia y espesa por la pena y el terror, por el amor en todas sus formas.

Con toda mi voluntad y mi corazón herido, busqué a la criatura que nadaba y luchaba en el centro de mi cuerpo.

Sal. Sal, pequeño, le dije.

La criatura, el bebé, se retorció en su casa. Tenía miedo. Sabía de qué tenía miedo y volví a mirar al perro de ojos negros. *Aún no*, le dije. La fuerza del pensamiento hizo que se escondiera en el rincón. *Un día, pero no ahora.*

El animal se dio la vuelta y luego se esfumó con forma de humo por la ola del mundo. Cuando desapareció, volví a hablarle a mi bebé. *Sal, yo cuidaré de ti si sales.*

Llegó Ivy. Con pelo rojo y los ojos feroces de alguien que quiere poner una queja por todo esto, por el tamaño y la luz y el frío. No pudo llorar de inmediato, tenía el cordón alrededor de la garganta como un colgante, pero sabía que viviría.

Cuando al fin la dejaron en mis brazos, pensé en huesecillos de pájaro y cáscaras de nueces. Calma, solía decirme, pues no quería que Hank se sintiera asfixiado ni que Rob se preocupara de que fuera a morirme si se hartaba de mí y me dejaba. Pero ella era tan nueva que ni siquiera me podía ver. Me aferré a ella tan fuerte como deseaba.

Me sobrevino por la noche. En aquellos interminables primeros días, en aquellas horas frágiles de la noche. Cuando la amamantaba antes del amanecer, la única persona despierta en el mundo. Me sobrevino el miedo por lo que podría haber hecho. Porque podría haber alterado a Ivy de algún modo, su naturaleza o su química. Que al llegar hasta ella con amor y voluntad y magia, hubiera despertado algo en ella que debía de permanecer dormido.

Lo consideré aterrada, lo imaginé con orgullo. Con los años la ansiedad disminuyó, pero no desapareció nunca. Y cuando tenía seis años, Ivy demostró que mis sospechas eran acertadas.

CAPÍTULO TREINTA Y OCHO

Suburbios
Entonces

Ivy Chase tenía seis años. Le encantaban los patos, dibujar, el pastel de mantequilla y, últimamente, el hinchable morado en el que había estado saltando en la fiesta de cumpleaños de su amiga Shawna.

Todas las noches desde entonces se quedaba dormida rápido para pasar más tiempo en el hinchable de sus sueños. Había estado perfeccionando la técnica una semana y esa noche fue glorioso. La casa hinchable era tan escarpada y abrumadora como un barco. El aire olía a buñuelos. La hierba era tan esponjosa que se agachó para pasar las manos por las briznas suaves. Si su madre pudiera ver lo increíble que era, entendería que la fiesta de cumpleaños de Ivy necesitaba un hinchable.

Todavía dentro del sueño, el cuerpo de Ivy temblaba de emoción al comprenderlo. No había motivo para que su madre no pudiera verla. Estaba justo al otro lado del pasillo.

Ivy había empezado a sospechar que sus sueños (vastos, lúcidos, totalmente moldeables, aunque ella no habría usado ninguna de esas palabras) eran inusuales. Fue la tía Fee quien la avisó. Ella no paraba de hablar y hablar sobre el sueño que había tenido y la expresión de la tía era cada vez más seria. Cuando Ivy se quedó callada, incómoda, su tía sonrió.

—Es increíble —dijo—. Háblame de otro. —Pero Ivy le dijo que no recordaba más.

Ahora pensaba en todo esto. En el mundo de sus sueños ella era una reina. Si quería, podía volver la hierba morada o hacer que llovieran bolitas de helado del cielo sin nubes, o que saliera un perrito corriendo del hinchable y se le lanzara a los brazos. Podía mostrárselo también a su madre.

Cuando se concentraba, podía sentir a su madre al otro lado del pasillo. Esa era una de las mejores partes de soñar: aunque no estaban con ella, Ivy podía sentir a mamá, papá y Hank durmiendo. Eran tres tipos de calidez diferentes.

De pie a la sombra del hinchable, cerró los ojos y buscó el calor azul, como el del fuego, que pertenecía a su madre dormida.

Aquí. Ivy se aferró a ella. Tiró y ni siquiera tuvo que ejercer mucha fuerza. Su madre entró en el sueño.

Tenía el rostro vacío. Estaba de pie en la hierba, desviando la mirada de una cosa a otra, apartándola del sol. Y entonces se encontró con Ivy.

—Hola, mamá.

Las pupilas de su madre se dilataron como manchas de tinta. Abrió la boca, pero Ivy oyó dos gritos fuertes: uno en el sueño y el otro fuera de él, al otro lado del pasillo.

La conmoción la despertó. También el ruido. Un latido, dos, y su madre entró con una camiseta y pantalones, el pelo radiante como el de una valquiria. Ivy tenía los ojos abiertos, pero su madre acercó una mano a su corazón, como si no creyera que su hija estuviera bien hasta que no notara el latido. Entonces la abrazó.

—¿Cómo has hecho eso? —le preguntó en un suspiro.

—No lo sé —respondió ella y añadió a la defensiva—: ¿El qué?

Su madre se apartó y se pasó el dorso de los dedos por las mejillas húmedas. Ivy veía que estaba pensando.

Entonces, despacio, su madre cerró los ojos. Tenía la boca abierta y la cabeza se mecía en el cuello como un alga marina. Ivy la contemplaba con el corazón acelerado. Pasó al menos un minuto entero y entonces abrió los ojos.

—¿Has perdido el reloj que te dio papá?

Ivy se sintió confundida, luego molesta. Su padre le había prestado un reloj sumergible para un juego y sí, lo había perdido, pero eso no tenía nada que ver con nada.

—Eh. —Su madre le dio un golpecito en la rodilla—. No estás metida en problemas, Ivy. Yo... estoy aquí, te enseñaré.

Se movió como un pájaro que vadeaba el agua a la luz dorada de la noche y se agachó delante de la estantería. En la fila de abajo, colocada en horizontal sobre otros libros, había una copia de *El juego de Westing*. La tomó y sacó el reloj de entre sus páginas.

Ivy la miró a ella y al reloj, tratando de adivinar el truco.

—¿Cómo sabías que estaba ahí?

—¿Cómo me has arrastrado a tu sueño?

Ivy tensó la mandíbula.

—Tú primero.

Su madre sonrió. Sonrió de verdad, la clase de sonrisa con dientes que te daba calor en el vientre. Hasta ese momento, Ivy había pensado que estaba metida en un lío.

—Mañana por la mañana —señaló su madre— nos contaremos cómo lo hemos hecho. ¿Hay trato?

Se estrecharon la mano. Al día siguiente comenzó la segunda vida de Ivy.

CAPÍTULO TREINTA Y NUEVE

Suburbios
Entonces

—Algunas clases de magia son para todo el mundo. Hacer crecer cosas, el tiempo. La luna nos pertenece a todos. Uñas, saliva. Puedes cuidar de ti como de un jardín.

No le hablé a Ivy aún sobre lo que tuviste que hacer. Había suficiente de mí en ella y lo descubriría pronto.

—Algunas clases de magia son solo para ti, la magia que crece en tu sangre. Todo el mundo está alimentado por diferentes ríos, distintas tradiciones. Magia popular, magia en los mitos, tenemos mucha en nuestro árbol. Tienes que tener cuidado, tienes que apartar la mirada de la de otras personas. Tu tía y yo... —Aquí caminé de puntillas en torno al gran barranco del centro de todo lo que le había contado a mi hija—. Aprendimos de jóvenes a no vaciar ríos que no nos pertenecen.

—¿Vaciar? —Ivy arrugó la suave frente.

—Robar. Tomar prestado, si prefieres excusarlo. Pero no, cuando seas mayor podremos indagar más en lo nuestro. Por ahora vamos a ceñirnos a cosas universales.

Pensaba que el pozo del que sacaba mi magia había estado siempre contaminado por el don de Astrid. Si me mirabas con rayos equis, podrías ver su sombra proyectada sobre mis huesos. Pero la magia que recuperé cuando empecé a trabajar con Ivy era muy pura. Corría dentro y fuera de mí como sudor limpio.

La magia fue amable con Ivy desde el principio. Fee y yo comenzamos con cosas sencillas: infusiones sanadoras, rituales de limpieza, guías del tarot. Amuletos de la suerte, encantos de memoria, manipulaciones de la energía que la hacían chillar de placer, haciendo que, con un chasquido de los dedos, la luz saltara de una vela a otra.

Ivy era una buena alumna. No trabajaba con la calidez de Fee, ni con el fervor de Marion ni con mi incesable pasión por hacer listas y cumplir tareas. La magia era para ella un libro vivo lleno de historias, secretos y contradicciones enloquecedoras. Le gustaba la rutina, la preparación física que llegó después del inicio.

La parte complicada fue convencerla de que se lo ocultara a Hank. Ella quería hacerlo partícipe de nuestro secreto, pero Rob se impuso. Rob, que tan solo conocía esto de mi historia: que había tenido una aventura juvenil con lo sobrenatural y que una chica a la que yo conocía había muerto por ello. Que a veces, después de una pesadilla, me alejaba de él, me hundía en mi piel hasta que el veneno se diluía lo suficiente para dejar que emergiera.

Hank hizo que a Ivy le resultara sencillo ocultarlo. Era un niño alegre que prefería ver el mundo en blanco y negro; no percibía las sombras grises. Ellos eran mi cuento de hadas, mi niño diurno y mi niña nocturna, uno dulce e irreflexivo, la otra curiosa y mordaz. Crecieron, una con magia y otro sin ella, pero los dos tan buenos que me sentía afortunada. Era muy afortunada.

¿Y si podía ser afortunada?

Tras la noche del hinchable, Ivy me prometió que nunca volvería a arrastrarme a sus sueños sin mi permiso. Después de eso, dejó de hablar de los sueños y supuse que lo había superado. Hasta una mañana de invierno en la que me despertó nerviosa porque había soñado con un árbol estrangulado.

Recuerdo el humo blanco de nuestro aliento, el repiqueteo de nuestras botas sobre la nieve. Su forma menuda en el abrigo de Hank con el cuello de pana conduciéndome por la reserva forestal. La búsqueda terminó en un avellano sin hojas envuelto por una masa de enredaderas pegajosas y puntiagudas; lo único verde que veíamos. Había un círculo alrededor del árbol que no tenía nada, pero no era un claro exactamente. Había algo en ese círculo que no encajaba, la sensación era tan espesa y física que casi podías arañarla con las uñas.

Quitamos las enredaderas, arrancamos y salamos las raíces y quemamos todo lo que pudimos. Hasta que terminamos, no me pasó por la mente que interferir podía resultar peligroso. A la luz azul suave de la nieve, haciendo magia con mi hija decidida, no tuve miedo.

—¿Qué has soñado exactamente? —le pregunté más tarde.

Se encogió de hombros.

—Ya te lo he contado. Vi el árbol y supe que tenía que encontrarlo.

—¿Has tenido antes sueños como este?

Volvió a encogerse de hombros y no me dio una respuesta.

—No recuerdo todos mis sueños.

Había algo solemne, casi propio de un druida, en la llamada del árbol a Ivy. La idea de que podía acceder a una magia tan ancestral me hacía pensar en una nadadora que evita el lugar en el que el fondo marino da paso a la profundidad.

Esa noche no pude dormir. Ivy no tenía diez años siquiera y yo no podía ya desentrañar los contornos de sus habilidades. Tampoco confiaba en que me contara toda la verdad si le preguntaba. ¿Dónde residían los límites de sus sueños lúcidos? ¿Podía espiar los sueños de otras personas? ¿Caminar por ellos? ¿Darles forma igual que hacía con los propios?

No lo haría, por supuesto. Sabía que no haría tal cosa, así que ¿qué más daba que pudiera hacerlo?

La pregunta me mantuvo en vela hasta el amanecer.

—Podría hacerlo.

Ivy con diez años, los puños apretados, frustrada, porque le había dicho que bajo ninguna circunstancia podía lanzar un maleficio a un compañero de clase.

—Pero no lo vas a hacer.

—¿Cómo lo sabes?

—Porque —comencé, deseando que mis palabras fueran una red protectora, una magia corriente propia de una madre— confío en ti y tú confías en mí. Y te estoy diciendo lo que ya sabes: los maleficios son magia oscura. No son gratuitos.

—Es normal que quiera maldecir a sus enemigos —me dijo Fee más tarde—. ¿Qué niña de diez años no va a querer hacerlo?

—Y observar a otra persona —le conté—. O como lo ha dicho ella: espiar a la gente para ver lo que piensan de ella de verdad.

Sabía lo que iba a decir Fee antes de que lo dijera.

—Tienes que hablarle de Marion. Dale la oportunidad de comprender por qué. Ahora piensa que la estás reteniendo por placer. No dejes que te vea como una adversaria en esto.

Lo había dicho una docena de veces ya. Y respondí como hacía siempre.

—Claro que le hablaré de ella. Cuando sea un poco mayor le contaremos todo.

Era la vergüenza lo que me impedía hacerlo. Fee y yo lo sabíamos.

Es una buena chica.

Lo repetía para mis adentros como si fuera un salmo. Y era verdad, pero eso no alteraba el hecho de que Ivy sentía atracción por la magia moralmente cuestionable como una abeja por el borde de una lata de Coca-Cola. Era curiosa, imprudente, problemáticamente valiente. Y era más fuerte que yo. Acorralar sus habilidades con tareas menores cada vez se parecía más a tratar de dirigir un fuego divino por los túneles claustrofóbicos de una granja de hormigas.

Trabajar la magia la había distanciado de otros niños de su edad. Era demasiado calmada, inmune a la influencia de otras personas. Tenía amigos de fútbol, amigos del campamento, amigos del colegio, pero no tenía amigos, amigos.

Hasta que una familia se mudó al otro lado de la calle el año que ella cumplió ocho. Un padre, un bebé y una bomba de siete años con la cara pecosa llamada Billy.

Yo no había reparado de verdad en que Ivy era una niña solitaria hasta que apareció él y se mezclaron como dos gotas de agua que se encontraran en una ventana. Ivy asintió con seriedad cuando le recordé que la magia era un secreto que ni siquiera Billy podía conocer. Los meses se convirtieron en años y no se produjeron explosiones, pero no era idiota: el niño de la calle de enfrente sabía algo.

Miré un día por la ventana y los vi en la hierba, al fondo del patio. Los dos miraban el suelo que había entre ellos con la quietud que poseían los estudiantes. No veía lo que estaban mirando.

Entonces el rostro de Billy se iluminó. Ivy le sonrió y él le devolvió la sonrisa. Sabía qué aspecto tenía el orgullo en el rostro de mi hija y sabía que no le estaba enseñando algo ordinario.

Confirmé mis suposiciones. El chico de enfrente lo sabía todo.

Me estalló el apéndice en el peor momento posible. Rob estaba en un viaje de trabajo, y Fee y el tío Nestor estaban visitando a su familia en San Antonio. Hank estaba atravesando una turbulencia emocional de la que se negaba a hablar e Ivy era una adolescente y una pesadilla. Yo no tenía muchas amigas madres, así que recurrí a internet: «¿Es normal que hija de doce años sea increíblemente desafiante?».

Al día siguiente Ivy entró en la cocina con mi ordenador portátil. En la pantalla aparecía mi búsqueda.

—Primero, aprende a borrar tu historial de búsqueda —comenzó—. Segundo, no soy desafiante, soy asertiva.

Me levanté demasiado rápido y me lancé a quitarle el ordenador de las manos. Igual de rápido, me agaché sobre las rodillas, dolorida.

Ivy se agachó a mi lado y me aferró la mano.

—¿Qué pasa? ¿Qué te duele?

Se lo mostré con los dedos, resollando.

—Oh, oh. —Parecía asustada y un poco entusiasmada—. Seguro que es el apéndice.

Quería probar un encantamiento de sanación y le dije que absolutamente no. Estaba todavía refunfuñando cuando apareció un vecino y nos llevó en coche al hospital. Ivy se quedó hasta tarde enseñándome vídeos en su teléfono, después otro vecino la llevó a casa. Tuve que quedarme toda la noche, el apéndice se había perforado de forma tan minuciosa que todo mi intestino estaba lleno de veneno.

—Muere gente por esto —me informó una enfermera con demasiado entusiasmo. Estaba enfadada porque me quejaba por todo lo que querían hacer. Necesitaba a Fee aquí, interfiriendo. Necesitaba que viniera Rob para llevarme a casa. Estaba furiosa con ellos por estar tan lejos.

Rob no consiguió un vuelo a casa hasta la mañana siguiente, pero los niños eran lo bastante mayores para mantenerse con vida por una noche. Estaba bien. Debía de ir bien.

Cuando volví a casa, supe de inmediato que no iba bien.

CAPÍTULO CUARENTA

Suburbios
Entonces

La madre de Ivy era una total hipócrita.

Estaba todo el tiempo hablando de equilibrio, responsabilidad y tener cuidado con lo que dejabas en el mundo y blablablá, cuando sabías bien que ella había hecho cosas malas.

Se apreciaba en su negativa a hablar de la red de cicatrices que tenía en la mano. El silencio abrupto que se producía cuando Ivy entraba en una habitación en la que estaban hablando su madre y la tía Fee. El tiempo tormentoso que azotaba la casa en ocasiones y hacía que su padre dijera: «Chicos, dadle espacio a vuestra madre».

Sobre todo, estaba en su mirada cuando Ivy hacía algo. Ivy era muy buena ya, muy fuerte; el orgullo de su madre debía de haber aumentado también. Pero ella parecía encogerse conforme Ivy se expandía, volverse más vigilante, más controladora y asustada. Si hubiera podido atrapar la habilidad de Ivy y romperla, probablemente lo habría hecho.

Ivy estaba segura de que tenía que ver con eso de lo que no hablaba, lo que había hecho. Esperaba que a su madre se le escapara algo o que la tía Fee desvelara el secreto. Pero como no pasó ninguna de las dos cosas, hizo otros planes.

Estaba esperando a una noche en la que sus dos padres estuvieran fuera. Se sintió un poco culpable porque sucedió cuando su madre estaba en el hospital, pero la culpa era una emoción poco útil.

Pasaban de las ocho. Hank estaba al otro lado de la pared viendo *Battlestar Galactica* y la luz suave del crepúsculo inundaba la habitación.

Ivy apoyó un espejo en el suelo. Echó una mezcla de aceites de claridad en siete espacios cruciales. Enrolló un mechón de pelo oscuro en el dedo anular derecho (lo había sacado del hombro de su mejor amigo, Billy) y pronunció un conjuro mientras hacía trazos con la punta del dedo sobre el espejo. La niebla se derramó en el cristal y desplazó su reflejo. Habló con voz firme y exigente.

—Muéstrame lo que está haciendo Billy ahora mismo.

De entre la niebla, como una foto sumergida en un líquido para revelar imágenes, apareció un niño con pecas y pelo oscuro mojado. Cuando vio lo que estaba haciendo (poniéndose una camiseta después de ducharse), Ivy chilló y se arrancó el mechón del dedo.

El chico del cristal dio paso a un vacío multicolor, una visión galáctica que teñía la habitación de una luz diáfana.

Ivy contó las inspiraciones y aguardó a que se le calmara la respiración. Podía oler su propio sudor bajo el olor especiado del incienso.

Había funcionado.

Pero solo había sido una prueba para ver si podía hacerlo. Ahora tenía que hacerlo de verdad. Era posible que la segunda vez no funcionara, se recordó. La pregunta que quería formular era vaga. Pero no sabía suficiente para enunciar una mejor.

Tomó otro mechón de pelo y se lo enredó en el dedo. Este era del mismo color que el suyo. Lo había sacado del cepillo de su madre.

Volvió a trazar el símbolo. Tenía la puerta cerrada con cerrojo, Hank llevaba puestos unos cascos, pero así y todo pronunció las palabras en un suspiro.

—Muéstrame el secreto de mamá.

Esta vez, la niebla acogió la pregunta como un estanque cuando detiene a una roca, con un impacto y luego con una ola. Cuando la ola mermó, Ivy vio en el espejo a una chica.

Se echó hacia atrás, las piernas desnudas tropezaron en el suelo de madera húmedo. Le costó contenerse y no arrancarse el pelo del dedo. La chica estaba inmóvil en el espejo, extraña y definida, enmarcada como el retrato de una persona desenterrada de una tienda de segunda mano. Piel pálida, pelo rubio y aspecto contenido. Casi parecía que le iba a devolver la mirada, pero así no funcionaba la observación. Ivy se armó de valor y se acercó más. Cuando lo hizo, la chica siguió el movimiento con sus ojos perturbadores.

Ivy gimió.

—¿Puedes...? —Tosió, nerviosa—. ¿Puedes verme?

Claro que no, el hechizo de contemplación era un espejo de una sola dirección.

—Sí —respondió sin embargo la chica.

Solo una palabra con una voz que sonaba desenterrada del fondo de un desván.

Se miraron durante un momento, la aparición paciente y la niña con la tirita de mariposas pegada en una rodilla.

—¿Quién eres? —preguntó Ivy. Lo intentó, pero el tono de exigencia que había usado había desaparecido.

—Soy una ocultista.

Ivy retrocedió, impresionada. Ocultista. Era un término más interesante que el de practicante que tanto le gustaba a su madre.

—¿Cómo te llamas?

La voz ronca de la chica iba ganando fuerza.

—¿Y tú? Nombre por nombre.

Ivy entrecerró los ojos.

—Seguro que ya lo sabes.

—Inteligente Ivy —dijo la figura del espejo—. Yo soy Marion.

El cumplido le infundió coraje. Cuadró los hombros.

—¿Qué tienes que ver con el secreto de mi madre?

La chica (¿o mujer? No estaba segura) sonrió por primera vez, estirando los labios alrededor de los dientes blancos.

—Yo soy el secreto de tu madre.

CAPÍTULO CUARENTA Y UNO

Suburbios
Entonces

A Ivy le pasaba algo. No era una persona fácil últimamente, pero al menos hablaba siempre conmigo. No obstante, cuando volví a casa después de que me extirparan el apéndice, ni siquiera me miraba. Estábamos a finales de verano y tendría que estar corriendo por ahí con Billy, desesperada por beberse las últimas gotas de la estación. En cambio, se pasaba el día encerrada en su habitación.

El tercer día entré y cerré la puerta.

Enfureció de inmediato.

—Fuera de mi cuarto —siseó, y cerró de golpe la libreta en la que estaba escribiendo y se la llevó al pecho. Había entrado con la intención de mostrarme paciente, pero su tono me puso de los nervios.

—Tu cuarto —repliqué y las palabras de mi padre me desgarraron al salir de entre los muertos—. ¿Cuándo has empezado a pagar un alquiler?

Enrojeció y se puso de pie.

—¡He dicho que te fueras! Tú… tú… ¡monstruo!

El mundo giró. Un vuelco mareante, y al otro lado mi vida había cambiado.

—¿Por qué me dices eso? —pregunté cuando pude volver a hablar.

—Sabes por qué.

Por supuesto que sí. La pregunta real era cómo se había enterado de lo que había hecho. Valoré formularla y vi una docena de formas de hacer que las cosas empeoraran. Lo único que me quedaba era la verdad.

Le mostré las manos. Me llevé una a la barriga, arriba de los puntos, y coloqué la otra encima. Después retrocedí hasta quedar pegada a la pared.

—Habla conmigo, Ivy. ¿Qué ha pasado mientras no estaba?

—Nada —respondió con la voz llena de rabia adolescente—. Pasó algo hace veinte años.

—¿Quién te ha contado eso? ¿Quién?

Debió de notar algo en mi voz porque en su expresión titiló una emoción aparte de la furia.

—He recibido una carta. No tenía remite. La he quemado, no puedes verla.

Maldita Sharon. Cerré los ojos y el alivio y el terror me recorrieron como una limonada con alcohol.

—Cuéntame lo que crees que sabes y yo te contaré la verdad.

—Ya, claro. —Se mordió con fuerza la piel del labio—. No quiero escuchar nada de ti. Excepto... —Se le iluminaron los ojos con esperanza—. Dime que no es verdad. Dime que no empujaste a tu amiga al infierno.

Solía mentir muy bien. Cuando era un mecanismo de supervivencia, cuando vivía con mi padre, las mentiras eran como respirar para mí. Lo único que necesitaba era compromiso absoluto y unas agallas que nadie esperaba ver en una chica. Pero últimamente estaba oxidada.

—Lo hice por un motivo —comencé e Ivy puso cara de espanto.

—Dios mío —exclamó. Quería que lo negara.

—Cariño, déjame terminar...

—¡No! —gritó tan fuerte que nos sorprendió a las dos—. ¡Vete! —chilló y levantó una mano. Retrocedí al pasillo a trompicones y la puerta me golpeó en el puente de la nariz cuando la cerró con un estruendo.

No dejaba que entrara nadie. Subía la música si intentábamos hablarle a través de la puerta.

Tras quince años de matrimonio, al fin le conté a Rob lo que había pasado con Marion. Modelé la historia y dejé fuera los peores detalles. Su respuesta no fue la que esperaba.

—A esto era a lo que te referías, ¿no? —Tenía las gafas puestas, pero los ojos desenfocados, graves—. Hace tantos años, antes incluso de que naciera Hank. La noche que iba a decirte que te quería.

No tuve que fingir que lo estaba pensando.

—Sí.

—Debiste contármelo entonces —dijo y salió de la habitación.

Esa noche me desperté de un sueño que no podía recordar, el cuerpo estremecido por el pánico. Necesitaba a mi hija. Necesitaba abrazarla, verle la cara. Cuando salí de nuestro dormitorio vi una luz extraña filtrarse por debajo de la puerta de su habitación. Era el tono frío de un cristal de contemplación.

Crucé el pasillo de tres zancadas, abrí la cerradura con un encantamiento de alarma que hizo que se me quedaran los dos dedos índices rígidos y se curvaran.

Ivy estaba sentada en el suelo con un espejo delante. El velo de la observación seguía en sus ojos y no reaccionó a mi presencia de inmediato. En el cristal oscuro del espejo había una cara, un cuello, hombros, vislumbrados por un lado, de modo que no se distinguían.

Sentí un estallido de dolor en la mano con cicatrices. Esta vez agarré algo de camino al espejo.

Era una bota. Ridículo. Metí la mano dentro, como si fuera un zapato de plataforma gótico, aparté de en medio a Ivy y lancé la bota al espejo. La figura desapareció, pero el cristal seguía emitiendo una luz irisada. Era la única iluminación de la habitación. Cuando el espejo se rompió, nos quedamos a oscuras.

CAPÍTULO CUARENTA Y DOS

Suburbios
Entonces

Durante tres noches Ivy estuvo hablando con Marion. Cada noche se enteraba de cosas nuevas. Lo que había hecho su madre, quién era de verdad. La condenada Marion había sobrevivido todos estos años.

«Te he estado observando desde el principio. Ardía de orgullo al ver cómo crecían tus dones. Sé que tú eres quien va a salvarme», le contó a Ivy.

Ivy era inteligente, valiente y lo bastante poderosa para encontrar a la chica que había intentado matar su madre. Ahora Marion y ella descubrirían la forma de que la trajera de vuelta.

Ivy se pasaba el día leyendo, investigando, buscando algo que pudiera ayudar. Cuando sus padres dormían, regresaba al espejo y a Marion.

Cuando estás contemplando, la superficie que usas se convierte en tu foco. El resto del mundo se tiñe de una escala de grises. Ivy tan solo atisbó movimiento a su derecha antes de que algo la empujara al suelo. Un objeto volando, una grieta horrible y estaba inmersa en la oscuridad.

Emerger de la magia de ese modo supone una conmoción. Todo parecía quebrado y peligroso como el espejo. Y entonces volvió el mundo.

Su madre estaba sobre ella y llevaba una bota negra en una mano.

Ivy estaba furiosa. Y luego contenta. Su madre era justo la persona a la que quería gritar.

—¿Qué haces aquí? ¡Te dije que me dejaras en paz!

Su madre encendió la lámpara de la mesita de noche. A la luz, su rostro parecía brillante, hinchado por el llanto.

—Ahórratelo. Tienes que comer algo.

—¿Comer? ¿Eso es todo lo que tienes que decir?

—Me mentiste sobre la carta. —Se sentó en el borde de la cama—. Vamos a hablar de lo que está pasando de verdad. Pero primero, sí, necesitas comida o te sentirás fatal.

Ivy la miró furiosa. Hablaba de comida como si el mundo no acabara de romperse en pedazos.

—¿Crees que no me siento fatal ya?

—Ya me gritarás después. Ahora voy a traerte galletitas saladas. Y agua.

—Que la jodan al agua. —Probablemente fuera la primera vez que decía esa palabra delante de su madre—. No necesito agua, necesito arreglar lo que hiciste. Eso es lo único que importa.

Su madre se pasó una mano por la frente, inquieta. Su voz sonaba vacía.

—No hay forma de arreglar lo que hice.

—No voy a parar hasta que lo logre —añadió con fervor Ivy—. No puedes detenerme.

Su madre no respondió enseguida. No se movía, pero verla daba una sensación inquietante, de que se estaban produciendo detonaciones dentro de su cabeza.

—Mamá, ¿no tienes nada que decirme?

—Nunca debería de haberte enseñado nada de esto. —Su voz era baja y segura—. Ni siquiera debería de haber usado la palabra «magia».

A Ivy se le revolvió el estómago.

—No te necesitaba para encontrar magia.

—Yo te di las palabras. Hechizos, intenciones y... —La miró suplicante—. Te ayudé a hacerte fuerte.

—Siempre sería fuerte.

Su madre negó con la cabeza.

—No tenía que ser así. Al practicar magia contigo, yo… te he corrompido. Mi magia… no es limpia.

Su madre nunca había hablado de ese modo. Nunca la había mirado así, sincera y apenada. Era horrible y hacía que Ivy sintiera que iba a caer, pero también le dio una idea de cómo podría haber sido todo si su madre hubiera estado dispuesta a mostrarse sin coraza.

—Mamá. —Podía oír en su voz un matiz tranquilizador. Endureció el tono y el corazón—. Puedo arreglarlo.

—¿Cómo planeas hacerlo exactamente? ¿Ojo por ojo? ¿Vas a matarme?

Su autocompasión sacó a relucir la rabia de Ivy.

—Voy a hacer lo que deberías de haber hecho tú hace veinte años. Voy a traer a Marion de vuelta.

El nombre estalló en su madre como una granada.

—Ivy —murmuró—, no hay forma de traer de vuelta a los muertos.

—¿Los muertos? —Ivy frunció el ceño—. Marion no está muerta.

CAPÍTULO CUARENTA Y TRES

Suburbios
Entonces

Sentí que me desmoronaba.

La verdad me rasgó y soltó cada punto que había dado desde entonces, desde el minuto en el que empujé a Marion por el espejo y la di por muerta hasta este momento. Mi hija estaba confirmando lo que yo me había negado a creer.

Acudí a la magia. Palabras para calmar mi corazón acelerado, para hacer que todas las cosas rompibles de la habitación ardieran. Pero la magia era lo que abría las puertas y dejaba que entraran los lobos.

Ivy no veía que estaba destrozada. Me veía como yo le había enseñado a verme: estoica, una rival, alguien a quien amar y por quien sentir ira, con quien intercambiar medias verdades.

—No puedes detenerme, mamá —estaba diciendo. No era una burla, sino una certeza fría; su voz me devolvió al aquí y ahora—. Voy a traerla de vuelta. Lo único que necesito es un espejo. ¿Crees que puedes esconder todos los espejos cada día del resto de mi vida? —Esbozó una sonrisa. Era demasiado joven, demasiado fuerte, no podía evitarlo—. No puedes.

Tenía la visión incendiada de ira y muy clara, como si estuviera contemplando el mundo a través de papel de film. Tenía doce años. Se sentía protegida, creída, y me amenazaba con una pesadilla.

Lo que traería de vuelta no sería Marion. Puede que tuviera su forma, pero todo lo que no se podía ver estaría retorcido, roto, seco por todos estos años. Sería un monstruo.

Pero... saber que estaba ahí ¿y no hacer nada? Eso me convertiría a mí en el monstruo.

—Una magia tan inmensa te destrozaría —comenté en un tono de voz que apenas reconocí—. Te molería los huesos.

—No puedes... —comenzó un tanto insegura y la interrumpí.

— ... detenerte. Te he oído la primera vez.

Tenía razón, sería una pesadilla intentar detenerla. Tendría que encerrarla, evitar que se rasgara la mente y el cuerpo tratando de realizar el terrible hechizo que hubiera susurrado Marion por el espejo. Ella era mucho más fuerte que yo.

Pero había una cosa en esta casa más fuerte que ella.

Sentía ahora cómo me había estado esperando todo este tiempo. Yo tenía dieciséis años. La caja dorada, una criatura que dormitaba con los ojos medio abiertos. Tiempo atrás me habían dicho que un día la necesitaría. Había llegado ese día y el pesar me invadía por completo.

Estaba envuelta en una camiseta rota, metida en una caja de zapatos guardada en el estante más alto de mi armario. Cuando regresé a su habitación, su postura era la misma: hombros firmes, puños apretados, cabeza gacha. Fijó la mirada en la caja.

—¿Qué es eso?

La levanté y puse en marcha una historia que ya había sido contada.

—Tómala.

Me la quitó de las manos como si fuera suya. Se parecía mucho a mí. Desconfiada, hambrienta, con el corazón latiendo tan fuerte que casi podías verlo a través del algodón, la piel, el hueso. Le dio la vuelta a la caja para buscar el cierre.

—¿Qué hay dentro?

Yo respiraba con dificultad. Era la bruja con la manzana.

—Ábrela. Solo necesitas una gota de sangre.

Se arrancó una cutícula con los dientes dejando un espacio blanco que se llenó de rojo.

—Tócala —indiqué—. La caja.

No sucedió nada dramático. La caja era sólida, pero entonces se arrugó y se levantó la tapa con un crujido. Pensaba que por dentro también sería de oro, pero tenía madera brillante de tono rosado. Cuanto más la miraba, más parecía un color anatómico, la iridiscencia parecida al brillo de un rosbif.

—Te quiero —le dije—. Y no puedo dejar que te destruyas por esto.

Mi voz era tenue; mis palabras, anodinas. No pareció oírme.

—Te quiero —repetí.

Y entonces pronuncié el encantamiento.

Me lo habían recitado una vez a mí, en la calle Maxwell, cuando tenía dieciséis años. Lo anoté, pero unos meses más tarde quemé el papel. Se fosilizó en mi mano junto al número de teléfono de Fee de cuando era pequeña, la sintonía del programa de televisión *Empire Carpet*, la cara de Rob cuando le conté que estaba embarazada la primera vez.

La furia me alimentó la primera mitad. Después fue el terror puro por estar usando magia en el cerebro de mi hija y la duda de si podría causarle daños cerebrales si intentaba parar.

«No quiero quitarle mucho. Lo único que quiero guardar es su recuerdo de esto. Todas las cosas horribles y peligrosas, todos los recuerdos contaminados de magia», le dije a la caja.

Pero todo lo que sucede es un poco peligroso. Toda la magia está contaminada, teñida, modelada por algo. Y la caja era un encantamiento de hadas. Debería de haber recordado que los tratos con hadas tienen las raíces envenenadas.

Ivy seguía mirando la caja cuando pronuncié la última sílaba afilada del encantamiento.

—¿Qué es...? —comenzó, pero se detuvo y me miró con ojos asustados—. ¿Mamá? —susurró.

—Está bien. —Yo estaba temblando—. Estoy aquí.

Estoy segura de que hubo un momento en el que comprendió lo que había hecho y me fulminó con una mirada que recordaré hasta el día en que mi conciencia deje de existir. Después se quedó quieta con la caja en el pecho. Su cuerpo se retorció y siguió retorciéndose, como si le estuviera arrancando cada recuerdo como si fuera una mala hierba.

Fue horrible. Tan horrible que la llevé a la cama y cubrí su cuerpo con el mío. Se retorcía debajo de mí y no emitía sonido alguno.

Miré su rostro rígido y me acordé de cuando pintábamos con los dedos en charcos de lluvia. La oí gritar por el hedor del hechizo de mancha que le enseñó Fee cuando tenía once años, y llorar cuando se volvió el pelo naranja en lugar de rosa antes del primer día de sexto curso. La noté callada a mi lado en el campo de fútbol en verano, recogiendo las flores que solo nosotras conocíamos, que se abrían en el intervalo de tiempo entre que el cielo se iluminaba y aparecía el sol. Los recuerdos florecieron y se marchitaron, y ahora solo me pertenecían a mí.

Oí el chasquido de una caja horrible. Cuando miré, estaba cerrada, sin tapa, y mi hija estaba dormida. Su pecho se movía despacio y tranquilo, tenía los párpados calmados. Había un pelo rojo mojado alrededor del cuello, parecido a un cordón umbilical. Fui a acurrucarme a su lado, pero entonces me detuve y retrocedí. Con cuidado le levanté el pelo, lo coloqué encima de la almohada y le subí las sábanas hasta los hombros.

Rob estaba sentado en las escaleras, adormilado. Por su cara sabía que no llevaba mucho allí.

—Eh —susurró, extendiendo el brazo para tocarme la cadera—. ¿Ha negociado la huésped?

La vergüenza me encharcaba el vientre. Se acumulaba entre mis dientes, como una cápsula de cianuro.

—Ya está hecho —anuncié y pasé por su lado para bajar las escaleras. Me tumbé en el sofá hasta que amaneció, sin dormir.

Cuando Fee me vio en la puerta de su casa a las seis de la mañana, maldijo en silencio y me dejó entrar.

Ella siempre había sido mi espejo, siempre me lo decía cuando me excedía, cuando era demasiado impaciente o desagradable. Cuando terminé de hablar, su rostro estaba inmóvil como el de una mujer muerta, con las dos palmas presionadas en la mesa.

—¿Qué dijo Rob?

Sacudí la cabeza y Fee cerró los ojos.

—Ve a casa con tu marido. Ve a casa con la hija a la que... —Le dio un espasmo—. Ve a casa, Dana.

Oí a Rob preparando café cuando entré. Había ido a ver a Ivy antes de salir de casa y estaba tumbada tal y como la había dejado, con buen color y ritmo cardiaco estable. Me quedé un rato en las escaleras, mirando la puerta de su dormitorio.

Encontré a Rob en la cocina.

—Hola. —Su tono era tranquillo—. ¿Qué pasa? —Parecía irritado y cansado, pero con aspecto de pensar que seguía conociéndome. Intenté envolverme con esa sensación, como si fuera un abrigo. Sería la última vez que me miraría así.

Empecé a hablar. Todo el tiempo mantuve la mirada fija en la ventana y en la mosca torpe que chocaba en la esquina superior. Cuando conté la historia lo miré a la cara.

Ya me había contemplado antes con confusión, con agotamiento, con disgusto incluso. Pero nunca con las tres bullendo juntas, tornándose en algo que podría ser odio.

—¿Vas a divorciarte de mí? —susurré.

Reculó como si estuviera sucia. Como si me estuviera observando desde una gran distancia. Más adelante se disculpó por ello y meses después negó haberlo dicho, pero sí lo dijo. Dijo esto:

—Por supuesto que no. Si me marchase, tú te quedarías con los niños.

Entonces: abre la caja, ¿no? Restaura todo lo que has robado.

—No toques esa caja. —La voz de Fee chisporroteaba por la mala cobertura—. Sé que estás tentada de hacerlo, pero no puedes eliminar esto así como así.

—¿Por qué? ¿Qué sabes?

—Sentido común —replicó—. Es demasiado joven, su cerebro es demasiado flexible. Si tenemos suerte, estará bien, solo... le faltarán algunos recuerdos. Pero no podemos inundar su sistema con Dios sabe cuánta información.

—¿Cuánto? ¿Cuánto tiempo esperamos?

—No hay un manual, Dana. ¿Qué te ha dicho Rob?

—Él me odia.

Suspiró.

—Estoy a punto de llegar a la tienda. Quédate hoy en casa, intenta contemplar los efectos colaterales. Iré esta noche a verte.

Esperamos en un silencio asolador a que nuestra hija se despertara. Al fin oímos un crujido en la planta superior, el sonido del baño. Después bajó las escaleras tarareando algo. Entró, nos vio sentados como maniquís y volvió a mirarnos.

—Vaya, ¿qué pasa?

Rob se levantó y la abrazó.

—Todo va bien —le aseguró sin convicción.

—Papá —dijo ella al ver que el abrazo duraba demasiado—. Papá. —Entonces, al notar que contaba con cierta ventaja—: ¿Podemos ir a la cafetería Walker Bros? Quiero tortitas.

Bien podría haber pedido la luna.

Estuvimos solas un minuto esa mañana, cuando nos lavamos las manos en el servicio de mujeres. Me pasé toda la mañana buscando cambios en su rostro. Cuando nuestras miradas se encontraron en el espejo, puso los ojos en blanco.

—Deja de mirarme así, mamá.

El corazón me pesaba.

—Ivy.

Frunció el ceño al notar el pánico en mi voz.

—Rooibos, laurel, lavanda —recité—. A los corazones oscuros aparta.

Apretó la boca en un gesto de vergüenza.

—Estás muy rara —musitó.

Cerró la puerta al salir.

Vino Billy, el amigo de Ivy, a verla una hora después de volver del desayuno. Mi hija había pasado días ocupada, encerrada en su habitación, y no había salido con él. Me daba pena el muchacho. Verlo ahora me llenaba de terror. Él era la única persona aparte de Rob, de Fee y de mí que lo sabía. ¿Qué pasaría cuando intentara hablar con Ivy sobre cosas que ella no recordaba?

Lo eché. Volvió a la mañana siguiente. Era temprano y le dije que Ivy estaba dormida, pero cuando me volví la vi detrás de mí, en las escaleras.

—¿Quién era?

—Billy —respondí sin pensar. Tenía la puerta a la vista y seguro que le había visto la cara.

—¿Quién es Billy?

Mi cuerpo procesó un momento de total estupefacción. Y luego apareció el horror.

Siempre me había preguntado qué sabría Billy y desde cuándo, y ahora tenía mi respuesta. La magia debía de haber formado parte de su amistad desde el principio. Seguramente estaría en las mismísimas raíces de su relación. Su mejor amigo y todo lo que él era para ella alimentaba a la caja dorada.

—No es nadie —contesté—. Solo un chico del vecindario.

CAPÍTULO CUARENTA Y CUATRO

Otro lugar

Marion había estado a punto de huir, la posible marcha había pasado tan rápido y tan cerca que su calor le besaba la piel. Podría haber sentido rabia por la pérdida, pero lo que de verdad le apenaba era lo que Dana le había hecho a Ivy.

Y eso la sorprendió; no era una chica de sentimientos. Pero Marion había estado contemplando a Ivy toda su vida, desde el momento en el que nació.

Se acurrucó como una boxeadora que se protege la cabeza. Estuvo un tiempo vagando, deshecha por la tristeza. Tenía los sueños profundos de algo que ni siquiera duerme.

Tardó mucho tiempo en volver a mirar por el espejo de contemplación. Cuando lo hizo, la chica era mayor.

¿Quién era esta nueva Ivy? Se pintaba los labios de rosa y tenía aspecto desgarbado. Sin magia que la modelara, sin su inquietud, se había visto escindida. Era irritable, sin armadura, errante.

La vio tropezar desprotegida en los peores años para ser una chica. Vio cómo se formaban cicatrices en los lugares rotos de su cabeza.

Era aún inteligente, pero le habían robado su seguridad en sí misma; todavía curiosa, pero desprovista de su fe en la capacidad del mundo para sorprenderla.

Ivy tenía catorce, quince, dieciséis años. Y entonces, en un suspiro, diecisiete. La edad de Marion cuando conoció a su desastroso aquelarre.

El tiempo podía pasar fuera de los muros de la casa de Astrid, pero nunca hallaba una grieta. El lugar estaba sellado. Pero cuando Ivy cumplió diecisiete años, su mente saltó los muros y silbó como una flecha hacia el futuro.

Dana iba a morir. Ivy también. Si Ivy tenía hijas, ellas también morirían. ¿Se quedaría Marion junto al cristal como una araña presenciándolo todo, saciándose con sus sombras? ¿Permanecería para siempre inmutable, con casi dieciocho años, encerrada en una casa onírica con olor eterno a polvo de rosa?

No.

Marion encontró a la ocultista tumbada en un sofá del color de la sangre, el pelo extendido sobre el tejido de terciopelo, como la sombra de una santa. Tenía los ojos abiertos, pero perdidos en la distancia.

Le clavó un pie en el costado.

—Despierta.

Astrid enfocó la mirada con un parpadeo reptiliano.

Marion levantó el libro de hechizos. El libro de la ocultista que había robado de la mochila de aquella académica muerta tanto tiempo atrás. Lo dejó en el pecho de Astrid.

—Es hora.

Astrid parpadeó de forma desdeñosa.

—Hora —repitió.

Marion torció el labio a su carcelera, o su compañera de prisión, no podía decidirse, y le tiró del pelo para arrastrarla a la alfombra.

—Es hora —volvió a anunciar.

—Mota de mierda de pulga —escupió la ocultista. A su alrededor el aire se estaba calentando con un temblor, pero aún no había pasado nada. Estaba más lenta que de costumbre.

Marion se arrodilló para recoger el libro del suelo. Ahora estaba a su alcance y la ocultista le golpeó con fuerza, dos veces. Marion absorbió el impacto y presionó el libro en la mano que le había golpeado.

—Ábrelo.

El libro tenía un sentido del humor enfermizo, igual que la mujer que lo había encuadernado con la piel de un vidente charlatán. Marion había creído que te mostraba los hechizos que necesitabas ver, pero por supuesto solo te mostraba lo que Astrid quería ofrecerte.

Recordó haberse aferrado a él con manos temblorosas al llegar a ese lugar. Era su única fuente de esperanza, se alegraba mucho de haberlo conservado en la caída. Estallaron fuegos artificiales en sus sienes cuando lo abrió en busca de una cura para su encerramiento. Se pasó los dedos por los ojos hinchados y se acercó a la página.

«Purificar furúnculos infectados», decía.

Cuando Marion levantó la mirada, comprobó que la ocultista la estaba mirando con el odio felino de la chica más malvada del instituto. Había abierto el libro docenas de veces desde entonces y había encontrado hechizos de mofa una y otra vez.

Pero Astrid no lo había abierto. Y Marion apostaría su vida antinatural a que sabía cuál era el hechizo que deseaba encontrar Astrid.

—Acudes a mí con exigencias y charlas sobre el tiempo —bramó la ocultista con el desprecio y la seguridad de una reina de un país caído—. Recuerda que soy yo quien gobierna este lugar y que tú estás atada a mí.

La voz electrizante tenía aún el poder de magnetizar a Marion, de hacerla menuda, tensarla, atemorizarla.

Se deshizo de esa sensación.

—No gobiernas nada ni ningún lugar. Eres una reina de humo. Todo aquel que conocía tu nombre está muerto y nadie lo escuchará jamás. Nadie va a venir a liberarte. Se ha terminado. Abre el maldito libro.

—Excremento de oveja. Entrometida. Perra profesional.

—Sí, sí —dijo Marion, que estaba acostumbrada a los insultos de Astrid—. Pero tengo razón.

—No eres nada.

—Soy lo que hiciste de mí.

—No —contestó con decisión Astrid—. Esto es lo último que voy a decirte, lo último. Has sido siempre una manzana sin corazón. ¿Por qué, si no, ibas a robar el libro de otra practicante?

—No puedes decirme nada sobre mí que no sepa ya. Después de tanto tiempo. Yo también sé algunas cosas sobre ti. —Miró los ojos desteñidos de la ocultista—. Estás cansada, Astrid. Estamos cansadas. Vamos a acabar con esto.

Las dos brujas se miraron. Astrid respiraba, pero no habló. Suspiró y en su rostro cruel y bello aparecieron nuevas arrugas, como si el tiempo que había transcurrido hubiera encontrado al fin un agujero en su mundo.

Le quitó el libro de las manos a Marion. Pasó despacio una uña afilada por la encuadernación y después insertó la punta con delicadeza entre las páginas. Lo abrió.

Las dos cabezas rubias se acercaron y leyeron el título del hechizo.

«Desarmar tu jaula».

La ocultista tenía agallas, no podía negarse. Tras una pausa lo bastante larga para leer por encima el hechizo y contemplar su dimensión, Astrid comenzó el encantamiento que desataría su mundo.

Mientras hablaba Marion cerró los ojos con una gran melancolía. En la oscuridad de su cabeza vio cómo se desmoronaban los muros y el tiempo fluía a la deriva como la sal que te roe hasta no dejar nada y después se come tus huesos. Vio todos los tesoros vagamente recordados de la vida breve de la ocultista cubrirse de blanco y luego estremecerse hasta quedar reducidos a polvo.

A lo mejor Marion acababa deshecha como los recuerdos. A lo mejor se bamboleaba como una botella, estallaba como una estrella, se evaporaba o explotaba o se aferraba con fuerza, demasiado acostumbrada a la conciencia para renunciar a ella fácilmente. No abrió los ojos, ni siquiera cuando Astrid la agarró (¿con miedo?, ¿con gratitud?). Y cuando dejó de agarrarla tampoco abrió los ojos.

—Ivy —dijo—. Ivy. —Y una tercera vez—: Ivy.

Marion creía haber visto demasiado como para volver a sentir miedo, pero no había sentido un terror tan puro como el que la asoló cuando los dedos de Astrid la soltaron y notó la textura de la arena.

Resistió en medio de una tormenta que deseaba reducirla también a ella a polvo de estrellas. Sus dedos dejaron la ropa convertida en harapos, y luego en moléculas. No importaba, no había podido conservar mucho. Tan solo la espada de la justicia ardiente en su pecho, porque Astrid estaba equivocada. Sí tenía corazón. Pero solo tenía un fin.

Ivy.

Conocimiento y fe es todo cuanto necesitas, además de voluntad templada por el tiempo, convertida en acero. Todo tu ser entregado a lo que buscas. Marion sintió el viento, grumoso con los restos de la ocultista liberada. Durante un instante no sintió nada más.

Y entonces:

Vastedad. Un mundo sin muros.

Abrió los ojos a las estrellas. Estrellas de verdad. Estrellas en un cielo real y una brisa tibia que pasaba junto a ella como… como una maldita brisa; era una brisa normal y no había nada igual en ninguna parte. A su alrededor estaba el enorme aliento de la noche y por dentro se sintió borracha, enferma, salvaje.

Estaba fuera. El mundo de Astrid había muerto y ella había muerto con él.

Iba descalza. Bajo los pies tenía ese grano negro húmedo y brillante que vierten las máquinas para hacer carreteras en verano. *Asfalto*, pensó y se rio. Levantó la mirada al cielo infinito, y más arriba, al lugar en el que se alineaban tres estrellas.

Eso significaba algo. Se llamaba de alguna forma. Estaba buscando las palabras cuando el sonido que registró su columna, parecido al hormigueo de la ansiedad, se convirtió en un monstruo de ojos blancos que se aproximaba a ella.

Una mirada halógena y un cuerpo como una bala que rasgaba el aire. Marion se quedó paralizada en una niebla de toxinas y terror antes de que el monstruo cambiara de curso, alejándose de ella chillando, y solo entonces fue capaz de pensar: *Un coche. Casi me atropella un coche.*

Por instinto se lanzó hacia los árboles. El azote de las ramas y todo lo que la arañó fue un regalo; se echó a reír por el lujo que suponía eso, el dolor de la piel abierta, el escozor del sudor y el placer del viento en la piel denuda.

Olía el agua, o tal vez le parecía que la oía, tenía todos los sentidos agitados, como un cóctel, y la invadió el deseo de sumergirse en ella, solo deseaba eso. Salió de entre los árboles y recorrió una pequeña ladera, y entonces se tropezó con un arroyo lento y se mojó a la altura de los tobillos. El resto de ella flotó con la corriente. La calmaba, la seducía. Estaba riendo, extasiada, palmeándose el cuerpo solo para sentir que tenía uno.

Y entonces: una punta aguda de luz desde los árboles, enfocándola. Había dos figuras allí, mirándola.

¡Personas! Marion no había tenido que ser humana en mucho tiempo, pero lo agradeció. Cada cosa nueva. Les gritó algo grosero, ordinario, esperando que se acercaran. Al no recibir respuesta sintió algo, no era miedo, pero sí el primer atisbo de una conciencia mayor: volvía a ser un mero animal en un mundo lleno de ellos.

Primero acudió a la magia, pero no llegó. No le sorprendía demasiado, en este lugar le faltaba práctica. Después recurrió a un palo grande.

Entonces la luz se apagó y vio a las personas que la miraban. Una de ellas era Ivy.

Marion habría necesitado un tipo distinto de corazón para sentir que se henchía, que se rompía. Pero le dolió ver a la chica tan cerca, tan real. Tenía el pelo de Dana, una versión más amable del rostro despiadado de Dana. La absoluta seguridad de su juventud había sangrado con su magia. Marion estaba exultante de júbilo, embebida de emoción, pero ver la versión vacía de Ivy le hizo recobrar la sobriedad.

No te acuerdas de mí, pero lo harás, quiso decir.

Aún no. Tenían mundo suficiente y también tiempo.

Marion había olvidado que estaba desnuda hasta que Ivy se quitó la camisa y se la lanzó. La tomó y su cerebro captó enseguida el olor.

Dejó que la chica se marchara, por el momento.

—Gracias, Ivy —dijo y se sintió encantada al verla sorprenderse, mirar por encima del hombro a la luz de la luna.

Bien. Era el principio. Marion tenía que recuperar sus modales, tenía que moverse a una velocidad adecuada. Estaba observando cuando Fee advirtió a Dana de que no abriera la caja dorada. Podría romper a Ivy, y mucho peor. Tenía que atraerla a la magia. Esta tenía que titilar a su alrededor. Tenía que plantar las semillas para que brotaran de la tierra antes de que estuviera preparada para recibirlo todo.

Con una mano le devolvería la magia a Ivy. Con la otra rompería en pedazos a Dana. Plantaría una bomba en medio de su adorable vida y se aseguraría de que oyera el tictac.

TERCERA PARTE

CAPÍTULO CUARENTA Y CINCO

Te meces en el abrazo azul de una piscina de los suburbios. Sangrando, despojada de tu piel, aferrándote a una caja hecha de oro. Levantas la tapa de la caja y te deshaces.

Cuenta la historia de la caja dorada.

Érase una vez un príncipe y la chica que lo amaba. Pero un hada malvada robó los recuerdos al príncipe y los guardó dentro de una caja dorada.

Vuelve a intentarlo. Cuéntala distorsionada.

Érase una vez una madre y una hija que la amaba. Pero la verdad arrancó la venda de los ojos de la niña. La madre no podía soportar ver su verdad en el rostro de su hija, así que se la robó. Y la encerró en el interior de una caja dorada.

¿Qué es lo primero que regresa? El olor. Enebro y hojas de laurel tostándose en una sartén. Las manos de tu madre, una llena de cicatrices, aplastando hierbas en un mortero.

Estrellas, más grandes que las que conoces. Aumentadas hasta que juras que puedes ver estrellas bebés plateadas jugando en ríos fundidos, perseguidas por las estelas ondeantes de su pelo celestial.

«Existe la verdad y existe la historia. Ambas tienen sus usos», dice tu madre.

¿Fue alguna vez su voz tan paciente? ¿Estuvo alguna vez tan concentrada en ti? ¿Esto es un deseo o un recuerdo?

Recuerdo. Y llegan más.

Sus ojos son ágatas azules, pero más cálidos. Algunas clases de magia son para todo el mundo. Hacer crecer cosas, el tiempo. La luna nos pertenece a todos. Uñas, saliva. Puedes cuidar de ti como de un jardín.

En clase. Polvo, desodorante y rotulador sin tapón. Tu profesor está delante de ti, mirando el desastre verde de tu siembra. Cada niño tiene una caja con tierra en la que ha echado semillas. Impaciente, echaste una mano a tus semillas. Ahora tu caja es una jungla de hierbas demasiado pronto. Tu profesor, que tiene un presentimiento contigo, al que no le gustas pero no sabe por qué, tira tu caja a la basura.

Tu hermano pegándote en las piernas desnudas con un paño de cocina. «Calla, ¡apenas te he tocado!». Más tarde tu madre te encuentra sacando pelo de su cepillo y te da una bofetada, es la primera vez que te pega. «No es un arma. Si atacas a tu hermano con magia, a cualquier persona, se acabó», te dice mientras lloras.

¿Cómo pudo acabar? Las abejas, las nubes y la tierra no acaban. Tu latido sigue, tu pelo crece, tus manos y cabeza y corazón chisporrotean con una estática dulce que vive dentro de ti y a tu alrededor, lo que tu madre y tu tía llaman «practicante». Puedes darle forma, dirigirla, pero no puedes decirle que no.

Te retiras de los recuerdos lo suficiente para sentir tu cuerpo frágil, carne roja y polvo de estrellas flotando en la superficie hialina de la piscina. Alguien flota a tu lado. Alguien te sostiene. Y entonces vuelves a estar fuera.

Caminando por el campo de noche. Tu madre está a tu lado y la hierba está crecida, parecen cortinas a tu alrededor. El mismo campo, pero ahora eres más alta, la hierba ya no es un encanto sino una molestia junto a tus rodillas. Tu tía va delante, ropa de trabajo y tijeras de podar. La luna es casi una cuchara, le faltan uno o dos días para estar llena. Te pica la nariz anticipando la tarea de separar los matorrales de la hierba en la oscuridad.

«Vamos, tía. ¿Ni una linterna?».

«Ni una vela, chica moderna».

Los recuerdos llegan más rápidos ahora.

Aquí va uno, un recuerdo de antes de poder fabricarlos, la voz de tu madre impresa en tu mente infantil como las agujas de un pino en la cera. «Duérmete, pequeña. Mamá está cansada y quiere descansar».

Caminando por el bosque con un vestido de verano, buscando casas de hadas. Golpea dos veces un fresno para despertarlo, tres veces un alerce. Deja una ofrenda.

Pesadillas después de una fiesta de pijamas. Deshaciendo la cama, poniendo sábanas limpias rociadas con agua de lavanda para alejar los malos sueños.

Flores azules con forma de lenguas. Algo salobre en la hornilla. Sangre en las rodillas. Los recuerdos originan una riada y la riada forma un río y estás dentro de él, girando como una hoja, amenazando con hundirte.

Alguien te habla al oído. Ivy. Chica fuerte, chica lista. Erige una fortaleza. Estás a salvo, eres un velero, eres un globo aerostático. Aférrate a tu agudeza. Eres impermeable.

No sabes cómo lo haces, pero lo haces: apartas la mente. La sellas. Pisoteas la riada y, como Próspero, encuentras una isla: un recuerdo tan claro y cristalino que puedes tumbarte en la orilla y descansar.

Pecas. Eso es lo que ves ahora.

Eres lo bastante pequeña para llevar el pelo por la mitad de la espalda. Has olvidado lo mucho que pesaba. Tienes un abrigo que era de tu hermano y una camiseta con un agujero en el cuello, y estás agachada en la tierra. Hay un punto pegajoso en la esquina de tu labio que te tocas con la lengua. Sirope de arce.

Te está mirando un niño. Ayer había un camión de mudanza aparcado al otro lado de la calle y hoy hay un niño con pelo castaño rizado, pecas y sonrisa de Peter Pan. Te espía por el hueco de la verja.

Eres joven, pero lo bastante mayor para saber la regla más importante: no dejes que nadie vea las cosas que puedes hacer. Pertenecen a un mundo que te pertenece a ti (y a tu madre y a tu tía) y no puedes enseñárselas a nadie, jamás. Ni a tus amigos de fútbol, ni a tus amigos del recreo, ni a tus amigos del campamento de naturaleza, y si Hank te hace preguntas, envíamelo a mí.

Pero es primavera. Hoy es primavera. Sientes el cambio cuando te despiertas. Los huesos del mundo estirándose, las ramas y flores zumbando con promesas. La estación alberga cierta impaciencia que hace que sea sencillo practicar magia. El sol no está muy alto y el resto de los vecinos no deberían de estar despiertos, pero ahí está ese extraño sonriente, de tu misma talla y rebosante de curiosidad, como una bola de Navidad.

Se arrodilla a tu lado. Tendrías que intentar ocultar lo que estabas haciendo, negarlo, pero estás muy orgullosa, tienes muchas ganas de compartir este secreto: que puedes hacer cosas que otra gente no.

Delante de ti hay un espacio con tréboles. Con contacto y voluntad, ofreces a cada trébol ambiciones nuevas, los animas a convertirse en tréboles de la suerte con cuatro hojas. El más afortunado tiene cinco. Pasas los dedos entre ellos y encuentras uno, se lo das a él.

«¡Vaya! —exclama con voz aguda, como la de Pecas Patty—. Hazlo otra vez».

Desde el principio, Billy y tú fuisteis magia.

Siempre es verano con él. Linternas y ranas y ardor en las piernas mientras persigues el camión de los helados. Incluso los recuerdos de invierno tienen la textura derretida de junio. Empieza con magia (con la tuya, presumiendo al fin de ella, él no tiene aptitud), pero un tiempo después la magia ya no es lo importante. Practicarla no, solo el secreto. Os une con más fuerza que un juramento de saliva, proyecta en vuestro mundo de juegos sombras y desfiladeros profundos.

La mayoría de los días hacéis cosas de niños. La mayoría de los días montáis en bicicleta, construís castillos, compráis bolsas gigantes de chucherías en el centro comercial y os las coméis viendo películas. Pero algunos días le enseñas cosas que puedes hacer y él mira asombrado, sin atisbo de celos, y los dos disfrutáis con tu don.

Y enmarañada alrededor de todo eso, una certeza que suena como una canción en tu cabeza. Un brillo que crece y forma una sensación que ninguna palabra puede describir.

Y entonces, por fin, un beso. En el río, con el cielo violeta. Pestañas húmedas y pecas y bocas con sabor a helado.

Quieres quedarte aquí, dentro de este bonito sueño de verano, pero la riada te arrastra. Ahora el camino se vuelve más rocoso y recuerdas cosas que no fue tan malo olvidar.

Delante de un espejo, trazando su superficie con un dedo, el corazón acelerado y atemorizado. Porque quieres a tu madre. Es tu madre, impaciente y seria. El árbol verde bajo el cual te cobijas; un hueso duro de roer. Pero es también una mentirosa. Tiene secretos, hay vacíos en su historia que cree que sabe esconder bien. Quiere que bajes el volumen de tu magia, que la practiques a cucharaditas. Si pudieras enfrentarte a ella, mostrar una prueba de que no siempre ha sido la bruja buena que finge ser, a lo mejor entonces te contaría todas las cosas que te mueres por saber. A lo mejor dejaría de cortarte las alas.

Una noche de finales de verano sacas una porción grande de magia del estante de tu madre (*no pienses en ello*) y creas tu propio cristal de contemplación. De sus profundidades se alza un fantasma en tonos grises que te susurra: «Yo soy el secreto de tu madre».

El secreto de tu madre será más grande de lo que pensabas. Será más de lo que querías saber. Pero tu curiosidad es solo un poco más sonora que las campanas de advertencia que suenan en tu cabeza.

«Yo conocía a tu madre —dice el fantasma de labios pálidos—. Cuando éramos jóvenes. Desde entonces he estado vagando por los pasillos del infierno. ¿Quieres saber cómo llegué aquí?».

Quieres a tu madre. Eres lo bastante mayor para saber que es una mujer imperfecta y lo bastante inteligente para nombrar algunos de sus defectos y asegurarte de que la ves con la misma claridad que los demás.

Hasta que te enteras de lo que hizo y eso te altera como si sufrieras una reacción química.

Estás cerca del final. La riada de recuerdos está disminuyendo, ahora solo te llega hasta la rodilla.

Esa última pelea con tu madre, palabras lanzadas entre las dos como cohetes. Sus brazos cruzados, su rostro cerrado y exhausto, y entonces rebosante de horror y revelación.

Deja la caja dorada en tus manos. El metal frío se convierte en algo vivo cuando toca tu sangre, una boca malvada que te absorbe. Los ojos de tu madre están mojados y llenos de remordimiento, como la asesina que llora cuando clava la daga.

La boca se lleva a la bestia y las partes más extrañas de ti. Te vuelve una chica diferente. Tu madre te convierte en alguien fácil y después es incapaz de amar lo que ha hecho.

Se acabó. Conoces hasta el último secreto.

Ya. Abre los ojos.

CAPÍTULO CUARENTA Y SEIS

Suburbios
Ahora

Me desperté gritando.

Me estaba tocando alguien. Tenía los labios cerca de mi oreja.

—Ivy. Ivy, ¿estás...?

Volví a gritar. Palabras esta vez, cargadas de terror y de la necesidad de que no me tocaran. Las palabras de la otra persona se convirtieron en un grito y oí el sonido de un cuerpo golpeándose con un obstáculo.

Traté de girarme hacia el sonido, pero no había suelo bajo mis pies. Braceé hasta que me di cuenta de que estaba en una piscina flotando ingrávida en el agua, como una luz azul. Cometí el error de levantar la mirada y las estrellas estaban demasiado cerca. Sabía que me estaban mirando, miles de miles de ojos plateados. No podía esconderme de ellos. Inspiré para gritarles que se marcharan y tragué una bocanada de agua.

Sabía a muerte. Intenté expulsarla, respirar, pero mi cuello no funcionaba, ninguna parte de mi cuerpo, y tragué más agua. Estaba sumergida ahora y pateé para salir a la superficie, pero fui abajo en lugar de arriba, mi cerebro fastidiado tomó las baldosas como cielo. Empujé el fondo de la piscina con las palmas, como si pudiera ceder.

Me estaba ahogando. Tenía muy poco aire para flotar, estaba demasiado débil para nadar. Mi cuerpo se volvió y contemplé la cúpula azul clorada que iba a matarme. La caja dorada se había vuelto a cerrar, había caído al fondo. La envolví con una mano sin huesos. La otra mano flotaba encima de mi cuerpo. Mis dedos se movieron, mi boca formó una palabra que no conocía y salí disparada hacia la superficie con tanta fuerza que emergí hasta las costillas antes de volver a caer.

Esta vez mantuve la mirada fija en esas horribles y desorientadoras estrellas, respirando para depurar el sabor del ahogamiento. El agua que me podría haber matado me sostenía ahora como una flor en una taza, pero no olvidaría nunca lo que había intentado hacerme.

El azul tenía venas rojas. El rojo flotaba y se convertía en nubes rosas, y eran tan bonitas que no entendía por qué mi cuerpo entero se había electrificado, alarmado.

Entonces vi a la chica flotando en la piscina. Todas esas preciosas nubes al anochecer provenían de su cabeza. Recordé el terrible golpe y supe que esto lo había hecho yo, que las palabras que había usado para alejarla de mí la habían lanzado directa a la pared.

La certeza caló en mi cerebro como la adrenalina, haciendo espacio para mi nombre y el suyo y el del chico al que amaba cuando tenía doce años, y a mi madre, que me había quitado más de lo que sabía que poseía.

Tenía la garganta demasiado rasposa para volver a gritar, así que nadé hasta el borde y saqué el cuerpo de Marion.

En el momento en el que salí de la piscina, entendí por qué me había hecho abrir la caja dorada dentro de ella. Cuando volví a sentir mi cuerpo (su peso al estar mojado, el agotamiento, las picaduras y las nuevas abrasiones) me resultó demasiado intenso.

El cielo giraba como una bola de discoteca, la piscina brillaba como polvo de diamante. Olía a hierba, cloro, lluvia. Pero también olía la gasolina del coche de mi padre al otro lado de la propiedad y el torso de plástico de la muñeca Ariel y el aliento de las tres personas dormidas en esa enorme casa silenciosa. Tenía confeti debajo de la piel, mi sangre era agua con gas. Quería bajarme la cremallera del cuerpo y alejarme flotando.

Podía volver a entrar en la piscina o podía hacer otra cosa, algo más rápido que purgase la efervescencia de esta tremenda noche.

Podía practicar magia.

No pensé, busqué, y lo que encontré fue el límite algodonoso del hechizo de sueño que había usado Marion en la casa. Ahora que podía sentirlo de verdad ya no parecía tranquilo y dulce. Era una manta rancia, pesada como una piedra, que tapaba el cerebro de las personas. Todo porque tenían la mala suerte de tener una casa en el bosque con una piscina.

Agarré esa manta desagradable con dedos y dientes y la rompí por la mitad.

Y ahora Marion. Le di la vuelta, desnuda sobre el hormigón, y palpé con cuidado el corte oscuro de la parte posterior de la cabeza. Mis conocimientos sobre reanimación estaban oxidados, en plan «solo lo he visto en las películas», pero supuse que si apretaba con fuerza saldría el agua.

Imaginé el líquido en su pecho como un mapa de afluentes. Cuando presioné el talón de las manos en la uve huesuda bajo el pecho, el mapa brilló delante de mí. *Sal*, pensé, apoyando la palma con suavidad sobre las costillas.

El agua burbujeó de su boca formando un chorro. Marion tosió de forma explosiva y se puso de lado. Permaneció un minuto así, resollando, mientras yo trataba de comprender lo que había hecho. Entonces se pasó una mano por la boca y se la llevó a la nuca.

—Puntos, puntos —dijo.

No veía la herida cerrándose, pero sí sentía el alboroto en el cráneo. Su magia estaba actuando. Se deslizaba como un rey de ratas, una criatura con demasiadas patas y movimientos antinaturales. Se me quedó la boca seca.

Mientras la magia actuaba, ella me miraba palpándose con los dedos el cráneo. Cuando terminó de sanar se incorporó, una bruja desnuda con una corona de sangre.

—Lo siento —me disculpé, sin aliento—. No quería hacerte daño.

Su rostro era afilado como una espada desenvainada.

—¿Ya recuerdas?

Había mucho que recordar, pero sabía que me estaba preguntando si la recordaba a ella. El cristal de contemplación, la habitación oscura y las historias que me había contado.

—Sí.

—Y entiendes lo fuerte que eres.

Asentí, pero no era así. No lo entendía de verdad. No podía comprender todo lo que ahora sabía sobre mí misma. Todas las piezas frágiles de conocimiento, pensamiento y experiencia se difuminaban y enfocaban. Tenía la sensación de que mi cabeza iba a florecer con cosas perdidas y recordadas durante mucho tiempo. Puede que por el resto de mi vida.

Marion confundió mi silencio con asombro.

—Puedes hacer cualquier cosa —comentó con tono amable—. No pasa nada si no puedes controlarlo todavía. Yo voy a ayudarte. Podemos... Oh, Ivy. —Le brillaban los ojos—. Piénsalo. Piensa en lo que podríamos hacer.

—Podríamos —repetí.

—Si tú quieres. —Levantó la barbilla—. Si quieres, puedes venir conmigo.

—¿A dónde?

Me dio la sensación de que parecía no saberlo.

—¿A dónde quieres ir?

—Yo... Yo no... Necesito... —tartamudeé y sacudí la cabeza.

Necesitaba estar a solas. Que los bordes afilados se suavizaran, absorber la información nueva. Ella quería que pensara en lo que pasaría a continuación, pero lo único que veía yo era la cara de mi madre chisporroteando encima de mí, iluminada por el resplandor de la caja. ¿Y todo lo que había pasado antes de aquella noche? La ternura, lo que éramos la una para la otra antes de que ella acabara con todo. Esos recuerdos eran aún demasiado radiantes para mirarlos, demasiado cálidos para tocarlos.

Y Billy. Todos esos años con él, todos los años desperdiciados sin él. Tenía doce años cuando me olvidé de él. ¿De verdad te puedes enamorar con doce años? Solo pensar en la palabra hacía que el estómago se me derritiera.

Y la magia. ¿Magia? ¡Magia, maldita sea!

La amarga, la dulce, la radiante. Intenté respirar, pero las novedades me martilleaban la cabeza y me puse a jadear de pronto.

—Mierda. —Marion se acercó, pero no intentó tocarme de nuevo—. Vuelve a la piscina. O espera. Invoca algo.

—¿Como qué? —Me rasqué la cabeza con un gesto frenético. Me daba vueltas como un carrusel, no podía concentrarme en ningún hechizo.

—Cualquier cosa. —Miró a su alrededor, su ropa en el suelo—. Tengo cerillas, vamos a hacer un hechizo de energía.

Cuando agarró sus vaqueros, se cayó un teléfono del bolsillo. Aterrizó bocabajo, así que vi la carcasa. *Judith*, de Klimt, desteñida por la zona de la barriga. Me resultaba tan familiar que se me llenaron los ojos de lágrimas antes de reconocer lo que significaba. Era el teléfono de la tía Fee.

Miré la carcasa y luego a Marion, que se había quedado en silencio de pronto. Estaba esperando a ver a qué conclusión llegaba y qué hacía.

Recordé de nuevo estar delante de la casa de mi tía después de haber ido a la tienda, la sensación de que unos ojos me observaban. Ahora sabía que era Marion quien me estaba vigilando. Claro como si fuera una película, la vi en una ventana, escribiendo una respuesta en el teléfono de mi tía. Un mensaje de texto que me hizo creer (que me hizo querer creer, que me permitió creer) que mi madre y mi tía estaban juntas y bien, y que solo se estaban mostrando egoístas.

—¿Dónde están? —pregunté—. ¿Dónde está mi madre?

—¿Te importa? —replicó demasiado rápido—. Ahora que sabes lo que sabes, ¿de verdad te importa dónde está?

Me temblaba la voz.

—¿Les has hecho daño?

—No están muertas. —Esbozó una sonrisa sin gracia—. No soy tan piadosa.

—Dios mío, Marion, ¿qué les has hecho?

—Tu madre te aplastó —siseó—. Olvida lo que me hizo a mí. Desde que eras una niña ha intentado matar a la bruja que hay en ti, la jodida bruja poderosa que hay en ti y cuyas habilidades hacen que ella parezca una maga de fiestas de cumpleaños. Pero yo también te observaba. Y me sentía orgullosa. Y busqué la forma de salir del infierno para devolverte lo que ella te había robado, para convertirte de nuevo en esa Ivy, una bruja curiosa, hambrienta, verdadera. Y aquí estás tú, malgastando tu tiempo por una mujer que destripó tu magia como si fuera una caballa.

Levanté las manos como si pudiera impedir que sus palabras me alcanzaran. Pero también debí de transmitirle algo: el dolor de cabeza, el resentimiento por saber que lo que decía era cierto al menos en parte. Retrocedió y atisbé disgusto en su rostro.

—Bien —concluyó con voz tensa—. Tienes una gratis.

Pero tal vez vio algo en mi rostro que le dijo que iba a pasar algo más. Pellizcó el aire con los dedos y noté la aproximación de su magia con patitas de rata. Esto era demasiado nuevo para mí, mi yo del pasado y el actual aún colisionaban como un rayo. No iba a ser lo bastante rápida ni para agacharme.

Entonces un cuadrado de luz amarilla cayó sobre ella dejándome a oscuras. En la ventana de la segunda planta, una de las personas a las que había despertado había encendido una lámpara. Marion miró hacia allí, parpadeando.

Eché a correr.

Por la hierba, hacia los árboles. Pasé entre ellos y me acordé de que seguía desnuda; me sumergí en un bosque civilizado transformado en un infierno lleno de zarzas. Lo único que había agarrado en mi estado de pánico había sido la caja dorada. Estaba caliente en mi mano y era desagradable. Por algún milagro no me hice daño en los pies, y entonces me acordé: Marion los había encantado.

No me veas. No soy nadie. No me veas, pensé mientras corría.

Solía leer mucha poesía, antigua y nueva. La fluidez con la lengua, la metáfora y las formas arcaicas eran buenas para la magia. Surgió un recuerdo como si fuera una aparición: mi madre leyendo un fragmento hipnótico de Tennyson en voz alta y luego riéndose, contándome una historia sobre cómo se conocieron mi padre y ella.

Aparté físicamente el recuerdo. La pena no era velocidad. El dolor no era invisibilidad. Sentía que Marion podía seguir el curso del dolor, el perfume de la ira.

La oí no muy lejos. Después más cerca, tanto que las puntas de las hojas que me encontraba en el camino estaban teñidas por la luz que llevaba ella. Una especie de orbe brillante, probablemente. O tal vez solo una linterna.

No soy nadie. No me veas.

No solo estaba huyendo. Estaba corriendo hacia algo. Percibí que un destino sin nombre latía por delante, con la promesa de seguridad a la luz de la noche y unos brazos extendidos. Cuando llegué allí, se trataba de un avellano.

Bajo la copa del árbol presioné las manos en la corteza y aspiré su aliento verde; sentí que los pedazos desarraigados de mí se asentaban. Todas las Ivy que era o solía ser. Marion estaba tan cerca que vi el arco de la luz que llevaba, pero no penetró el círculo del árbol. Mi árbol, el que me llamó en sueños cuando tenía diez años. Siete años antes, mi madre y yo lo habíamos liberado de una tela mala que otra bruja había tejido, y ahora me protegería. Palmeé el tronco y cerré los ojos. Oí que Marion pasaba de largo.

Cuando desapareció, di las gracias y volví a salir.

No soy nadie. No me veas.

Seguí con el ritmo de mis palabras y el tatuaje de mis pies endurecidos. Noté que la luna me corregía el camino y saboreé como azúcar en las muelas los lugares donde las cosas humanas atravesaban los árboles. Continué hacia la carretera.

No me veas, pensé, cuando llegué al asfalto negro.

Y grité.

CAPÍTULO CUARENTA Y SIETE

Suburbios
Ahora

El coche que estuvo a punto de atropellarme viró bruscamente, pero se salió a la hierba y se detuvo a unos treinta metros de distancia. Alguien abrió la puerta del conductor y salió.

—¿Qué demonios, Ivy?

Nate tenía los ojos muy abiertos y uno de ellos enmarcado por un moratón amarillo. Estaba oyendo a Haim en la radio.

—Nate. —Di gracias a las fuerzas de la naturaleza que lo habían puesto en mi camino—. Necesito que me lleves.

Se acercó y me agarró el brazo, hundiendo los dedos por encima del codo.

—¿Estás loca? ¿Es que hay algún culto de mujeres del bosque desnudas en esta ciudad? ¿Y estáis intentando que me encierren por atropello?

Me soltó entonces y gritó. No sabía qué había hecho, pero me latían las sienes y estaba segura de que algo había hecho. Di un paso adelante y él medio paso atrás.

—No vuelvas a tocarme. Nunca.

—Vale —respondió, aturdido, mirándome a mí y sus dedos—. Claro.

Lancé un vistazo al bosque.

—Mira, de verdad necesito que me lleves. No te lo pediría si no fuera importante.

Asintió y lo seguí por la carretera. Había una chica en su coche mirándome con la boca abierta. De segundo curso, estaba segura, con pelo corto y rojo oscuro y una belleza al estilo de Charlotte Gainsbourg.

—Hola —la saludé al subir y volví a examinar el bosque. Cuando Nate arrancó, apareció Marion. Agachada en el suelo, como si se hubiera estado arrastrando.

—Eh, ¿veis eso? —preguntó la chica de segundo con voz débil.

—Conduce —indiqué—. Conduce.

Marion se levantó en el arcén. Era horrible verla y peor cuando no la veía.

Me senté entre los dos asientos, mirando la carretera. Las finas líneas blancas intermitentes me calmaban, aparecían a intervalos como las páginas de una impresora.

—Eh… —La chica se removió sin querer mirarme—. Tengo ropa del trabajo en la mochila. No está limpia, pero…

—Gracias —respondí—. No me importa que no esté limpia.

Me pasó un fajo de ropa deportiva negra y me la puse. Estar vestida ayudaba. No con mi modestia, que me parecía haber dejado en mi vida anterior a la caja dorada, pero sí con esta sensación desollada y andrajosa de que todo lo que estaba pasando era demasiado abrumador.

—¿Esa era la misma chica de aquella noche? —La voz de Nate sonaba tensa, abrupta.

—Sí. Era ella.

Una larga pausa.

—Entonces te conocía.

—Sí.

—No lo entiendo —murmuró para sí mismo—. ¿Estarás bien?

Lo preguntó con el tono de querer que respondiera: «Sí, por supuesto», así que lo miré a los ojos por el espejo retrovisor y dije:

—Sí. Por supuesto.

Estaba conduciendo hacia mi casa, pero no podía ir allí. Marion iría detrás de mí. No quería imaginar lo que le haría a mi padre si tenía que pasar por él para llegar hasta mí. Ningún lugar me parecía lo bastante seguro, pero sabía dónde quería ir.

—Déjame aquí.

Nate paró junto a una colina llena de hierba que daba a una fila de patios vallados.

—Puedo continuar un par de manzanas más. ¿No quieres que te deje en tu casa?

Señalé la parte de atrás de la casa de Billy. Un patio grande con un huerto laberíntico y una casa increíble en el árbol que ayudó a construir a su padre cuando se mudaron. Yo había pasado horas en esa casa.

—Voy allí.

—La casa de Billy Paxton. —Casi consiguió decirlo con tono neutro.

—Gracias por traerme. —Lo dije de corazón.

—No hay de qué. Pero Ivy...

Lo miré, sus solemnes ojos y el morado que tenía sobre su preciosa boca.

—No le contaré esto a nadie, te lo prometo.

—Probablemente sí lo hagas, pero no pasa nada. —Sonreí a la chica—. Gracias por la ropa. Te la devolveré.

—Quédatela —respondió ella con un tono que me recordó que estaba llena de arañazos y apestaba a sudor y a cloro.

Oí de nuevo la música de Nate mientras caminaba. La intriga que sentían por mí, ese pánico salvaje y la chica escurridiza que me había seguido desde los árboles estarían ya disipándose de sus cabezas. Pasaría pronto a ser un incidente curioso en su noche predecible. Sonreí para mis adentros y corrí hacia Billy.

Una de las ventanas de su habitación daba a la parte izquierda de la casa. Busqué unas piedras para lanzárselas y encontré unas rocas decorativas enormes. Entonces recordé con quién estaba tratando y corrí hacia la parte delantera.

Estaba sentado en el porche con la cabeza echada hacia atrás, una camiseta blanca, pantalones de pijama y una caja de cerillas vacía en una mano inquieta. Noté el olor a cerillas quemadas, pero no a tabaco. Cuando me vio se puso en pie tan rápido que supe que me estaba esperando.

Nuestros cuerpos colisionaron debajo de los peldaños. Mi nariz, en el algodón limpio con olor a dióxido de azufre; la suya, enterrada en mi pelo tratado con químicos. Nuestras respiraciones se sincronizaron y me aferré a él, presionando la caja dorada a su espalda.

—¿Qué ha pasado? —murmuró—. Ha pasado algo.

Me puse de puntillas para llegar a su oreja.

—¿Podemos ir a la casa del árbol?

Billy se quedó rígido y se apartó para mirarme.

—La casa del árbol. —Tenía los ojos tan abiertos, tan llenos de esperanza, que podrían haberme roto el corazón—. Ivy, ¿te...? ¿Te...?

—Me acuerdo.

Perdió un poco el equilibrio.

—Me lo había parecido. Cuando te he visto correr por el patio. Parecías... parecías tú misma. No es que antes no fuera así, pero...

—Está bien. Lo sé.

Me abrazó y pegó la nariz a mi cuello.

—Hasta hueles como antes.

—¿A qué?

Su voz sonaba ahogada en mi piel.

—A cosas silvestres.

Me ardían los ojos. Notaba su pelo muy suave en la mejilla.

—¿Qué te ha hecho recordar?

—Vamos a la casa del árbol a hablar.

Asintió, pero no me soltó.

—¿Y si vuelves a olvidar?

—No va a pasar.

—¿Cómo lo sabes?

—La casa del árbol —repetí.

—De acuerdo —aceptó con tono suave y suspiró—. Hace mucho tiempo. Vamos a buscar algo para cubrir las telarañas.

Caminamos hacia la casa todavía medio abrazados. Todas las partes que me tocaba estaban electrizadas y las que no tocaba ansiaban que lo hiciera. Parecía que un duendecillo bailaba claqué a nuestro paso, y luego se quedaba parado y me olisqueaba los pies antes de salir disparado a su guarida oscura.

—No hueles tan raro —susurró Billy, vigilante.

Me reí bajito.

—No es... Es un hechizo en mis pies. Ya te lo explicaré.

Enarcó las cejas y tensó la mano alrededor de la mía. Nos movíamos como un animal de dos cabezas escaleras arriba hacia un armario con ropa blanca y una puerta chirriante. Debería de haberme quedado abajo, donde su padre no me viera, pero ninguno de los dos quería apartarse del otro. Cuando salíamos, tomé una cazadora de una percha, con un bolsillo para meter la caja dorada.

No había escalera que subiese a la casa del árbol, tenías que escalar. Lo hice yo primero y Billy me lanzó las sábanas una a una. Había humedad dentro y hojas secas, pero olía como lo recordaba. Un poco como mi vieja pitillera, y a lluvia, y a mosto, y ese olor denso de la base del tallo de una hoja. Tendí dos edredones encima de los tablones viejos de madera, coloqué las almohadas y esperé a Billy.

Tenía razón, este era el mejor lugar en el que podíamos estar. Estaba construida con destreza y amor, y estaba diseñada incluso para resguardarnos del clima; una habitación del tamaño de un cobertizo con tejado inclinado, tres ventanas y una puerta. Mejor aún, estaba situada en las ramas de un roble viejo que me había sostenido muchas veces en mi infancia. Aquí estaríamos a salvo.

Billy entró. Me miró y después miró la pequeña casa.

—Ha sido una buena idea.

—Lo sé.

Por supuesto, yo solía fingir que esta era nuestra casa de verdad, de él y mía, y cuando tenía unos diez años soñaba que era la casa en la que viviríamos cuando nos casáramos. Aunque nunca se lo conté.

El aire titilaba con los fantasmas de nuestras versiones más jóvenes, nuestros secretos, nuestras cabezas juntas en el suelo de madera. Todas las veces que quise besarle o deseé que él me besara. Las paredes y nuestras caras estaban estampadas con hojas girando bajo la luz de la luna.

—Ven. —Le tendí una mano y tiré de él. La poca energía que me quedaba se derramó como la sal cuando nos tumbamos—. Me has preguntado qué ha ocurrido. Todas las cosas que no podía recordar, sobre ti y la magia. Me las robó mi madre. Y las encerró dentro de una caja de oro.

Podía sentir su cuerpo cálido al lado del mío.

—No es una metáfora, ¿no?

Negué con la cabeza y saqué la caja del bolsillo de la chaqueta que había tomado prestada. Parecía un arma cargada.

—Creo que pensaba que me estaba protegiendo. Pero no sé si me vale.

—Lo siento —susurró—. Es… Lo lamento mucho.

—Aún no he podido dormir —murmuré—. La persona que me parecía que estaba el otro día en mi casa es alguien a quien conocía mi madre. Otra bruja. Mi madre y mi tía llevan días desaparecidas y estoy segura de que las tiene ella, o les ha hecho daño, no lo sé. Estamos a salvo mientras permanezcamos aquí, pero tengo que encontrarlas. —Me llevé los dedos a los ojos—. No puedo siquiera hacer un balance de lo que sé, de lo que puedo hacer para encontrarlas. Podría usar un cristal de contemplación, podría dormir…

Billy asintió.

—Deberías dormir, lo necesitas. Yo me quedaré despierto y vigilaré.

—No, me refiero a que podría dormir para soñar. —Noté dolor en las costillas al hacer otra conexión—. He pasado años creyendo que ni siquiera soñaba. Pero esa es otra cosa que me quitó la caja. Cuando era niña podía hacer cualquier cosa en mis sueños. Incluso arrastrar a personas conmigo.

—Ivy. —Su mirada era dulce—. Lo sé.

Él lo sabía. Ahora me acordaba. Cuando Billy era pequeño sufría pesadillas. Solían producirse después de que su madre llamara a la casa y mostrara signos erráticos de interés maternal que nunca duraban mucho. Cuando las pesadillas empeoraban lo arrastraba dentro de mis sueños.

Nos sonreímos y, cuando me besó, seguíamos sonriendo.

Hasta que dejamos de hacerlo. Estaba a mi lado, después encima de mí, apoyado sobre un brazo. Pasó una mano con firmeza por mi cuerpo, desde las costillas hasta el muslo. Me levantó hacia él. Nos besamos sin cesar, y el aire se tornó plateado y la plata tocaba cada parte de nuestra piel, hasta que suspiró en mi boca y habló:

—Dios mío, por fin.

—Segundo beso —dije.

—Ha sido mejor. Ha sido mejor incluso.

Nos reímos juntos en la oscuridad. Fuera, todo era un alambre de púas retorcidas, pero estábamos aquí. No sabía que la felicidad y la tristeza pudieran juntarse de este modo. No sabía cómo aceptar todo lo que mi madre me había arrebatado, qué pensar de todo lo que había recuperado.

Billy estaba pasando una mano por el costado de la ropa de deporte que me había prestado la chica.

—Mierda. Ahora voy a tener una obsesión rara con los vídeos de deporte. Dime que haga una flexión.

Me reí y volví a besarle. Me sentía como una niña que de pronto se había apoderado del camión de los helados: todo para mí. Pero entonces me aparté porque necesitaba mi cerebro y, si no me apartaba, no podría parar nunca. Billy me abrazó por detrás.

—Cariño —murmuró en mi pelo sucio.

Su afecto me llenó el corazón de miel, era la clase de ahogamiento dulce en la que no me importaría perderme. Traté de concentrarme en pensamientos gélidos, cualquier tipo de pensamiento. Volví a oír a Marion, cuando le pregunté si había lastimado a mi madre y a mi tía.

«No están muertas. No soy tan piadosa».

No estaban muertas, pero no estaban aquí. Retenidas, entonces. En alguna parte. Me senté.

—¿Qué pasa?

—Tengo una idea. Se me ocurre un lugar donde podemos buscar. —Lo miré—. ¿Podemos llevarnos tu coche?

CAPÍTULO CUARENTA Y OCHO

Suburbios
Ahora

El coche de Billy tenía el aire acondicionado roto. Estaban todas las ventanillas bajadas y el aire de la carretera entraba rugiendo, aporreándome la cabeza y haciendo que fuera más fácil que alejara los pensamientos para que estos no me lastimasen. Mi percepción del tiempo era un desastre. El reloj del coche marcaba las 03.07 a. m., pero no podía ser verdad. La noche ya se había prolongado demasiado.

A lo mejor Marion estaba acumulando minutos extra en cada hora para darme tiempo para que la encontrara. Para que las encontrara. Ella, mi madre y la tía Fee habían vivido una pesadilla, y ahora yo iba a buscarlas en el origen de esa pesadilla.

Bajamos de la casa del árbol, pero Marion no me estaba esperando. Billy tomó las llaves del coche y una bolsa con pretzels por si acaso, pero Marion seguía sin aparecer. Eso no significaba que no tuviera la mirada fija en mí.

Salimos y unos minutos después estábamos avanzando por el campus universitario. Era un laberinto de jardines y caminos y aparcamientos. Nos acercamos todo lo que pudimos, pero seguía sin ver lo que estaba buscando.

—Voy a buscar un lugar para aparcar —señaló Billy y puso el intermitente, a pesar de que estábamos en mitad de la noche y no había más vehículos a la vista.

—Espera. Para un momento aquí.

Cuando lo hizo me volví hacia él y le aferré las manos.

—No vas a venir conmigo.

—Ivy —comenzó y sacudí la cabeza.

—Si estoy en lo cierto, si están aquí, no puedo centrarme en protegerte a ti.

—No vas... —Se quedó callado y pensó en ello—. Pero si... ¿Y si va a por ti con un candelabro o algo así? Necesitas a alguien que vigile tus espaldas.

—No va a atacarme con un candelabro. Y si sabe... Míranos. —Hice un gesto para abarcar el espacio entre los dos, básicamente una arena vibrante de corazones atravesados por una flecha—. Sabe quién eres, qué significas para mí. Podría aprovecharse de eso.

Agachó la cabeza.

—Odio esto.

—Así es estar con una bruja. Tienes que dejar que yo sea más fuerte que tú.

Puso cara de asombro y me besó los nudillos.

—Estar con una bruja —repitió con una sonrisa—. Con una bruja. Sé que eres más fuerte que yo desde que tenía siete años. Pero odio ser una carga. Ojalá pudiera ayudarte.

—Me estás ayudando. Eres el vehículo que me espera en la puerta. El vehículo para salir de aquí. Y mi...

Me dio un beso.

—Soy tu chófer, te esperaré aquí. Mirando el teléfono por si me necesitas.

—Deséame suerte —le pedí y salí del coche.

Cuando me quedé sola me permití sentir miedo sin la preocupación de que tratara de detenerme o seguirme. Rodeé un edificio de hormigón. Estaba empezando a desconfiar de Google Maps cuando vi el camino estrecho de entrada.

Discurría bajo farolas viejas con bombillas naranjas. En el extremo del camino había una casa construida con unas especificaciones tan siniestras que no tuve que ver la señal para saber que era esa. Había leído sobre ella de camino y me había enterado de que llevaba mucho tiempo cerrada por reformas. Pero no había andamios, ni carteles de obras. Solo una casa a oscuras en un espacio de campo con tréboles en medio de un campus oscuro. Llegué al final del camino y me detuve.

La puerta de la biblioteca estaba abierta. Igual que la de la casa del bosque.

Seguí caminando.

Toda la magia que había hecho hasta el momento había surgido por instinto. Por una reacción, por el miedo, había echado mano de lo que había a mi disposición. Tenía la idea de que usaría un encantamiento de desbloqueo para entrar en la biblioteca que fue en el pasado la casa de la ocultista. Ahora que no lo necesitaba, la magia se apelmazaba en mi cabeza como una gasa en un sangrado de nariz. La usé con un encantamiento para tener claridad visual.

Hizo que la luna brillara más fuerte, subió el volumen de todos los bordes de las cosas que querían pasar inadvertidas en la oscuridad. Entré en el vestíbulo con olor a libros viejos. Me quedé allí, armándome de valor, y empezó a formarse un dolor de cabeza tan disperso y metálico que me daba la sensación de que había aspirado polvo de plata.

Otro recuerdo antiguo/nuevo se abrió camino en mi cerebro: conocía esta sensación. Estaba moviéndome tras la magia mala de otra persona.

La seguí. Mi madre había hecho este camino o uno parecido la noche en que empujó a Marion por el espejo. Una versión onírica de este lugar había sido la prisión de Marion durante más de veinte años. Sentí sus pasos junto a los míos mientras caminaba por el suelo lleno de polvo, avanzando junto a estanterías, bajo vidrieras que proyectaban formas tenebrosas en mi piel.

Subí dos tramos de escaleras siguiendo una sensación horrible; el dolor de cabeza pasó a ser un temblor que se apoderó de mi cuerpo.

A los pies de las escaleras que daban a la tercera planta alcé la mirada. No vi nada más que motas de polvo y la luz de la luna, pero la idea de subir me llenaba de un terror profundo. Inspiré tres veces y empecé, siguiendo muy recta la magia que se había practicado recientemente.

Todo estaba en silencio, inmóvil, pero mi corazón latía rápido, fuerte, como el golpeteo de un puño. Me detuve debajo de una trampilla que había en el techo. Arriba estaba el origen de todo y seguía sin oír nada.

La trampilla se abrió con un ruido sordo y cayó una escalera que quedó unos centímetros por encima de mi cabeza. Cuando mi corazón descendió de nuevo al pecho, miré arriba.

Más polvo. Más luz de la luna. Coloqué un pie en la escalera y subí. Silencio. Aparté la mirada del techo y vi sus cuerpos tumbados en el suelo.

Me puse en pie y me acerqué a ellas. Mi madre y mi tía estaban tumbadas bocabajo. La tía Fee tenía el ojo derecho morado y mi madre, un lado de la cara cubierto de algo que parecía una quemadura. Tenían los brazos extendidos la una hacia la otra, pero no se tocaban. Los párpados temblaban por los sueños.

No era un sueño natural. Incluso antes de tocarlas, de sacudirlas, de suplicarles, sabía que no se despertarían sin más. Toda la habitación estaba impregnada de un encantamiento. Cuando intenté meter un brazo por debajo de mi madre, noté que su cuerpo era pesado como una roca.

Les toqué la cara y me acordé de las personas que estaban dormidas en la casa del bosque. Este hechizo no era tan fácil de romper; busqué sus límites y no tenía. Me zambullí en su fondo, pero eran unas aguas más profundas de lo que podía recorrer.

No obstante, si estaban dormidas, había una posibilidad de que pudiera llegar hasta ellas. Podría dormirme aquí y sacarlas de la pesadilla de Marion, llevarlas a mi propio sueño. Uno del que pudieran despertar. No tenía tiempo para eso, Marion no estaría muy lejos, pero tampoco tenía una idea mejor.

Me tumbé entre ellas en el suelo del ático. Con los ojos cerrados busqué el sueño lúcido que me aguardaba desde hacía cinco largos años, encerrado con el resto de mi magia en el interior de una caja dorada.

CAPÍTULO CUARENTA Y NUEVE

Suburbios
Ahora

Tres brujas dormidas formando una fila. Dos en las garras de un sueño extraño. La tercera, tumbada entre ellas con la cabeza por debajo de los brazos extendidos y casi tocándose de las otras dos, solo va a la deriva.

Debajo de ellas, pero no muy lejos, una cuarta bruja está en movimiento. Corre sobre la hierba, bajo los árboles alineados, haciendo que las ramas crujan. Fue joven en este lugar, hace mucho tiempo, una niña pequeña con un corazón solitario, devorador. Si ahora tiene corazón, este es impenetrable. Un artefacto lacado de negro que repele la luz.

Mientras corre pasa junto a un automóvil con un chico dentro. Su corazón es de los que casi pueden tocarse, rebosante de miedo y amor y una docena de emociones. Él no ve pasar a la cuarta bruja. Ella elige no ser vista y él solo tiene ojos para la chica de pelo decolorado.

La cuarta bruja viene. Casi ha llegado.

Así es como fue quedarme dormida en el suelo del ático.

Cerré los ojos y aguardé un rato en la oscuridad, atrayéndola hacia mí, pidiéndole que se acercara y desplazara la niebla agria de la magia de Marion. La oscuridad se suavizó a mi voluntad. Se tamizó, se agitó, se convirtió lentamente en sueño.

Sabía lo que pasaría a continuación, lo mismo que había pasado siempre, cuando era joven y soñar era mi reino. La oscuridad se desharía como un baúl lleno de disfraces expandiendo sus colores suaves y pasteles, meciéndose como cortinas bajo la brisa. Podría acercarme y tocarlos, todos esos colores del mar y del cielo que no tenían nombre, que se enredaban en la boca cuando intentaba nombrarlos. Un número infinito de ellos en un sueño.

Pero esta vez, cuando me quedé dormida, había tan solo una cortina esperándome. No era del color de la niebla, ni de la tormenta, ni del amanecer; era de un rojo oxidado, y no se mecía, bullía. Parecía la entrada al infierno.

Podía sentirlas detrás, dos tipos de calor. La capa de fuego cobalto de mi madre y el suave sol de otoño de mi tía. Así, pues, atravesé la cortina de sangre y accedí al sueño donde las había metido Marion.

En el sueño que había creado seguíamos en el ático. Pero los hechizos lo habían transformado en una pesadilla.

Comprendí que era un recuerdo.

En medio de la habitación, una versión onírica de Marion realizaba un encantamiento sobre un espejo. A su lado había un conejo muerto que sangraba en el suelo. Mi madre y la tía Fee, adolescentes y aterradas, estaban pegadas a las paredes. Una cuarta mujer de pelo negro estaba entre ellas con expresión pétrea.

Esperaba haber podido crear un sueño propio, arrastrarlas hasta él. Pero este sueño era muy insistente, desesperado, con hedor a sangre. No había espacio en mi cabeza para nada más.

Había escuchado una vez la historia de la invocación, me la había contado Marion por el cristal de contemplación. Fue diferente cuando la vi reproducirse.

Presencié el intento de Marion de unirse a la ocultista y su fracaso. Vi a Astrid Washington, una malicia sólida coronada de pelo de hadas. La batalla de mi madre y de la tía Fee por ayudar a Marion, que acabó con las tres dentro del círculo. El coraje de Fee, el estado catatónico de Marion. Y la decisión de mi madre, tan rápida que fue imposible verla venir, de empujar a Marion por el borde del espejo.

Vi por fin cómo se había hecho las cicatrices que le cubrían la mano. Y medí el hueco entre el retrato de mi madre que había pintado Marion (monstruoso, deliberado) y la chica furiosa y agonizante que desterró a su amiga de este mundo.

Me quedé inmóvil. Invadida por el horror y las conclusiones: cuatro brujas, luego tres, sin siquiera un cuerpo que mostrar. Me llevé las manos a la boca cuando comprendí la crueldad de lo que había hecho Marion. Estaba haciendo que mi madre y la tía Fee revivieran la peor noche de sus vidas.

Apenas había recuperado el aliento cuando el sueño se reseteó y empezó de nuevo. Sangre, cera, humo y miseria, cuatro brujas en el punto de partida de nuevo, como en un videojuego.

Como sucedía en las películas de terror, la segunda vez fue menos horrible. Ahora podía pensar, podía moverme por la habitación como una espectadora en una casa encantada. Cuanto más tiempo pasaba dentro de este sueño, más comprendía su forma y sus reglas. Marion lo había construido sin bordes, como un huevo. Mi madre y mi tía estaban viviéndolo con sus cuerpos más jóvenes, pero no podía hacer que me vieran.

Intenté extinguir la llama del mechero del sueño de Marion, emborronar el círculo de sal, pellizcar el brazo de mi madre. El conjuro de Marion emitía un zumbido como el de una chicharra y todo lo que tocaba era humo o porcelana. Busqué nerviosa un punto débil y me fijé en el conejo. Antes de que sacrificara de nuevo al pobre animal, lo tomé.

Era sólido, era suave, pateaba desesperado en mis manos. Dejé a la criatura en los brazos de mi madre.

La mordió. Ese ser precioso hecho de magia, feroz incluso en su recreación, le clavó los dientes en el antebrazo. Ella tenía dieciséis años cuando el animal embistió, pero era mi madre, la de más edad y familiar, cuando la mordió.

El dolor al sacó del cascarón en el que la había metido Marion. Soltó al animal, que corrió hacia un rincón. Antes de que pudiera retroceder, transformarse, la agarré como si fuera Tam Lim, como si solo yo pudiera evitar que desapareciera. La abracé y noté su cuerpo temblando.

—Mamá, mamá. Soy yo —le dije. El sueño se volvió humo y solo quedamos nosotras y mi tía abrazándose el cuerpo, sentada en el suelo.

Mi madre se apartó de mí y se puso a hablar sola.

—No es ella —murmuró—. Es otro sueño.

—Soy yo, mamá. De verdad.

—Eres un fantasma. O a lo mejor eres tú. —Su voz se tornó venenosa—. Marion.

—Tienes que verme —le pedí con tono agudo. Miraba más allá de mí, arañándome la piel—. Tienes que creerme.

—Ivy. —La voz de la tía Fee fue un bálsamo para mi corazón—. ¿Cómo es posible que estés aquí? Dana, es ella. ¿No lo sientes?

El rostro de mi madre se tintó con una esperanza compleja.

—Ivy —susurró.

No teníamos tiempo más que para salir de allí, pero estaba demasiado enfadada para contenerme.

—Lo sé todo. Lo de la caja dorada, Billy y… todo.

—Todo. —Su rostro era un estudio de contrastes. Boca torcida, ojos brillantes y mejillas rojas como si hubiera recibido una bofetada—. ¿Todo?

—Sí.

—Oh. —La palabra fue un grito en la palma de su mano. Cerró un segundo los ojos y luego me miró—. ¿Recuerdas… aquel día en la reserva forestal con la cierva y su cervatillo?

Apreté los dientes.

—Sí.

El sueño cambió y tomó la forma de algo nuevo. Estábamos juntas en la hierba gris bajo un cielo sin color. La tía Fee arrancó varias briznas y se las llevó a la nariz, mirándonos como un árbitro.

—La casa hinchable —dijo mi madre—. ¿Te acuerdas?

—No intentes manipularme.

—El sarpullido que te salió al preparar un amuleto de la suerte. Y... Dios mío, Ivy, ¿te acuerdas del avellano?

Con los labios apretados asentí.

Parecía una presa política. Rebosante de objetivos y con manchas alrededor de los ojos agotados.

—Escribir tu primer... tu primer hechizo. Quedarte toda la noche en vela en verano, bebiendo café con leche. —Soltó una carcajada breve—. Encontrar tu piedra de hadas.

—Olvidar a Billy —añadí—. Mentir a Hank. Perder la mitad de mi mente.

El resplandor que manaba de ella se atenuó.

—Sí.

—¿Por qué?

—Si lo sabes todo, sabes por qué. —No lo dijo con tono de desafío, sino esperanzado. Entonces puso cara de miedo—. Dios mío. Te ha metido aquí. Marion.

—Me he metido yo sola. La encontré, también os encontré a vosotras. Santo cielo. —Di un pisotón en el suelo antes de poder contenerme—. ¿Cuándo vas a dejar de subestimarme?

El cielo se abrió encima de nosotras. La lluvia que cayó era como un granizo de algodón y se secaba en nuestra piel como si fuera alcohol.

—Protegerte —aclaró—. Mal, de forma estúpida. Hacerlo todo mal. Pero nunca... nunca sin amor.

—¿Cuenta el amor si no puedes sentirlo?

—La fastidié. Pero siempre te he querido. Siempre.

—Me has querido —repetí con tono duro—. Me arrebataste la mitad de mí y la metiste en una caja de zapatos, y ni siquiera te gustó lo que dejaste.

Le temblaba la barbilla.

—No es posible que pienses eso.

—Cinco años, mamá. Cinco años intentando que me mirases.

—¡Estaba avergonzada, Ivy! Estoy avergonzada. Yo... te mutilé. Pero iba a arreglarlo. Tu padre y yo acordamos que a los dieciocho.

Cuando cumplieras dieciocho años te lo contaríamos todo, abriríamos la caja...

—Lo arregló Marion. Y todo sigue roto.

—Lo siento mucho. Por todo.

Estaba llorando. Mi madre, que nunca lloraba, ni siquiera cuando Hank cerró la puerta del coche y le pilló sin querer los dedos. Y era justo lo que necesitaba oír. Lo que me debía. Pero era muy poco, muy tarde, y no podía soportarlo.

—Para —exclamé, enfadada—. No tenemos tiempo para esto.

Su expresión albergaba mucha inseguridad, muy poco propio de una madre.

—Puede que sea todo el tiempo que tengamos.

—¿Qué se supone que significa eso?

La lluvia de algodón se estaba espesando e intensificando. Nos bombardeaba la piel como si fueran fragmentos de cristal marino.

La tía Fee extendió una mano para atrapar algunos con el ceño fruncido.

—¿Este es tu sueño, Ivy?

—Sigue siendo el mío —respondió Marion. Estaba a unos metros de distancia con un paraguas abierto.

Mi madre se movió para colocarse entre mi cuerpo y el de Marion. Respiraba fuerte, asustada. Puse una mueca cuando las gotas de lluvia empezaron a hacerme daño; ya no era cristal marino, sino fragmentos de una botella rota.

Inspiré profundamente porque me di cuenta de que era yo quien estaba haciendo que lloviera. Eran mi dolor y mi ira los que lo provocaban. Y en cuanto lo supe, no me costó convertir el paraguas de Marion en un enorme pájaro negro que la atacó y la hizo chillar. Ella lo transformó en una nube de humo negro que se alejó.

Ahora las cuatro estábamos expuestas bajo la lluvia agresiva. Sabía que era mía, pero resultaba más complicado de cambiar que el paraguas porque procedía de una furia que me invadía. No podía hacer que desapareciera, así que la detuve en el aire y los pequeños copos crueles se quedaron quietos y brillantes. Después los junté. Creo que lo que quería era crear una magia ofensiva, una gran daga de cristal para abrirnos paso fuera de este espacio onírico de mierda. Pero el sueño seguía siendo obra de Marion, yo solo estaba actuando en él, y lo que formaban las gotas provenía de la cabeza de ella. El enorme espejo circular de la invocación por el que la había empujado mi madre.

Era ya del tamaño de una alcantarilla y el aire seguía cargado de lluvia de cristal. Las gotas seguían llegando al espejo y su superficie rechinaba conforme se acumulaban.

—Oh, Dios, no —exclamó Marion cuando este se acercaba a nuestros pies.

Rompió el sueño.

En cuanto noté que los límites cedían, acercando mi conciencia a mi cuerpo, me puse en pie. Estaba temblorosa, mareada, pero de pie. Yo no había pasado en el sueño ni siquiera una hora mientras que mi madre y la tía Fee habían estado allí dentro vete a saber cuánto tiempo. Les llevó un rato simplemente abrir los ojos.

Marion podría haberlas matado entonces. Mi cuerpo estaba preparado para que lo intentara, la cabeza me latía por el peligro. Podría haberlas matado y no lo hizo. Vi que las contemplaba con desprecio mientras se movían lentamente en el suelo.

—¿Estáis bien? —pregunté.

Mi madre tosió. Polvo en una garganta seca.

—Marion —dijo—, por favor.

—No te atrevas —bramó Marion. Su rostro parecía más humano cuando sentía ira, pero esta desapareció rápido.

Mi madre repitió su nombre despacio.

—Haz lo que quieras hacer, pero házmelo a mí. A Ivy, no. Ni a Fee. No tienes motivos para castigarlas a ellas.

La sonrisa de Marion tenía sonido, los labios humedecidos estirados.

—Dios mío, Dana, ¿en qué momento te volviste tan mediocre? No puedes contar una sola mentira sólida. Te he observado. No he dejado de observarte. Un año después de que me empujaras os vi a ti y a Felicita sentadas en la arena y coincidieron en que estaba muerta. Las dos sabíais que no era verdad. Las dos decidisteis no salvarme.

¿Qué hiciste en lugar de salvarme? Ah, sí, ofrecer lecturas de mano falsas a chicas borrachas.

—Solo nosotras, entonces —intervino mi tía—. Deja que Ivy se vaya. Si quieres acabar con esto, acabemos ya.

Me adelanté, pero Marion habló antes de que pudiera hacerlo yo, y sus palabras fueron un eco escalofriante de lo que yo iba a decir.

—Escuchaos. Ivy es mejor bruja que las dos juntas. Ha venido aquí para salvaros. Dejad de fingir que es ella quien necesita vuestra protección.

—Sí, mamá. Parad.

Mi madre se encogió con mi tono, pero no le hice caso. Solo tenía ojos para Marion.

—¿Qué es lo que quieres? —le pregunté—. ¿Para qué has vuelto? ¿Qué has venido a hacer? ¿Matarnos?

Cuando me miró, tuve la extraña sensación de que estaba siendo observada por algo que yo no podía ver por completo, que usaba sus ojos como mirillas. Algo frío y lento y totalmente carente de algo que era crucial para un humano.

—La muerte es demasiado sencilla —comentó—. La muerte es un baño de leche. Pensaba que lo peor que podía hacerle era venir a por ti. Hacerte mía. Ayudarte a brillar tanto que ella pudiera ver desde cualquier lugar lo que había intentado matar en ti. Lo que había perdido para siempre. Pero ahora... —Sus otros ojos me recorrieron la cara—. Ahora creo que lo peor para ella sería perderte. Perderte de verdad.

Esperaba que las mujeres que me amaban en esta habitación se mantuvieran al margen de esto, que se quedaran quietas.

—¿Vas a matarme, Marion?

—Podría hacerlo.

—Tal vez. —Me acerqué un paso, luego otro, lo suficiente para que pudiera tocarme. Para que pudiéramos tocarnos—. No obstante, si no lo haces... Si... si me fuera contigo, ¿a dónde iríamos?

Tensó la mandíbula. No dijo nada, y de pronto las palabras salieron abruptamente.

—Hay leyendas sobre sociedades matriarcales que aún existen. En lugares perdidos. En islas, o en desiertos, o en las profundidades de los bosques. Pequeños mundos con raíces antiguas. Lugares en los que las mujeres practican y veneran la magia y puedes vivir tu vida sin alejarte más de un kilómetro de casa.

—¿Eso es lo que quieres?

La cosa lenta y fría que había en su cara me miró.

—No lo sé. Creo que no.

—¿Qué quieres?

—Ya no quiero nada —respondió casi antes de que yo acabara de hablar. Se llevó un puño al esternón—. Pero aún puedo sentir el lugar donde antes sí quería.

—Creo que lo que querías era salvarme —repuse con tono suave—. Y lo has hecho. Lo has hecho bien. Me metiste dentro del agua, me sostuviste en tus brazos. Hablaste conmigo cuando mi mente se estaba quebrando. No dejaste que la magia me destrozara el cerebro. —Levanté una mano en su dirección—. Me salvaste.

—No me trates con condescendencia.

No me moví. Pasó un segundo interminable y entonces extendió el brazo y aceptó mi mano.

Le clavé las uñas con todas mis fuerzas en la piel hasta estar segura de que la había rasgado. Antes de que pudiera soltarse, o hacer magia, o devolvernos a un sueño terrible, metí la otra mano en el bolsillo de la chaqueta de Billy, saqué la caja dorada y la pegué al lugar del que salía sangre.

Marion se rio. Con las cejas enarcadas soltó una risa de pura sorpresa. Parecía una adolescente, una de verdad con defectos y con dones, mágica e incompleta, igual que yo.

—No pensaba... —comenzó, pero la caja abrió su boca hambrienta y Marion se quedó callada, y nunca sabré lo que pretendía decir.

Mientras ella miraba el corazón vacío de la caja, yo pronuncié el encantamiento que una vez había pronunciado mi madre. Y luego me dirigí a la caja:

—Que nos olvide a nosotras. Quítale a Dana Nowak, Felicita Guzman e Ivy Chase. Que olvide...

Y entonces me detuve porque no sabía qué más ofrecerle. Qué era piedad y qué castigo. Qué podría desear perder Marion.

Así que le di la caja. Ya no podía recuperar nada, mis palabras no podían ser retiradas. Parecía querer lanzarla al suelo, pero la aceptó, se la llevó a la boca y susurró algo que no oí.

La caja comenzó su trabajo. Fue horrible presenciarlo, pero a veces la única forma de mostrar tu veneración es siendo partícipe. Cuando terminó, estaba agarrada a la mano de mi madre y a la de mi tía, y las tres observábamos juntas cuando la caja dorada se cerró y Marion se quedó dormida.

Recogimos la caja y dejamos allí a Marion, en el suelo iluminado por la luna. Despojada del sentimiento de venganza y de quién sabe qué más. No parecía lo correcto. No sabíamos si estábamos abandonando a una amnésica o una carga de munición viva. Tal vez ambas cosas.

Y tal vez al fin yo fuera ya lo bastante mayor para la magia porque empezaba a comprender el precio que conllevaba. Que soportaría siempre esta culpa y una parte de la bruja que me había olvidado, hasta el día de mi muerte.

CAPÍTULO CINCUENTA

Suburbios
Ahora

Billy yo estábamos tumbados de espaldas al río, mirando las estrellas. El agua era de un tono azul gélido, brillante.

Había sido idea de Billy. Me estaba enseñando fotos en internet de una bahía bioluminiscente para que pudiera añadir una al sueño.

—¿Estás preparado para despertarte? —pregunté.

—Un minuto más. —Me apretó la mano—. Eh, mira.

Señaló un lugar en el que las estrellas parecían estar más cerca, demasiado, como si desearan contemplarnos también ellas. Tensé los hombros y las empujé con suavidad a su lugar.

A veces mis sueños hacían cosas que yo no pedía. Suponía que entraba en juego mi subconsciente. Pero sabía que no sucedía así antes del incidente con la caja dorada.

Fuera del sueño nuestros cuerpos estaban dormidos en la casa del árbol de Billy. Ninguno de nuestros padres se había dado cuenta aún de que la usábamos, era un lugar solo para nosotros. Mi padre se había mostrado sobreprotector con todo el mundo desde la mañana que regresé a casa con mi madre y la tía Fee. Volvimos todas conmocionadas, llenas de arañazos, sudor, moratones y sangre. Y el padre de Billy no me había perdonado aún por haber abandonado a su hijo cinco años antes. Como no podíamos contarle lo que había pasado de verdad, yo intentaba ganármelo de nuevo poco a poco.

Por ahora teníamos la casa del árbol. El coche de Billy. Y mis sueños.

Le tomé la mano en el agua luminosa y cerré los ojos cuando esta se arremolinó en torno a nosotros, alzándome.

—Ivy. —Su voz era tranquila, pero tan fuerte que bajé los pies al fondo del río (desagradable en la realidad, lleno de guijarros verdes en el sueño) y miré el lugar que estaba señalando.

Las estrellas volvían a observarnos. Nos observaban de verdad, con miradas espinosamente agudas. Era un cielo idéntico al que tenía encima cuando estuve a punto de ahogarme en la piscina después de haber abierto la caja dorada.

Billy posó los pies junto a los míos y me rodeó la cintura con los brazos.

—Vamos a despertarnos, ¿vale?

Asentí y me concentré en mi respiración. Entonces bajé la mirada al agua y grité. El río azul intenso había desaparecido. Estábamos sumergidos hasta la cintura en el cristal maleable de un espejo.

—Mírame. —La voz de Billy era reconfortante, firme. Era el punto sólido alrededor del cual se desarrollaba el suelo. Me aferré a él—. Vamos a despertarnos.

Y lo hicimos.

Fuera de la casa del árbol, las palomas emitían sus gorjeos pacíficos y el cielo parecía papel de plata. Me di la vuelta y enterré la cara en su pecho.

—Lo siento.

Él me besó la sien.

—No tienes que sentir nada.

Nos quedamos allí todo lo que pudimos. Después bajamos de la casa del árbol y nos separamos en la cancela para volver cada uno a su cama.

Habían pasado tres semanas de la noche más larga de mi vida. Yo seguía pendiente de las noticias, pero hasta ahora no había salido nada que encajara con la descripción de Marion: ningún misterio sin explicación, ninguna amnésica hallada, nada sobre el regreso de una hija a la que no le había afectado el paso del tiempo.

En mi familia fueron tres semanas de una nueva clase de honestidad, que (en aras de la honestidad) no fue algo del todo bueno. Mi padre se alegró de la nueva normalidad: estábamos todos vivos y juntos, y el peor de nuestros secretos ya no estaba oculto. Para Hank, sin embargo, mirar a la realidad a los ojos fue difícil. Andaba por ahí desorientado e inquieto, como si se hubiera quedado observando el sol.

Y luego estábamos mi madre y yo. Suponía que la situación sería incómoda entre las dos durante un tiempo. Se había destapado demasiada información de repente. Pero ella lo intentaba. Lo estaba intentando.

Lo que mejor funcionó fue que no habláramos. Que practicáramos magia juntas, codo con codo. Pequeños hechizos sobre todo, magia para niños. Cosas que me había quitado, que Marion me había ayudado a recuperar. A veces nos acompañaba la tía Fee y a veces estábamos solas.

Con respecto a la otra parte, no estábamos bien, pero puede que lo estuviéramos algún día.

Tenía la idea supersticiosa de que para cuando me creciera el cabello decolorado la habría perdonado. En mi visión de ese futuro, volvíamos a ser iguales. Madre e hija, dos brujas pelirrojas unidas. Podía mirarla y ver a la madre que me quería, perdonar a la mujer compleja que lo había arruinado todo. Ella podía acudir a mí sin vergüenza y yo podía sostener su mano sin compromiso. En mi sueño.

Así que esperé y dejé que me creciera el pelo.

Me metí exhausta en la cama. Tenía la boca tan enrojecida de tantos besos que iba a tener que esconderme un rato.

En unas horas volvería a ver a Billy. Habíamos quedado con Amina y Emily en el Denny's para desayunar y después me iba a dejar en el centro con mi bicicleta para ir a buscar trabajo. Se había ofrecido a decir que buscaba empleo en Pepino's, pero no me parecía adecuado trabajar con mi novio. Me di la vuelta sonriendo y me detuve.

La habitación estaba gris y tranquila, pero había algo en ella que no encajaba.

Salí de la cama despacio, me agaché delante de la estantería y saqué ese algo de donde se encontraba oculto, entre *Poemas a la hora de comer* y *Los seis signos de la luz*. Era más pequeño que los otros libros, con el lomo en blanco. En la estantería parecía un hueco negro.

Me pregunté cuándo lo habría dejado ahí Marion. Hacía poco más de tres semanas, supuse, cuando entró y se llevó la caja dorada. Seguramente llevase ahí desde entonces, esperándome.

Era nuevo, el tipo de cuaderno sin pautar que encontrarías en una papelería elegante, encuadernado en piel negra. No lo abrí de inmediato. Dentro podía haber cosas que resultaran peligrosas con solo mirarlas o leerlas en tu mente. Pero, por supuesto, acabé abriéndolo.

El libro de Marion Peretz, ponía en la primera página. Ver su apellido, esta información nueva, me produjo un escalofrío.

Era un libro de ocultista con las páginas llenas de notas, rimas, símbolos. Habría pasado horas volcando su conocimiento en este libro, para mí.

Debería quemarlo. Mi madre seguía creyendo que la magia podía ser venenosa, estar contaminada como la sangre después del mordisco de una serpiente. Aunque yo no lo creía así, sabía muy bien que había hechizos que no se debían hacer, fuerzas con las que no debías enredarte.

Debería quemarlo. Debería salir al pasillo de inmediato y dárselo a mi madre. ¿Cuándo lo habría dejado Marion en mi estantería y cómo era posible que hubiera pasado semanas inadvertido?

Al final lo metí en el fondo del cajón, entre los jerséis de otoño.

Cuando me tumbé de nuevo pensé en Marion, que me había estado contemplando por un cristal toda mi vida. Cuyos recuerdos de mí estaban encerrados dentro de una caja dorada que ahora estaba guardada en un depósito de seguridad del banco, hasta que mi madre y yo encontráramos una forma mejor de protegerla.

Marion se había ido ya y no me conocería ni aunque estuviera delante de ella. Pero antes de guardar su libro, algo me hizo levantar una mano en el aire. Por reconocimiento, despedida, cierta gratitud.

Solo por si acaso.

Agradecimientos

Gracias a mi agente, Faye Bender, por tu buen corazón, tu cabeza fría y tu genialidad en general. Gracias a mi editora, Sarah Barley, por caminar junto a mí por este nuevo mundo y por tu fe inquebrantable en las voces de los autores, en nuestras ideas, en nuestra habilidad para contar las historias que queremos contar, aunque a veces sean extrañas.

Gracias a Bob Miller, Megan Lynch, Malati Chavali, Sydney Jeon, Nancy Trypuc, Marlena Bittner, Cat Kenney, Erin Kibby, Erin Gordon, Kelly Gatesman, Louis Grilli, Jennifer Gonzalez, Jennifer Edwards, Holly Ruck, Sofrina Hinton, Melanie Sanders, Kim Lewis, Katy Robitzski, Robert Allen, el equipo de Macmillan Audio y el de Flatiron por todo lo que hacéis por mí y por mis libros. ¡Y menuda cubierta! Gracias al director creativo, al diseñador Keith Hayes y al ilustrador Jim Tierney por convertir este libro en una puerta siniestra, un concepto tan increíble que me deja sin aliento.

Mi enorme gratitud a Mary Pender y a todos los agentes que colaboran para que este libro llegue a lectores de todo el mundo: Lora Fountain, Ia Atterholm, Annelie Geissler, Milena Kaplarevic, Gray Tan, Clare Chi y Eunsoo Joo.

A los generosos lectores de los primeros borradores: ¡gracias! Emma Chastain, por tu sabiduría y apoyo, y por ayudarme a amar más la versión desordenada a través de tus ojos. Tara Somin, por las conversaciones y por aceptar tantas quejas. Alexa Wejko, por los apuntes brillantes que hicieron que se me iluminara el cerebro. Krystal Sutherland, por ser la lectora soñada de mis primeras páginas y ser un apoyo en el largo recorrido. Kamilla Benko, que tenías cosas mejores y más agradables (mucho mejores y mucho más agradables) de las que preocuparte en lugar de leer esto por adelantado, pero hablar contigo y escribirte siempre me llena de alegría y claridad.

Gracias a los educadores del antiguo centro infantil de mi hijo. La seguridad de que estaba feliz y a salvo cuando no estaba conmigo fue crucial para que pudiera terminar este libro.

Gracias a Natalie Hail por la lista de la compra perfecta para el carné falso. Gracias a Mike Schiele por la pared con fotos Polaroid. Gracias a Eileen Korte por la excursión en mitad de la noche por un supermercado. Gracias a Amy Abboreno por muchas cosas, incluido ese día increíble en el que el campo se inunda y se llena de ranas. La magia es real y siempre la he encontrado contigo.

Mi amor y toda mi gratitud a Michael por todo, en particular por permitirme hablar contigo durante meses sobre libros que aún no puedes leer o de los que no sabes mucho. Gracias a Miles por hacer el mundo infinitamente más divertido, mejor y más brillante, y por hacerme feliz cada mañana al despertar y verte la cara. Gracias siempre a mis padres, Steve y Diane Albert, por todo, absolutamente todo.